Nadine Schojer
Die Telefonistinnen – Stunden des Glücks

Über die Autorin:

Nadine Schojer ist Tourismus-Managerin und lebt mit Mann und Tochter in ihrer Wahlheimat Wien. Sie reist leidenschaftlich gern, liebt Köln und interessiert sich brennend für die Fünfzigerjahre, eine Zeit, »in der so viel neugestaltet werden musste, vor allem von Frauen«. Unter Pseudonym hat Nadine Schojer bereits mehrere Romane veröffentlicht, zuletzt bei Lübbe den Liebesroman WIENER MELANGE FÜR ZWEI.

NADINE SCHOJER

DIE TELEFONISTINNEN

STUNDEN DES GLÜCKS

Roman

Lübbe

Die Bastei Lübbe AG verfolgt eine nachhaltige Buchproduktion. Wir verwenden Papiere aus nachhaltiger Forstwirtschaft und verzichten darauf, Bücher einzeln in Folie zu verpacken. Wir stellen unsere Bücher in Deutschland und Europa (EU) her und arbeiten mit den Druckereien kontinuierlich an einer positiven Ökobilanz.

Originalausgabe

Dieses Werk wurde vermittelt durch die litmedia.agency, Germany.

Copyright © 2024 by
Bastei Lübbe AG, Schanzenstraße 6–20, 51063 Köln

Vervielfältigungen dieses Werkes für das Text- und
Data-Mining bleiben vorbehalten.

Lektorat: Dr. Stefanie Heinen
Textredaktion: Dr. Ulrike Brandt-Schwarze, Bonn
Umschlaggestaltung: Christin Wilhelm, www.grafic4u.de
Umschlagmotiv: © Paul Almasy/akg-images
Satz: hanseatenSatz-bremen, Bremen
Gesetzt aus der Minion Pro
Druck und Verarbeitung: GGP Media GmbH, Pößneck

Printed in Germany
ISBN 978-3-7577-0033-1

2 4 5 3 1

Sie finden uns im Internet unter luebbe.de
Bitte beachten Sie auch: lesejury.de

Für meine Eltern

KAPITEL EINS

»Wie viel kriegen wir, Mama?«, fragte Peter und sah Gisela mit erwartungsvollen Augen an, in denen all der Glanz lag, den sie in den letzten Jahren verloren hatten. So viel Leid, das der Krieg gebracht hatte, und nun so viel Hoffnung, die in das Herz ihres Sohnes und in ihr eigenes zurückgekehrt war.

»Erst mal achtzig Mark. Vierzig Deutsche Mark für dich, junger Mann, vierzig für mich«, antwortete sie.

»Und morgen kaufen wir den neuen Brettspielkoffer. Du hast es versprochen!«

Gisela lächelte. Endlich konnte sie ihrem Kind wieder einen Wunsch erfüllen. »Du bekommst den ganz großen! Versprochen.«

Stolz strich sie ihrem Sohn über das dunkelblonde Haar, das in der Sonne dieses Junitages 1948 wie ein Kornfeld schimmerte. Mit der Währungsreform sollte so vieles besser werden. Unzählige Verheißungen hingen in der Luft, sie waren zum Greifen nah. Ihr war, als könne sie die angepriesenen Waren, die bald wieder in den Ladenregalen liegen würden, schon riechen. Düfte, die viel zu lange aus ihrem Leben verschwunden gewesen waren.

Aus ganz Köln kamen die Leute zusammen und stellten sich erwartungsvoll in die Reihen, die sich vor den Ausgabestellen für die Deutsche Mark gebildet hatten. Es war ein angenehm warmer Sonntagmorgen. Die Sonne blinzelte an den Türmen des Doms vorbei, die sich hinter der Lebensmittelkartenstelle, in der Gisela und Peter für das »Kopfgeld« anstanden, in den Himmel reckten. Ein Vogel hob sich schwungvoll hinauf zur Spitze des Südturms, und Gisela vernahm das fröhliche Pfeifen eines jungen Mannes, der wenige Reihen hinter ihnen das Gezwitscher nachahmte und damit seine Familie unterhielt.

Die Warteschlange war lang, ebenso die Geduld der Menschen. Manche hatten sich Hocker oder Kisten mitgebracht und sich darauf niedergelassen.

»Was werden Sie mit dem neuen Geld anstellen?«, fragte ein weißbärtiger Mann mit Kappe seinen Nachbarn, der auf einem großen Karton saß und sein rechtes versehrtes Bein von sich gestreckt hatte.

»Eine Flönz. Eine richtig deftige Flönz gönn ich mir. Und dazu ein frisch gezapftes Kölsch. Gleich morgen geh ich zum Metzger Hennes. Hoffentlich hat er dann auch eine. Aber der Hennes hat immer die besten Würste in der ganzen Stadt gehabt. Den kennen Se doch, oder?«

»Ja, ja. Hab ich schon von gehört. Aber ich geh immer zum Horst Otto in der Richmodstraße. Dem seine Leberwürste sind ein Genuss … und wenn er frische Blutwurst hat, steht's auf der Tafel vor dem Laden«, erwiderte der Mann und schob seine Kappe zurecht.

Gisela hatte Blutwurst nicht einmal zu Kriegszeiten vermisst, aber für Heinrich, ihren verschollenen Mann, hatte sie sie oft gekauft. Nur in der Metzgerei Stürmer, eine andere hatte er nicht gegessen. Scharf angebraten, mit Himmel un Ääd, Kartoffel-Apfel-Püree, so mochte er Blutwurst am liebsten. Wie wählerisch die Männer manchmal sind, dachte Gisela und schmunzelte.

Ein lautes Kinderlachen übertönte für einen Moment das Essensgespräch, in dem es sich jetzt um Sauerbraten drehte.

»Na, wenn mein Göttergatte überhaupt mal was kochen würde, wäre mir schon geholfen«, sagte die Ehefrau des weißbärtigen Mannes, die zu Gisela aufgerückt war.

»Mein Heinrich, der kann auch nur gut essen.« Gisela lachte verhalten. »Als ich schwanger war und die letzten drei Monate liegen musste, ist er mir in der Küche zur Hand gegangen. Aber hat mir immer die Kartoffeln verkocht.«

Die Ehefrau schickte ein Stoßgebet gen Himmel. »Meiner weiß noch nicht mal, dass man Kartoffeln überhaupt kochen muss.«

Einige Frauen in der Warteschlange nickten und grinsten sich zu.

»Wünsch dir was, Anne!«, rief ein lachendes Mädchen, hüpfte mit wippendem honigblondem Haar zu ihrer Freundin und hielt ihr eine Pusteblume hin. Sogleich pustete diese an den Kopf des abgeblühten Löwenzahns, und die feinen Härchen schwammen in der Luft, flogen weit davon, Richtung Dom. »Komm, wir laufen hinterher! Wer als Erstes dort ist!« Das Mädchen zeigte auf die Bischofskirche.

»Eins, zwei, dr...«, zählte Anne, aber da lief ihre Freundin bereits los. »Hey, warte auf mich!« Anne rannte ihr nach.

»Unser Dom«, bemerkte eine junge Frau, die rechts von Gisela stand und die Kinder ebenso beobachtet hatte. Vor ihr auf dem Boden spielte ihre kleine Tochter mit einem Sonnenhut. »Hätten sie den auch erwischt, stünden wir alle nicht hier. *Zweihundertzweiundsechzig* Mal sollen die Alliierten die Stadt bombardiert haben, hat mir mein Mann erzählt. Wussten Sie das? Und der Nordturm hat nur eine Plombe davongetragen.«

Gisela nickte. »Schon ein Wunder, ja.« Im November 1943 hatte eine Fliegerbombe den Stützpfeiler so stark beschädigt, dass die Stabilität des Turmes gefährdet war. Doch die Kölner hatten dem Unheil getrotzt, indem sie das riesige Loch im Frühjahr 1944 mit Ziegelsteinen gestopft hatten.

»Dem Dom ist es zu verdanken, dass die Menschen wieder in die Stadt zurückgekommen sind. Hätten sie ihn auch dem Erdboden gleichgemacht, dann wäre Köln leer geblieben«, fuhr die junge Frau fort.

»Bestimmt.« Nie würde Gisela vergessen, was sich vor nicht allzu langer Zeit auf der Pattonbrücke abgespielt hatte, als Heerscharen von Menschen zu Fuß in die Stadt zurückgekehrt waren.

»Jetzt hab dich nicht so, Bärbelchen!«, sagte die Frau, die sich eben noch mit Gisela unterhalten hatte. »Setz den Hut auf, sonst wird dir wieder von der Sonne übel! Und dann musst du den ganzen Tag im Bett bleiben. Außerdem ist der doch so hübsch!« Sie beugte sich zu ihrer kleinen Tochter hinunter und setzte ihr den Hut auf. »So ist's gut. Richtig süß, ja.«

»Aber ich mag den nicht!«, rief das Mädchen und warf den Hut auf den Boden. Sie streckte ihrer Mutter die Zunge heraus und verschränkte die Arme.

»Jetzt sei ja artig!« Ein kleiner Klaps auf den Po folgte.

Bärbelchen riss sich den Hut wieder vom Kopf.

»Schon mit vier ein Sturschädel, mein Mädchen«, seufzte die Mutter und steckte den Hut in ihre Tasche.

»Das wird bestimmt auch nicht besser«, sagte Gisela und zeigte auf Peter, der sich gerade aus seiner Weste schälte. »Viel zu warm, Mama.« Peter drückte seiner Mutter das Kleidungsstück in die Hand und stellte sich auf seine Zehenspitzen, um besser über die Menge blicken zu können. »Wieso dauert das eigentlich so lange?«

Mit seinen zwölf Jahren war er es gewohnt, dass alles ganz schnell gehen musste. Mehr als einmal waren er und seine Mutter vor dem Bombenhagel weggelaufen, um sich im nächstgelegenen Luftschutzkeller in Sicherheit zu bringen. Und beinahe täglich war er am Hauptbahnhof und in der Umgebung des Doms herumgeschlichen, um mit raschen, unauffälligen Handgriffen Lebensmittel zu »organisieren«, ehe die »Schmier«, die Polizei, kam und eine Razzia durchführte. Vor allem auf den Schwarzmärkten, auf denen er sich in den letzten Jahren mit seinem besten Freund Albrecht herumgetrieben hatte, galt es, schnell zu sein. Man wartete nicht, sondern organisierte, und darin war Peter gut geworden. In den zerbombten Straßen Kölns hatte er mehr fürs Leben gelernt als in der Schule.

Nicht selten hatte er den Unterricht geschwänzt und Gisela statt Hausaufgaben eine Dose Fett mit nach Hause gebracht, was auch nach dem Krieg noch absolute Mangelware war. Gisela wollte gar nicht wissen, wie ihr Junge es angestellt hatte, und hätte Peter dafür am liebsten ausgeschimpft, aber dann hatte sie seine leuchtenden Augen und sein stolzes Gesicht gesehen und geschwiegen.

Sie war dankbar für die Ausbeute gewesen und doch traurig darüber, dass Peters Kindheit einfach weggewischt worden war wie die Altstadt Kölns, Anfang 1946, als der Rhein über die Ufer getreten war und das Hochwasser ganze Straßen verschluckt hatte. Wie gern hätte sie ihrem

Sohn die verlorenen Jahre zurückgegeben, sie wie glänzende Perlen auf eine Kette gefädelt, damit ihm eine schöne Erinnerung nach der anderen in den Sinn kam, wenn er auf seine Kindheit zurückblickte. Aber stattdessen klebte an ihnen der Staub der Straßen, der noch immer auf den Ruinen der Stadt lag.

Peter war inzwischen fast so groß wie seine Mutter. Sein Gesicht, vor allem die markante Kinnlinie und die hohen Wangenknochen hatten kaum noch etwas Kindliches und ähnelten immer mehr denen von Heinrich. Die Gespräche mit ihrem Sohn waren oft von einer Ernsthaftigkeit, die besser zu zwei Erwachsenen gepasst hätte. Zusammen hatten sie nicht nur den Krieg überlebt, sondern auch den Hungerwinter 1946/47 überstanden. Nach all der trostlosen Zeit lag endlich nun eine hellere Zukunft vor ihnen.

Unruhig hüpfte Peter weiter von einem Bein auf das andere und lugte immer wieder an den vielen Menschen vorbei, die artig in der Schlange ausharrten. »Wahrscheinlich ist das Geld nichts mehr wert, wenn wir dran sind.« Er zuckte mit den Schultern und schwieg einen Moment. »Aber egal, dann spazieren Brecht und ich einfach wieder zum Rheinufer und organisieren was«, sagte er dann. Es klang, als würde er mal eben zum Fußballspiel auf die Straße gehen.

»Damit ist jetzt Schluss!« Gisela zog ihn dichter an ihre Seite. Meist brachten Peter und Albrecht von ihren Streifzügen nur ihre dreckverschmierten Gesichter mit nach Hause, manchmal aber auch ein freches Grinsen und geschwärzte Hände, in denen ein Stück Kohle lag. Gisela selbst hatte viel zu oft mit der Lebensmittelkarte und einem leeren Flechtkorb in der Hand Schlange gestanden, um etwas Brot, Milch, Zucker, Mehl, Kartoffeln, ab und an auch ein zähes Stück Fleisch zu ergattern. Geduldig hatte sie ausgeharrt – für ein paar Scheiben Brot, die mit Hafer oder Kartoffeln gestreckt waren und nichts mit dem Brot gemein hatten, das sie vor dem Krieg gegessen hatten.

Anders als Peter war Gisela daran gewöhnt zu warten. Doch ihre Geduld war nur selten belohnt worden. Die Ausbeute des stundenlangen Herumstehens war immer um einiges bescheidener als die ihres Kindes ausgefallen. Meist hatte sie von der Bäckermeisterin statt Brot ein mitleidiges Kopfschütteln bekommen, und Peter und sie hatten abends wieder hungrig zu Bett gehen müssen, wenn er nicht etwas mit nach Hause gebracht hatte.

Und nun stand sie wieder in einer Schlange. Aber dieses Mal versprach die Warterei eine gnädige Honorierung. Die Währungsreform, die im Rundfunk erst vor zwei Tagen angekündigt worden war, würde eine Wende im Westen Deutschlands einläuten. Und Gisela konnte es spüren. Mit jeder Faser ihres Körpers. Es fühlte sich wie dieser Junitag an. Noch nicht ganz Sommer, noch nicht ganz Vollendung. Aber spürbar und wohltuend wie die Wärme auf ihrer Haut.

Sie ließ ihren Blick schweifen. Dass so viel von ihrer Heimatstadt zerstört war, schmerzte sie. Mittlerweile waren zwar die Trümmer verschwunden, doch Köln war eine Stadt der leeren Flächen. Anstelle prächtiger Gründerzeithäuser drängten sich dort provisorische Blechhütten und Bretterbuden. Statt heller Lichter in den Wohnzimmern flackerte hier abends nur ein schwacher Kerzenschein … aber das Lachen erwachte bereits wieder aus dem Dämmerschlaf. Wie die Margeriten, die mit ihren weißen Blütenköpfen aus den Trümmern hervorblitzten.

Viel war von ihrem alten Leben nicht übrig geblieben. Nur Peter und die verblasste Liebe zu einem Mann, der, in

Jahren gemessen, weniger lange an ihrer Seite gewesen war, als er nun schon weg war. Ob Heinrich überhaupt noch lebt? Ob er an Peter und mich denkt?, fragte sie sich wieder einmal, und sie rückten ein Stück auf.

»Wie viele Reichsmark zahlen wir zum Wechseln auf das Konto ein?«, wollte Peter wissen.

Seine Lehrerin hatte ihr vor Kurzem gesagt, er sei ein cleverer Junge. Und er könne noch klüger werden und eines Tages das Gymnasium besuchen, wenn er regelmäßiger und vor allem pünktlich in der Schule erscheinen würde. Gisela hatte mehr teilnahmslos als begeistert genickt, denn Peter wusste genau, was er von seinem Alltag wollte ... oder eben nicht wollte. Zu Letzterem zählte leider der regelmäßige Schulbesuch. Er war nun mal ein Junge, der das Leben erfahren und nicht erlernen wollte.

»Ein Vermögen, ein kleines Vermögen! Unser ganzes Erspartes«, antwortete Gisela und küsste Peter auf den Kopf. Sein Haar roch ein wenig nach Kernseife, denn heute war der wöchentliche Badetag gewesen. Längst überfällig wieder einmal. Viel lieber wäre es ihr, Peter würde nicht nur sonntags, sondern täglich baden, um sich seine Abenteuer vom Leib zu waschen. Doch diesen Luxus konnten sie sich nicht leisten.

Aber das war nicht weiter von Bedeutung. Wichtig war Gisela nur, dass sie ihren Sohn an ihrer Seite hatte. In all den Jahren, in denen der Krieg so viele Familien getrennt hatte, Herzen auseinandergerissen und ganze Leben ausgelöscht hatte, hatte sie die Hand ihres Kindes nie losgelassen. Nicht im Luftschutzbunker, nicht zwischen den Trümmern, als sie vor den geschwärzten Mauerresten ihrer ehemaligen Wohnung im Martinsviertel gestanden und auf das Elend hinabgeblickt hatten, das sich Zuhause nannte. Und schon gar nicht jetzt. Wo das in Aussicht gestellte Glück mit einer neuen Währung bezahlt werden sollte.

Aufgeregt nahm sie Peters Hand, und sie rückten noch ein Stück auf.

»Gehen wir danach wieder nach Papa fragen?« Peter sah auf den Boden und schob mit seinen abgetragenen Schuhen ein paar Kieselsteine hin und her. In solchen Momenten war er nicht der starke junge Mann, zu dem er in den letzten Jahren herangereift war, sondern ein kleiner Junge, der seinen Vater vermisste.

»Ja. Nachher fragen wir wieder nach Papa. Und zur Feier seines Geburtstags nächste Woche gehen wir ins neu eröffnete Café Reichard ... auf ein Stück Buttercremetorte. Eine köstliche und üppige Buttercremetorte«, wiederholte sie und konnte schon die feine Creme mit echter Butter auf ihrer Zunge spüren.

Peter grinste breit und leckte sich über die Lippen. »Darüber wird sich Papa aber freuen, wenn wir ihm davon erzählen. Können wir mit ihm dann auch mal da hingehen?«

»Auf jeden Fall. Dann werden wir sieben Mal Kuchen essen. An jedem Wochentag!«

Wieder ging es voran. Der weißbärtige Mann mit der Vorliebe für Leberwürste und seine Ehefrau waren dran, danach wären sie an der Reihe. Bärbelchen neben ihnen hatte mittlerweile wieder ihren Hut auf, was die Mutter sichtlich zufrieden zur Schau stellte, denn sie hatte die Kleine auf den Arm gehoben. Auch die Mädchen mit den Pusteblumen waren zurückgekehrt. Dieses Mal hatten sie Gänseblümchen in der Hand und zu Sträußchen gefasst. Und als sich die Schlange erneut in Bewegung setzte, meinte Gisela zu erkennen, wie dem Flönz-Mann bereits das Wasser im Mund zusammenlief.

Ja, auch Gisela hatte einen Herzenswunsch. Sie sah auf ihre abgewetzten Schuhe hinab. Die Plateausohlen aus Kork hatten dicke Risse. Hanni, die eine talentierte Schneiderin war, hatte sie bereits mehrmals repariert, aber das half inzwischen nicht mehr. Sie würde mit ihrer Freundin demnächst einen Stadtbummel machen. Nicht nur sehnsüchtig die Auslagen betrachten, wie sie es gern nach der Arbeit taten, sondern sich neue Schuhe gönnen. Ein richtig schickes Paar Damenschuhe, das nicht erst ausgebessert oder umgenäht werden musste, damit es passte. Vielleicht durfte es sogar aus Leder sein.

»Mama, wir sind dran! Komm schon!«, rief Peter und zog seine Mutter zum frei gewordenen Schalter.

»Eder. Gisela und Peter Eder«, sagte sie und überreichte dem zuständigen Fräulein mit den Victory Rolls – den voluminösen braunen Haarlocken – ihre Unterlagen. Ihr Herz pochte laut in ihrer Brust.

Peter verfolgte wachsam, wie die Dame hinter dem Schalter die Schublade öffnete und ein paar nagelneue Geldscheine herausnahm. Routiniert zählte sie die Scheine ab, während Peters Blick auf ihren Händen ruhte.

Sachte klopfte Gisela ihrem Sohn die Zweifel von der Schulter. Bald Peter. Schon bald wirst du die Unbekümmertheit eines neuen Lebens spüren, das verspreche ich dir, dachte sie und nahm das frisch gedruckte Papiergeld entgegen.

Das Fräulein schob ihr einen Zettel zu. »Bitte quittieren Sie hier«, sagte sie und reichte Gisela einen Stift.

»Los, Mama, du musst unterschreiben«, sagte Peter, weil Gisela nur dastand und das Geld in ihrer Hand anstarrte.

»Keine Sorge«, sagte sie und schrieb ihren Namen auf das Formular, bevor sie die Scheine einsteckte. »Von jetzt an lassen wir uns nichts mehr nehmen. Wir holen uns alles zurück!«

»Tag, Herr Stoler!«, rief Gisela von der gegenüberliegenden Straßenseite, als sie auf dem Heimweg an der Tischlerei in der Großen Neugasse vorbeikamen. Der Inhaber stellte gerade ein Margeritenstämmchen neben die Tür. Schwungvoll drehte er sich zu Gisela und Peter um, die die Seite wechselten und auf ihn zugingen.
»Was für eine schöne Überraschung! Die Familie Eder«, sagte er und stutzte kurz. »Ach, der Heinrich. Noch nichts Neues von Ihrem Mann?« Er nahm seinen Hut ab.
Gisela schüttelte den Kopf. »Nein, leider. Wir warten … Ein schönes Bäumchen.«
»Hat mir meine Frau aufgetragen. Sie meint, mit den Blumen kämen die Kunden zurück.«
Gisela lächelte. »Bestimmt. Wie ist denn die Auftragslage?«, fragte sie, da die Tischlerei erst vor Kurzem wieder aufgemacht hatte. Früher hatte Herr Stoler aufgrund der vielen Aufträge sogar Anfragen ablehnen müssen.

»Schleppend, sehr schleppend … Es gibt kein Holz, und die Nägel fehlen ebenfalls. Und der Heinrich fehlt auch. Der hat so ein gutes Augenmaß.«

Gisela nickte. Ihr Mann war ein talentierter Tischler gewesen. Für ihr Esszimmer hatte er einen Tisch aus Eichenholz mit aufwendigen Schnitzereien angefertigt, den die Gäste immer bewundert hatten.

»Sobald er zurückkommt, soll er gleich zu mir kommen. Er kriegt seine Anstellung zurück, darauf geb ich Ihnen mein Wort!« Herr Stoler klopfte Gisela sachte auf den Oberarm. »Nur nicht den Mut verlieren. Keine Nachricht ist erst mal keine schlechte. Viele kehren erst jetzt heim.«

Gisela lächelte schwach.

Nach all den Jahren hielt sie sich nur noch vage an der Hoffnung fest, dass Heinrich eines Tages zu ihnen zurückkommen würde.

Ihr Blick fiel auf die Eingangstür der Tischlerei, und sie erinnerte sich daran, wie sie jeden Morgen ein Stück des Weges gemeinsam gelaufen waren. Heinrich war zur Arbeit gegangen, sie mit dem kleinen Peter am Arm zum Lebensmittelladen, um die Einkäufe für die Schwiegereltern zu erledigen. An der Stelle, wo jetzt das Margeritenstämmchen stand, hatten sie sich immer verabschiedet. »Bis zum Abendbrot, Gillchen«, hatte er gesagt und ihr einen Kuss auf den Mund gedrückt. Dann hatte er liebevoll die blonden Locken seines Sohnes verwuschelt.

Nun, sieben Jahre später, nachdem sie sich das letzte Mal geküsst hatten, schien es, als wäre die Hoffnung auf seine Rückkehr wie ein Mauersegler über die Ruinen der Stadt davongeflogen.

»Wir werden es Papa ausrichten«, sagte Peter und nickte.

Nur ihr Sohn, der wollte den Glauben nicht loslassen, dass sein Vater eines Tages zu ihnen zurückkehren würde. In all den Jahren hatte er das sorgenfreie Vertrauen eines Kindes behalten, das noch Magie und Wunder in einer zerstörten Welt entdeckte. Das leichtfüßig über ein unendliches Trümmermeer getrippelt war, obwohl Ballast auf seiner kleinen, unschuldigen Seele lag. Und die geborgte Leichtigkeit, die er sich jeden Tag zunutze machte, stimmte Gisela wehmütig.

In ihrem Herzen klaffte eine Einsamkeit, die mehr wog als der Funken Hoffnung, der ihr geblieben war. Wenn Peter abends im Bett und Gisela allein in der Küche am improvisierten Tisch aus alten Brettern saß, fühlte sie die Verlassenheit, die mit eisigen Armen nach ihr griff. Genau an der Stelle, wo sie früher die warmen, schützenden Hände Heinrichs gespürt hatte.

Ja, sie wollte daran glauben, dass sie sich alles zurückholen konnten.

Aber viel wahrscheinlicher war es, dass *einer* nie wieder bei ihnen sein würde.

KAPITEL ZWEI

Mit breit gewölbter Mauerbrust thronte das Gebäude der Versicherung Pering im Friesenviertel. Es hatte sich nach dem Krieg stark verändert, was Walter Pering, dem Inhaber und Gründer der Versicherungsanstalt, missfiel, woraus er keinen Hehl machte. Rund um den Friesenplatz hatte sich ein Rotlichtviertel entwickelt, das Pering am liebsten mit einem Tintenstrich seines Parker-Füllfederhalters auf dem Stadtplan in einen der äußersten Winkel Kölns versetzt hätte. Allabendlich durfte er sich darüber bei seiner Frau Hilde beschweren, die eine geduldige Zuhörerin sein konnte. Meistens schlief sie nämlich vor dem warmen Kamin im Salon ihrer Villa ein. Ja, die Hilde, die friert auch im Mai, hatte Pering auf der letzten Firmenfeier erzählt und dafür großes Gelächter bei der Belegschaft geerntet.

Mittlerweile dürfte er sich aber damit abgefunden haben, dass spätabends, wenn die Tore zur Versicherung längst verschlossen sind, ein Geschäftstreiben der etwas anderen Art in der Friesenstraße vonstattengeht, dachte Gisela. Als Visionär, der er ist, hat er bestimmt schon Pläne gemacht, wie »sein« Friesenviertel eines Tages aussehen wird.

Sie schritt zum Eingangstor des Versicherungshauses, das von einem Spitzbogen überwölbt war, und stieg die fünf breiten Stufen hinauf. Sie betrat die prachtvolle Halle, die ihr stets das Gefühl vermittelte, in die Goldenen Zwanziger zurückversetzt worden zu sein. Eine Zeit, in der die Versicherung vom vorherrschenden Aufschwung und dem Wohlstand im Land profitiert hatte.

Auffällig war der hellblaue mit cremefarbenen und goldenen Mosaiksteinen durchsetzte Terrazzoboden, der an den Seiten in einem Blumenmuster auslief. Ein italienischer Architekt hatte den Eingangsbereich geplant und den feudalen Aspekt, den Pering sich gewünscht hatte, aufwendig umgesetzt: Die großen Fenster ließen so viel Licht hinein, dass man sein Gesicht in den Sonnenstrahlen baden konnte, wenn man sich im Innenbereich des Gebäudes aufhielt.

Vor dem Krieg war die Eingangshalle in einen großzügigen Lichthof übergegangen, der zu den zahlreichen Büros geführt hatte. Doch eine Bombe hatte das Atrium mit grausamer Präzision getroffen – eine Tatsache, die Pering sicher noch immer schmerzte.

Die hohen Fenster im Eingangsbereich zogen sich an den mit Sperrholzplatten verkleideten Seiten entlang. Der untere Teil war mit Palisanderflächen zu einer geschlossenen Wandtäfelung verbunden. An der oberen Hälfte der Seitenwände schimmerten blassgelbe und himmelblaue Farbtöne, die den Leitspruch der Versicherung widerspiegelten. *Bei uns ist alles in sicherer Hand*, war Perings Maxime, die auch auf der Messingtafel am Eingang prangte.

Durch einzelne Flachglasstücke, die durch U- und H-Bleiruten eingefasst und an den Kanten entlang verlötet worden waren, hatte die großzügige Halle eine lichtdurchflutete Offenheit besessen. An den Wänden erhellten Messingleuchten in Tulpenform den Raum und schufen vor allem abends, wenn die Sonne hinter den Türmen und Dachfirsten verschwunden war, eine angenehme Atmosphäre. Drei achtarmige Kronleuchter hingen in exakten Abständen an der Decke, als wollten sie kopfüber Spalier stehen. Sie tauchten die Halle in ein breitflächiges Licht. Angeblich hatte Pering die Lüster zu Kriegsbeginn abmontieren lassen und sie in seinem Keller vor den Bombenangriffen und späteren Plünderungen in Sicherheit gebracht. Nun befanden sie sich wieder an Ort und Stelle und erstrahlten in einem fürstlichen Schein.

Ein Kronleuchter hing über dem geschwungenen goldenen Empfangstresen, der die Besucher, vor allem jene, die das Gebäude zum ersten Mal betraten, einen Moment lang staunend innehalten ließ. Erna Schmitz, die Empfangsdame des Hauses, die seit der Gründung der Versicherungsanstalt im Jahr 1925 mit äußerster Korrektheit ihren Dienst versah, konnte mit einer simplen Geste alle Zweifel wegwischen: Sie lächelte. Milde und auch ein wenig mütterlich, sodass man sich willkommen fühlte, wenn man Sorge hatte, sich in der Weite und Schönheit der Halle zu verlieren. Immer akkurat gekleidet, mit einem schwarzen Schlupfrock und einer makellos weißen Bluse. Ernas Kennzeichen waren nicht nur ihre Hochsteckfrisur und die Brille mit dem braunen Rahmen, sondern auch ihre angenehme Stimme, mit denen sie die Kunden begrüßte, die wegen eines zu schützenden Gegenstands die Versicherung aufsuchten.

Gisela konnte sich noch gut an den Tag erinnern, als sie im September 1945 zur Arbeitsprobe eingeladen war. Zögerlich hatte sie in der Halle verharrt und sich nicht getraut, mit ihren abgetragenen Schuhen einen Schritt auf den kunstvollen Terrazzoboden zu setzen. So viel Schönheit hatte sie im Trümmermeer Kölns lange nicht mehr gesehen.

Als sie es dann doch gewagt hatte und über den edlen Boden schlich, hatte sie den Wunsch verspürt, hier tagtäglich ein und aus gehen zu dürfen. Vorsichtig hatte sie das unversehrte Holz an den Seitenwänden berührt und war mit den Augen in das Farbspiel aus Blau- und Gelbtönen eingetaucht, das über ihrem Kopf im Schein der Kronleuchter tänzelte. Die pure Schönheit der Eingangshalle hatte ihr ein Gefühl von Sicherheit vermittelt und ihr die Beteuerung zugeflüstert, dass bessere Zeiten folgen würden.

Und nun hatte sie eine Buttercremetorte in der Hand. Ein köstliches Zugeständnis des Schicksals.

»Guten Morgen, meine Liebe«, flötete Gisela, während sie zügigen Schrittes auf den Empfangstresen zuging. Das tat sie jeden Morgen. Ein Schwätzchen mit Erna brachte den notwendigen Schwung für den Tag.

»Morje, Darling«, sagte Erna und sah hoch. Seit die Alliierten die Stadt besetzten, streute sie immer wieder ein paar englische Wörter in ihren kölschen Dialekt ein.

»Ganz schön warm heute, was?«, bemerkte Gisela und sah auf die vollen Terminlisten, die Erna für die Geschäftsführung und die Versicherungsvermittler angefertigt hatte. Das Versicherungsgeschäft schien endlich wieder anzulaufen.

»Ich halt meinen Hintern jään in die Sonne. Ist mir lieber als die Kälte.« Erna schüttelte sich kurz, als würde sie an den Hungerwinter denken.

»Ich hab übrigens eine sehr delikate Überraschung für dich«, sagte Gisela geheimnisvoll.

»Eine Überraschung? So etwas mag ich doch überhaupt nicht!« Erna lachte. »Du bist mir wirklich ein Schatz! Was isses denn?« Sie schielte auf das kleine Paket in Giselas Hand.

»Ich muss dir was Delikates – sehr Delikates erzählen. Da wirste Augen machen«, sagte Erna und reckte ihr Kinn. Das tat sie immer, als würde sie der Klatsch und Tratsch, den sie sammelte, ein Stück größer machen. Zugegeben … ein bisschen stolz darf sie schon darauf sein, was sie alles herausfindet, dachte Gisela.

Sie beugte sich über den Tisch. »B-u-t-t-e-r-c-r-e-m-e-t-o-r-t-e«, sagte sie leise. Gisela hatte sie am Vortag nach der Arbeit gekauft und im Keller frisch gehalten.

»Ach, du liebe Güte! Torte! Mit echter Buttercreme? Darling … womit habe ich das verdient?«

»Weil du mir die beste Lehrerin bist.«

»Ach, das bisschen Steno«, winkte Erna ab. »Doch nicht etwa vom Reichard?« Sie klatschte in die Hände.

Gisela nickte. »Peter und ich waren gestern dort. Und wir haben auf der Terrasse gesessen, mit Blick auf den Dom.«

»Ganz schön nobel.«

»Das hat mein Peter verdient«, sagte Gisela.

»Aber gib mir die Torte erst später. Sonst denken alle, ich hätt ein Fisternöllche mit irgendeinem Liebhaber.« Sie lachte, wurde aber im nächsten Moment ganz ernst. »Ich wünschte, der liebe Theo könnte auch mit mir ins Reichard gehen«, sagte sie. Gisela legte eine Hand auf Ernas, denn sie konnte ihren Schmerz nachvollziehen. Ernas Sohn galt noch immer als vermisst. Das letzte Lebenszeichen von ihm war aus einem Gefangenenlager in der Bretagne gekommen. Das lag Monate zurück.

Er war erst achtzehn Jahre jung gewesen, als sie ihn aus der Glaserei gerufen hatten. Von der einen Minute auf die andere war er kein Glaser mehr, sondern ein Soldat gewesen, hatte Erna Gisela erzählt.

»Nichts Neues?«, fragte Gisela, obwohl sie die Antwort kannte.

Erna schüttelte den Kopf. »Und bei dir?« Gisela hatte ihr erzählt, dass sie einmal wöchentlich zum Suchdienst des Roten Kreuzes ging. Peter bestand darauf.

Gisela schüttelte ebenso den Kopf.

Diese Geste war das unsichtbare Band zwischen den beiden Frauen. Sie warteten auf die Heimkehr eines geliebten Menschen, und doch gab es anstelle einer sich erfüllenden Hoffnung immer nur das Kopfschütteln.

»Es ist so lieb, dass du an mich gedacht hast!«

Gisela lächelte und war froh, dass sie Erna damit eine Freude bereiten konnte. Nach all den Entbehrungen tat es gut, wenn man sich ab und an wieder etwas gönnen durfte.

Gleich nach dem Krieg hatte das Kaffeehaus in der Nähe des Doms wieder eröffnet, und sehr bald hatten sich viele Kunden auf ein Tässchen Kaffee und einen Baumkuchen eingefunden, für den das Café bekannt war.

Am liebsten trank Erna zu einem Stück Kuchen oder einer Torte echten Bohnenkaffee. Ein feiner Mokka mit einem Likörchen musste es sein. Doch einen richtigen Kaffee bekamen die Angestellten in der Versicherung nicht. Pering, der ansonsten durchaus großzügig zu seiner Belegschaft war, enthielt ihnen den Genuss von Bohnenkaffee vor – den kredenzte er nur den Firmenkunden und exklusiven Privatkunden. Den Leuten also, die ihre Geschäftssitze und Wertgegenstände gegen eine fürstliche Summe bei ihm versichern ließen. Ihnen servierte er den Kaffee in Tassen mit dem typischen indischblauen Dekor der Porzellanfirma Kalk, die er, wie andere Teile aus dem Inventar des Versicherungsgebäudes, rechtzeitig im heimischen Keller in Sicherheit gebracht hatte.

Einmal täglich durften sich die Telefonistinnen eine Tasse Malzkaffee genehmigen. Das war die Ration, die ihnen als Draufgabe zum Tageslohn zustand.

»Für die Buttercremetorte serviere ich dir auch ein frisches Geheimnis. Es hat noch nicht die Runde gemacht.« Erna bedeutete Gisela mit dem Finger, näher zu kommen. Sie setzte ein diskretes Lächeln auf, obwohl Verschwiegenheit nun nicht eine der Tugenden war, die sie sich zuschreiben durfte. Man konnte Erna als Sammelgefäß für alle Arten von Geschichten, Wahrheiten, Unwahrheiten und Gerüchten bezeichnen, die in der Versicherung die Runde machten ... oder auch nie hätten machen sollen. Ihre Augen und Ohren waren wie die Antenne eines Radios auf Dauerempfang gestellt, und man tat gut daran, ein Auskommen mit ihr zu finden. Hinter der vorgegebenen vertraulichen Fassade schlummerte Ernas Durst ihrer Neugier, der ganze Bäche an Geschichten benötigte, um gestillt zu werden. Und wenn man ihn austrocknen ließ, konnte er müßig werden ...

»Es geht um das Fräulein Anna aus der Verwaltung«, flüsterte Erna. »Du weißt schon, die mit den aufwendigen Pin Curls und dem betuchten Vater, der sie jeden Morgen mit dem nagelneuen Volkswagen zur Arbeit fährt. Da hat letztens sogar der Pering große Augen gemacht ... Na, jedenfalls war die gute Anna gestern ziemlich lange bei unserem Herrn Generaldirektor. Und danach saßen die Locken so, als wäre sie in ein Sommergewitter gekommen.« Erna kicherte hinter vorgehaltener Hand, als wäre ihr die Geschichte unabsichtlich über die Lippen gepurzelt. »Es dürfte wahrlich ein Donnerschlag durch ihren Körper gefahren sein. Bei ... na ... den Rest kannst du dir ja denken.«

Giselas Augen wurden groß, und ihr blieb kurz der Mund offen stehen. »Und das ist wirklich wahr?«

Erna nickte heftig. »Natürlich war ich nicht dabei, aber ich hab auf die Uhr geschaut. Gut eine Dreiviertelstunde war sie beim Direktor. Für eine äußerst wichtige Besprechung ...«

»Und ich dachte, der Böck würde Besuch von der Trude bekommen.«

Erna schüttelte den Kopf. »Nä, nä. Nicht mehr, meine Liebe. Ich glaub, die hat er langsam über. Ist ja auch schon ziemlich alt, die Gute. Dreiunddreißig. Und bei dem heutigen Männermangel muss sogar so ein hübsches Ding wie die Anna sich beeilen, dass sie unter die Haube kommt. Was bin ich froh, dass mir der Franz geblieben ist! Auch wenn mich schon lange kein Donnerschlag mehr erwischt hat.«

Gisela schluckte. Sie selbst war schon fünfunddreißig. Aber immerhin verheiratet. Wenn auch nicht spürbar verheiratet.

»Und dein Heinrich wird auch zurückkommen, wirste schon sehen. Wie der Theo«, verkündete Erna auf eine Weise, die keinen Widerspruch duldete. »So ein alter Bock wie der Böck braucht eben ein wenig Treibstoff für seine rostigen Eingeweide«, fuhr sie fort, und ihr schrilles Lachen hallte in der Halle nach.

»Aber was, wenn der Vater von der Anna das rausfindet? Dann wird er den Böck bestimmt lynchen ... oder mit dem neuen Volkswagen überfahren.«

»Das kannste annehmen. Oder er muss das junge Ding noch am selben Tag heiraten.«

»Das arme Fräulein Anna. Stell dir vor, der macht ihr noch ein Kind. Nicht auszudenken!« Gisela schauderte al-

lein beim Gedanken, mit dem Generaldirektor ausgehen zu müssen. Seine Nase war so riesig, als trüge er den Südturm des Doms im Gesicht. Jedes Mal, wenn Gisela ihm gegenüberstand, musste sie sich zwingen, nicht auf die prominente Nase zu starren ... und schaffte es dann doch nie.
»Hat der Böck denn nicht schon vier Kinder?«
»Sieben, wird gemunkelt.« Erna stupste sich die Brille zurecht.
»Sieben? Und dabei könnte er in seinem Alter bereits Enkel haben.«
»Hat er auch schon längst, Darling. Der Bart des Direktors kratzt ja schon am Ruhestand. Nicht mehr lange, dann folgt ihm das Söhnchen vom Pering nach. Ein studierter Betriebswirt soll der sein. Ziemlich ehrgeizig, hab ich gehört. Wird also nicht besser werden. Wirst schon sehen. Wird alles so weitergehen. Und der Böck, der muss dann bei seiner bitteren Frucht zu Hause bleiben und der Süßen bei uns in der Versicherung abschwören.« Sie beugte sich zu Gisela vor. »Angeblich schlafen der Böck und seine Frau schon lange in getrennten Schlafzimmern.« Erna zog zufrieden einen Mundwinkel nach oben, als würde sie dem Generaldirektor das Keuschheitsgelübde, das seine Ehefrau abgelegt zu haben schien, gönnen.

Gisela staunte. Nicht über das Gelübde an sich, sondern wegen der zwei Schlafzimmer. Sie besaß ja nicht mal eins.

»Du kannst doch mal genauer hinhören, Gisi. Das Fräulein Anna muss heute oder morgen bestimmt mal zum Herrn Generaldirektor verbunden werden.« Erna wischte sich einen Fussel von ihrer blütenweißen Bluse. Zu Recht hegte sie die Hoffnung, Gisela würde ihr später nicht nur die Buttercremetorte, sondern auch den passenden Tratsch zur neuen Liebschaft in der Versicherung servieren. So gesehen harmonierte Erna hervorragend mit den Telefonistinnen, und sie wusste, was sie an ihnen hatte. Die Fräuleins aus der Telefonzentrale bekamen so einiges von den internen Geschehnissen mit. Dazu mussten sie keine großen Anstrengungen unternehmen. Nur sichergehen, dass die Verbindung hergestellt war und etwas länger als nötig in der Leitung zugeschaltet bleiben.

»Psst!«, machte Erna plötzlich. Mit einem Kopfnicken deutete sie zum Eingang der Halle.

Walter Pering trat durch die Tür und nahm seinen Hut ab. Wie immer trug er einen Maßanzug, eine helle Brille und hatte die Haare akkurat nach hinten gebürstet. Mit einem Pfeifen setzte er sich in Bewegung und kam auf den Empfangstisch zu.

»Guten Morgen, Herr Pering«, riefen Gisela und Erna unisono und machten einen kleinen Knicks.

»Meine Damen, den wünsche ich Ihnen auch! Ist ja heute sogar besonders schön«, antwortete er und deutete einen Diener an.

»Frau Eder, hier ist der Dienstplan«, sagte Erna geschäftig und überreichte Gisela eine handgeschriebene Liste, damit es so aussah, als stünde die Telefonistin nicht grundlos an der Rezeption.

Für den Dienstplan kam Gisela tatsächlich jeden Morgen zum Empfang. Eine Telefonistin musste schließlich wissen, welcher Angestellte wann an seinem Platz saß, um die Telefonate ordnungsgemäß verbinden zu können.

»Sie wünschen die Terminliste, Herr Pering?«, fragte Erna und überreichte dem Inhaber eine handgeschriebene Auflistung. Sie war um einiges schöner geschrieben als Giselas Liste, und zwar in einer perfekt geschwungenen Schreibschrift. Erna legte auf die Ästhetik ihrer Handschrift Wert. Einen ähnlich großen Wert legte sie auf den Neuigkeitsfaktor eines Gerüchts. Schließlich war ein Gerücht nur dann von Belang, wenn es noch nicht die Runde gemacht hatte.

Perings Blick flog prüfend über die eingetragenen Termine. »Karl Falkenberg ... soso ... will wohl endlich sein nobles Kaufhaus Ecke Schildergasse versichern lassen. Recht hat er, der Kerl. Hat wohl eingesehen, dass es notwendig ist, eine ordentliche Feuerversicherung zu haben. Den schicken sie aber gleich zu mir hoch, wenn er aufkreuzt. Nicht warten lassen, Frau Schmitz, verstanden?«

Erna nickte eilig.

»Sonst irgendwelche Vorkommnisse, von denen ich wissen muss?«, fragte Pering an beide Frauen gerichtet und steckte die Liste in seine Aktentasche aus feinstem Leder. Giselas Kollegin Hanni hätte bestimmt die ganze Zeit darauf gestarrt.

»Nein, Herr Pering. Nichts«, sagte Erna und verkniff es sich, von den Dutzend Neuigkeiten zu berichten, die ihr in den letzten Tagen zugetragen worden waren. Aber für solche Themen war Pering nicht empfänglich. Klatsch und Tratsch prallten an seinem Verstand und dem auf das Geschäft gerichteten Fokus wie ein unrentabler Versicherungsfall ab.

Auch Gisela verneinte.

Mit einem kurzen Nicken wünschte er den beiden Frauen einen erfolgreichen Arbeitstag, drehte sich um und schritt pfeifend durch die Halle. Dabei sah er erst auf den Boden, als überprüfe er ihn auf Risse, dann an die Decke, wodurch sich sein Pfeifen verstärkte. Zufrieden nickte er.

Gisela wusste, woran er in diesem Moment dachte, denn er hatte schon oft davon erzählt.

Für Walter Pering war der Fortbestand der Eingangshalle stets ein gutes Geschäftsomen gewesen. Bei Festen sprach er oft davon, dass Gott seine Hand über den Kölner Dom und seine Versicherung gehalten habe, was die Gäste zumeist mit einem aufgesetzten Lächeln quittierten. Vielleicht war es aber tatsächlich ein Wunder, dass die Halle unversehrt geblieben war. Der Lichthof, in dem einst ein Springbrunnen aus Marmor vor sich hin geplätschert hatte, war verschwunden. Ebenso die Arme links und rechts, die vom Atrium in die umliegenden Büros geführt hatten. Zu Kriegsende war eine Fläche mit Trümmern übrig gewesen, die danach lechzte, von den Gesteinsbrocken befreit zu werden. Pering sagte, er habe erleichtert aufgeatmet, kaum, dass die Niederlage Deutschlands verkündet worden war, und sich sogleich auf den Weg ins Friesenviertel gemacht.

Im Schutt habe er gestanden und sich einen Überblick über die Zerstörung verschafft. Dann habe er eine Melodie gepfiffen, die Ähnlichkeit mit Haydns Oratorium *Die Schöpfung* hatte, und Stück für Stück des zerbombten Marmorspringbrunnens aufgesammelt. Wenige Tage später sei er bei den Alliierten erschienen und habe sie mit seinen perfekten Englischkenntnissen davon überzeugt, dass er kein Mitglied einer nationalsozialistischen Organisation gewesen war. So habe er die Geschäfte rasch wieder aufnehmen können, und die Versicherungsanstalt Pering war das erste deutsche Versicherungsunternehmen, das kurz nach Kriegsende wieder tätig wurde. Und darauf war er stolz, weshalb er die Geschichte immer wieder bei der einen oder anderen Gelegenheit erzählte.

Die neue Belegschaft, die er noch 1945 eingestellt hatte, nahm in improvisierten Büros Platz. Bald danach war auch wieder das Klingeln der Telefone zu hören gewesen.

Für die erfolgreich zustande gekommenen Gesprächsverbindungen im Haus waren die Telefonistinnen verantwortlich, die eifrig ihren Dienst in der Telefonzentrale versahen. Sieben Fräuleins bemühten sich täglich darum, die Gespräche entgegenzunehmen und zu den Angestellten im Haus durchzustellen. Insgesamt dreiundachtzig Mitarbeiter beschäftigte Pering mittlerweile. Zwar hatte er keinen Lichthof mehr, aber dafür unzählige Pläne im Kopf, wie er das Versicherungsgeschäft in den kommenden Jahren wieder aufbauen wollte. Und so herrschte in den Büros von früh bis spät ein emsiges Treiben. Und das war bestimmt Musik in seinen Ohren. Vermutlich noch besser als die, die er sich gerne in der improvisierten Oper in der Universität mit seiner Hilde anhörte.

KAPITEL DREI

Gisela öffnete den Garderobenschrank, nahm ihre Uniform vom Haken und strich sich eine kupferbraune Locke, die ihr vor die Augen gefallen war, hinters Ohr. Die sanften Wellen schmeichelten ihrem ovalen Gesicht und umrandeten die kleine Kerbe an ihrem Kinn.

Sie streifte den eleganten dunkelblauen Etuirock über, der am Saum mit einer hellgelben Borte verziert war. Dazu gehörten ein hellblaues Oberteil und ein blassgelbes Halstuch mit blauem Muster, das Gisela immer locker um ihren Hals drapierte. Die Telefonistinnen machten häufig Scherze darüber, dass sie nach den Farben des Deckenmusters der Eingangshalle eingekleidet worden wären.

Aufgrund der Stoffknappheit, die im ganzen Land herrschte, lag die Uniform eng an ihrem Körper an. Sie brachte Giselas schmale Figur zur Geltung, die sie den harten Hungerjahren zu verdanken hatte. Vor dem Krieg hatte sie ein paar Rundungen gehabt, die Heinrich in trauten Minuten der Zweisamkeit gerne liebevoll mit seinen Lippen erkundet hatte. Doch nun waren nicht nur die Kurven verschwunden, sondern auch die Küsse auf ihren Brüsten, die ihr immer ein sehnsuchtsvolles Wispern entlockt hatten.

Laute Schritte rissen sie plötzlich aus ihren Gedanken. Jemand kam hastig die Treppe hinuntergelaufen. Sie kannte das Poltern und wusste, dass nur eine im Haus dafür verantwortlich sein konnte. Sogleich wurde die Tür zum Umkleideraum aufgerissen, und Hannelore Angersbach stand im Türrahmen.

Ihre gute Freundin Hanni.

»Guten Morgen, Liebes!«

»Ach, so gut ist er heute nicht, Gisi. Trotzdem, dir auch einen guten Morgen.« Sie versuchte, so breit zu lächeln, als wolle sie dunkle Wolken über den Rhein davonschieben, und eilte zu ihrem Umkleideschrank.

»Was ist denn passiert?«

»Ach, nichts …« Hanni seufzte. »Vater ist vorhin erst heimgekommen. Er war mal wieder die ganze Nacht nicht zu Hause«, antwortete sie und schlüpfte aus ihren Schuhen. »Keine Ahnung, wo er sich rumgetrieben hat. Mutter war krank vor Sorge.«

Mit einem knappen Schulterzucken nahm sie ihre Uniform vom Haken. Die blonden langen Haare, die die Farbe eines Karamellbonbons hatten, flogen bei den eiligen Bewegungen mit.

»Und jetzt muss ich am Nachmittag auch noch im Büdchen aushelfen.« In einer perfektionierten Routine stieg sie aus ihrer Hose und zog den Sloppy Joe – einen lässigen Strickpullover – über ihren Kopf.

»Der ist ja schön! Selbst gestrickt?«, fragte Gisela und war wieder einmal von Hannis modischem Auftreten beeindruckt. Hannis Garderobe war aufgrund ihres Einfallsreichtums besser als die Kleider im Modehaus Falkenberg, das vor wenigen Tagen mit Blasmusik an der Hohen Straße, Ecke Schildergasse, eröffnet hatte. Langsam siedelten sich wieder Geschäfte in der ehemals hoch frequentierten Einkaufsstraße an.

Hanni nickte und fuhr mit der Hand über ihren Pullover, als würde sie liebevoll ein Kätzchen streicheln. Gisela schmunzelte, denn sie wusste, dass Hanni lieber über einen edlen Stoff als über eine flauschige Katze strich.

»Woher hast du das Garn?«

»Hab ich mir mit der neuen Mark gekauft«, sagte Hanni und lächelte ein bisschen verlegen. »Ich konnte einfach nicht widerstehen.« Rasch stieg sie in den Uniformrock und zog das dazugehörige Oberteil über. »Eins ist sicher. Sobald der Pering wieder ordentlich Versicherungen verkauft, muss er uns neu ausstatten. Hast du gesehen, was für hinreißende Kleider die Chefsekretärinnen neuerdings tragen? Zwei Lagen Stoff sind da verarbeitet, mit Sicherheit. Wenn nicht sogar drei. Da hat der Pering tief in die Tasche gegriffen.«

»Ja, richtig dekadent. Schämen sollen sie sich für ihr hübsches Aussehen!«

Gisela und Hanni lachten.

»Du hast gut daran getan, dich als Sekretärin zu bewerben. Vielleicht sollte ich das auch machen. Allein schon wegen der hübschen Kleider.« Hanni stellte sich vor den kleinen Wandspiegel. Sorgfältig schlang sie das Tuch um ihren schmalen Hals, doch das Ergebnis gefiel ihr nicht. Also nahm sie es noch einmal ab und legte es erneut an.

»Eigentlich ist das wirklich ungerecht. Wir können ja schon froh sein, wenn wir die Uniform nicht tausend Mal flicken müssen«, sagte sie, als sie es endlich geschafft hatte, das Halstuch so zu drapieren, dass das blaue Muster vorne war, damit es ihre blaugrüne Augenfarbe unterstrich.

»Bei uns zählt eben die Stimme und nicht das Aussehen.« Gisela zuckte mit den Schultern.

»Ich mag es aber, wenn du gut aussiehst.«
»So geht's mir auch mit dir.« Giselas Mundwinkel wanderten nach oben.

»Als Draufgabe zu unserem mickrigen Lohn wären zumindest ein paar schicke Schuhe fein«, fuhr Hanni fort, während sie in die Schnürschuhe stieg, die Gisela immer an Herrenschuhe erinnerten. »Schuhe aus feinstem Leder, mit einem schönen Absatz, damit es ordentlich klackert und jeder weiß, dass da ein Fräulein aus der Telefonzentrale kommt, wenn wir durch die Eingangshalle schreiten.« Hanni zog den Reißverschluss hinten am Rock hoch. »Und einen Petticoat. Bei Falkenberg gibt's jetzt einen. Aus versteiftem Perlonstoff, mit rüschen- und spitzenverzierten Stufen! Davon kann ich nur träumen. Hach ... Du hast ihn bestimmt schon gesehen!«

Gisela verneinte, woraufhin Hanni ihr einen Blick zuwarf, als wäre sie nicht ganz richtig im Kopf.

»Ich hab eine Stunde davorgestanden und ihn angestarrt. Solltest du auch mal machen. Danach fühlst du dich um Welten besser. ... Dunkelblau kann die neue Uniform schon sein, damit der Pering seine Farbe bekommt. Meinetwegen. Aber mit feiner Spitze am Saum. Und eine weiße, gestärkte Bluse! Damit wir wie richtig elegante Fräuleins aussehen, die wir in Wahrheit ja auch sind«, sagte Hanni und nahm ein Paar Häkelhandschuhe aus ihrer eleganten schwarzen Handtasche, die sie mit Gänseblümchen bestickt hatte, auf deren Blütenköpfen sie weiße Perlen angebracht hatte.

Gisela wusste, dass Hanni bereits eine fertige Skizze einer neuen Uniform für die Telefonistinnen in der Schublade hatte. Nun musste sie nur noch die Courage aufbringen und sie dem Pering oder dem Böck auf den Tisch legen.

Doch ihr Mut brauchte ebenso viel Zeit, um zu wachsen, wie die Kleiderideen in ihrem Kopf.

Mit der notwendigen Andacht zog Hanni ihre gehäkelten Handschuhe über, die mit der Farbe des Halstuchs harmonierten. Die Spitzenhandschuhe waren ihre persönliche Erweiterung der Uniform, für die sie mittlerweile in der Versicherungsanstalt bekannt war. Oft wurde sie gefragt, wo sie sie gekauft habe. Dann lächelte sie immer etwas schüchtern und erwiderte: »Selbstanfertigung. Nähatelier Angersbach.«

Am Anfang hatte die Aufseherin Gudrun es Hannelore untersagt, die Handschuhe während der Arbeit zu tragen. Hanni hatte versucht, es wegzulächeln – hatte jedoch keine Verbindung mit ihr herstellen können. Seitdem verschwendete sie auch kein Lächeln mehr an Gudrun.

Danach hatte es Hanni mit Überredungskunst probiert und beteuert, dass sie ohne die Handschuhe so leicht friere. Das war vorletzten April gewesen, nach dem eiskalten Winter, in dem sie beinahe alle umgekommen wären.

»Keine Handschuhe, Fräulein Angersbach! In der Telefonzentrale wird gefroren. Auch im Frühjahr!«, hatte Gudrun gewettert, und Hanni hatte sich mit nackten Händen und einem enttäuschten Gesichtsausdruck an ihren Platz setzen müssen.

Aber seit ihr der Einfall gekommen war, der Aufseherin ein schickes Paar Spitzenhandschuhe zu schenken, schien Gudrun die unerlaubte Uniformerweiterung nicht mehr zu bemerken. Und Erna hatte Hanni erzählt, dass sie Gudrun schon zweimal im Hotel Excelsior in der Trankgasse hätte sitzen sehen. Da hätte sie die Häkelhandschuhe angehabt und immer wieder betont langsam das Glas Rheinwein gehoben, damit jeder ihr modisches Accessoire bewundern konnte.

Hanni griff wieder in ihre Handtasche und fischte eine goldene Hülse heraus. Sie stellte sich vor den Spiegel und malte sich konzentriert die Lippen nach.

Neugierig beobachtete Gisela Hanni dabei, mit welcher Genauigkeit sie den Lippenstift auftrug. So ein edles Schminkutensil hatte sie lange nicht mehr gesehen. Vermutlich noch nie in ihrem Leben. »Wie bist du denn an den gekommen?«

»Ich hab ihn Rita Hayworth gestohlen.« Hanni kicherte. »Nein, mit dem neuen Geld erstanden. Was sollte ich auch sonst mit den Scheinen machen?«

»Briketts und Lebensmittel kaufen?«

Hanni zuckte mit den Schultern. »Ach, wozu, wir haben doch Sommer. Und rote Lippen sind auch viel nützlicher.«

Dem konnte Gisela etwas abgewinnen. »Und was hat dein Vater dazu gesagt?«

»Der weiß es noch gar nicht«, sagte sie, als würde sie das Donnergrollen im Hause Angersbach nicht fürchten. »Aber wenn er es rausfindet, muss ich wohl oder übel aus der Stadt flüchten … Und meinen Schatz, den nehme ich mit«, flüsterte sie und schielte verliebt auf den Lippenstift.

Gisela bewunderte sie für die Leichtigkeit, mit der sie die Launen ihres Vaters ertrug.

Sorgfältig tupfte sich Hanni mit einem Taschentuch die verlaufene Farbe aus den Mundwinkeln. »Wir brauchen alle ein bisschen Pomp in unserem Leben, meine liebe Gisi. Die mageren Jahre sind vorbei.«

Daran wollte Gisela glauben, aber so ganz wollte ihr das Märchen vom Aufschwung noch nicht in den Kopf. »Sie könnten auch schnell wieder mager für uns werden, wenn wir uns jetzt nicht beeilen. Der Sturm zieht auf, Hanni«, warnte Gisela, obwohl sie ihrer Freundin den Moment von

Herzen gönnte. Doch Gudrun Sturm, die ihrem Nachnamen alle Ehre machte, wütete bestimmt schon in der Telefonzentrale und war wie immer darauf erpicht, jedes Gutelaunepflänzchen auszureißen.

»Wir haben noch zehn Minuten. So pünktlich müssen wir auch nicht oben sein ... Kirschrot. Ein echter Dreh-Lippenstift. Der True-Color-Lippenstift aus Amerika.« Hanni führte Gisela in aller Ruhe die Bedienung vor. »Den trägt Rita Hayworth. Wirklich. Hat mir die Verkäuferin im Laden versichert. Sie hat nur zwei Stück bekommen. Nur zwei Stück in ganz Köln, und ich hab einen davon ergattert. Kannst du dir das vorstellen? Wie hätte ich da Nein sagen können?« Hanni sah verträumt auf ihr Schminkutensil.

»Was hast du dir eigentlich mit dem neuen Geld gekauft?«

»Buttercremetorte«, sagte Gisela, und beide mussten lachen.

»Ein echter Herzenswunsch also.«

»Der größte. Peter und ich haben hemmungslos im Reichard geschlemmt. Er hat sogar einen Nachschlag bekommen. Er konnte sein Glück kaum fassen.«

»Und ich kann mir meines kaum besser ausmalen.« Stolz schielte Hanni auf ihr Spiegelbild, das ihr heute noch unzählige Glücksmomente bescheren würde, da war sich Gisela sicher. Sie war sich nur nicht sicher, ob die Freundin das Glück auch zu Hause bewahren könnte.

Sie schaute wieder auf die Uhr. »Der Sturm, Hanni, wir müssen jetzt wirklich los.« Sie mussten sich ja noch an ihrem Arbeitsplatz einrichten. Überpünktlichkeit und Verlässlichkeit waren unverzichtbare Tugenden, auf die Gudrun sie morgens tagtäglich hinwies. Die letzte Ansprache hatte Hanni allerdings verpasst, weil Marie und Christa, ihre jüngeren Schwestern, nicht aus dem Bett gekommen waren. Für die Verspätung hatte sich eine ganze Gewitterfront über ihrem Kopf aufgebaut und war in Form von tadelnden Worten auf sie niedergegangen. Gudrun war eine Perfektionistin. Auch was ihr Geschimpfe betraf, da konnte sie pointiert gnadenlos sein. Für das Zuspätkommen von zwanzig Minuten hatte Hanni ganze zwei Stunden länger bleiben müssen. Unbezahlt natürlich. Da hatte sie geschworen, nie wieder eine von Gudruns Ansprachen zu verpassen. Doch Gisela wusste, dass die Ermahnungen bei ihr wie bei Peter in einem Ohr hinein- und am anderen wieder hinausflogen. Vielleicht lag es daran, dass Hanni erst zwanzig war und nach dem Krieg eine gewisse Entspanntheit für sich entdeckt hatte, die es ihr ermöglichte, Unangenehmes auszublenden und die spärlichen schönen Momente in ihrem Leben zu genießen.

Zu Hause hatte sie es ohnehin nicht leicht. Ihr Vater führte ein strenges Regiment. Anstatt mit den Töchtern zu sprechen, brüllte er sie an und verlieh mit der ein oder anderen Ohrfeige seiner Macht Ausdruck. Der Patriarch verlangte eben Gehorsam. Und daran hielten sich nicht nur Hanni, Marie und Christa, sondern auch deren Mutter Käthe, die ihrem Mann nie etwas entgegensetzte. Die meiste Zeit kümmerte sich Hanni um ihre Schwestern, denn auf ihre Mutter war in dieser Hinsicht kein Verlass.

Ruhe fand Hanni beim Schneidern in ihrem kleinen Atelier im Keller des Hauses, wo die Familie ihre Wohnung hatte. Es lag in der Nähe des Büdchens ihres Vaters, im Agnesviertel. Hanni zog sich gern in die Nähstube zurück, wenn es in der bescheidenen Wohnung wieder einmal zu eng für die ganze Familie wurde. In ihrem Nähatelier, das nur mit viel Fantasie als solches bezeichnet werden konnte, war es kalt und roch muffig. Ein winziges Fenster ließ ein wenig Licht in den Raum, in dem ein Tisch, ein Sessel und ein alter Schrank standen. Doch Hanni blendete die Unvollkommenheit um sie herum aus und widmete sich der Vollkommenheit ihrer Kleider. Es war ihr Rückzugsort, wo sie ihrer Leidenschaft und ihrer bemerkenswerten Begabung nachgehen konnte. Beim Nähen und Stricken empfand sie eine erholsame Ruhe, die sie all ihre Sorgen vergessen ließ.

»Jetzt siehst du aus wie Veronica Lake«, sagte Gisela zu Hanni, die sich noch immer nicht von ihrem Spiegelbild losreißen konnte. Auf Hannis kirschroten Lippen erschien ein Lächeln. Sie vergötterte die schöne amerikanische Schauspielerin. Wann immer sie im Büdchen ihres Vaters aushalf und keine Kunden zu bedienen waren, studierte sie die *Constanze* und andere Zeitschriften, die seit der Umstellung auf die Deutsche Mark am Kiosk auflagen. Hannis unangefochtene Modevorbilder waren die Filmdiven, die auf den breiten Kinoleinwänden zu sehen waren. Ihre Favoritinnen waren Joan Crawford, Katharine Hepburn und Susan Hayward. Am liebsten schneiderte sie deren Kleider aus alten Vorhangstoffen oder Uniformen nach und schenkte sich beim Tragen ein paar glamouröse Momente, indem sie an einem Sonntagnachmittag nach Marienburg fuhr und durch die Parkstraße schlenderte. Oft hoben die wohlhabenden Gattinnen, die in dem Viertel wohnten, bei ihrem Anblick interessiert die Augenbrauen. Und nicht selten drehten sich auch die verheirateten Männer nach ihr um. Wofür diese dann von ihren Angetrauten einen ordentlichen Hieb mit dem Ellenbogen verpasst bekamen.

»Möchtest du, dass ich dir auch Lippenstift auftrage?« Hanni sah Gisela erwartungsvoll an.

»Ich dachte, du würdest nie fragen!« Gisela blickte auf

die Uhr, danach sehnsüchtig auf Hannis Lippen. Puder, Parfum und Lippenstifte waren während des Naziregimes tabu gewesen. Aber es war inzwischen fast sieben, und Gudrun würde ihnen den Kopf abreißen, wenn sie ...

»Ach, was soll's! Dann kommen wir eben zu spät«, erwiderte Gisela zu ihrer eigenen Überraschung und öffnete leicht die Lippen. Was war schon eine Stunde Mehrarbeit im Vergleich zu einem Moment des wahren Luxus? Peter würde heute am Nachmittag mit Albrecht zum Fußballspielen zum Eisenmarkt gehen und erst vor Einbruch der Dunkelheit nach Hause kommen. Da wäre sie dann längst wieder in der Wohnung. Gisela war schließlich auch nur eine Frau, die sich nach ein wenig Farbe in ihrem Leben sehnte.

Sorgfältig zeichnete Hanni Giselas ausgeprägten Amorbogen nach. Dann bemalte sie ihre Unterlippe. So einen schönen Rotton hatte Gisela seit Ewigkeiten nicht mehr gesehen. Es war nicht der übliche Volkslippenstift der Marke Riz, der in einer Plastikhülse für zweieinhalb D-Mark verkauft wurde, sondern ein auserwähltes Unikat. Noch dazu aus Amerika.

Hanni ließ sich Zeit, und Gisela genoss das exklusive Vergnügen, das sich in sanften Strichen über ihre Lippen zog.

»Wie Lauren Bacall siehst du jetzt aus. Obwohl nein, noch viel hübscher!« Hanni klatschte erfreut in die Hände. Wegen der Häkelhandschuhe erklang nur ein gedämpfter Ton. Gisela hatte zu ihrem Geburtstag, im letzten März, ein cremefarbenes Paar Handschuhe von Hanni geschenkt bekommen. Doch aus Angst, sie könnten beschädigt oder gar schmutzig werden, trug sie diese nur, wenn sie zum Tanzen ausgingen.

Schweigsam betrachtete Gisela ihr Gesicht im Spiegel und erkannte die Frau wieder, die sie früher gewesen war.

Lebendig und strahlend, dem Leben trotzend, hatte sie sich damals durch Köln bewegt. Auf ihrer Hochzeit mit Heinrich hatte sie auch einen roten Lippenstift getragen und ein Lächeln, von dem sie dachte, es würde ihr nie vergehen. Aber die Farbe war viel zu schnell von ihren Lippen verschwunden und wenige Jahre später auch all die Farbe aus ihrem Leben.

Dreizehn Jahre war sie nun schon mit Heinrich verheiratet. Aber weniger als die Hälfte davon hatten sie Seite an Seite verbracht. Sie lebte in einer Ehe, in der sie sich nicht nur allein fühlte, sondern es in Wahrheit auch war.

»Das macht gleich ein paar Jährchen wett, findest du nicht? Da wirken selbst meine müden Augen wieder strahlend!« Gisela war begeistert. Blaugraue Iriden hätte sie. Wie ein kräftig blauer Himmel, auf den winzige bauschige Wolken getupft waren, hatte Peter einmal gesagt. Da war er erst sechs gewesen und hatte in den Armen seiner Mutter im Luftschutzkeller gehockt. Gisela hatte sich vom Kompliment eines kleinen Jungen geschmeichelt gefühlt, der fast nur einen verrauchten, geschwärzten Himmel kannte.

Nach einem kurzen Lächeln war ihr das Herz wieder schwer geworden. Peter hatte davon nichts bemerkt und sein Gesicht an Giselas Brust vergraben, um die Augen vor dem Unheil zu verschließen, das versucht hatte, über ihn herzufallen. Wenn sie dicht gedrängt mit den vielen Schutzsuchenden im Bunker saßen, hatte sie mit den anderen Müttern eine tröstende Melodie gesummt und Peter immerfort übers Haar gestrichen. Beständig und sanft waren ihre Bewegungen gewesen. Die Töne der Frauen hatten sich miteinander verbunden und waren wie auf den zarten Schwingen eines Kolibris in die Freiheit geflogen.

Gisela war es immer gewesen, die Peters Herz festgehalten hatte, wenn es drohte, an dem Entsetzen, das um sie wütete, zu zerbrechen. Aber wohin hätte sie mit ihrem Sohn auch gehen können? Sie hatten keine Angehörigen mehr in Köln. Auch keine Tante oder einen Großonkel auf dem Land, wo es am sichersten für sie gewesen wäre. Giselas Mutter war kurz nach ihrer Geburt gestorben. Die Spanische Grippe hatte sie dahingerafft. Der Vater, der sich immer gut um sie gekümmert hatte, war im Krieg gefallen, und die Schwiegereltern waren beim Tausend-Bomber-Angriff auf Köln Ende Mai 1942 ums Leben gekommen. Eine ältere Schwester von ihr lebte in München. Ein Briefkontakt verband die beiden miteinander, doch die vergangenen Jahre hatten eine Distanz zwischen die Geschwister gebracht, die das geschriebene Wort nicht überbrücken konnte. Ihre Nachbarin Ursula mit ihrem Sohn Albrecht waren für sie und Peter wie eine Familie. Ursula und Gisela waren sogar zur selben Zeit schwanger gewesen. Während des Krieges hatten sie zusammengehalten und sich gegenseitig geholfen. Die beiden waren mit ihren Söhnen zusammengerückt, als die Kälte nicht auszuhalten gewesen war, hatten sich die Lebensmittel geteilt und auch im Luftschutzbunker einander vertraut.

»Zu deinen schönen Lippen würden jetzt die Handschuhe gut passen, die ich dir gehäkelt habe. Ist wirklich viel zu schade, sie nur in einer Schublade aufzubewahren. Da haben bloß die Motten was davon«, bemerkte Hanni und ließ den Lippenstift in ihrer kleinen Handtasche, die sie mit einem aufwendigen Stickmuster verziert hatte, verschwinden.

»Wo du recht...« Gisela erschrak beim Blick auf die Uhr und packte Hanni an der Hand. »Himmel noch mal! Jetzt aber los!«

Atemlos kamen sie oben in der Telefonzentrale an. Sie befand sich neben dem breiten Treppenaufgang, der ins Obergeschoss zu den neuen Büros führte. Nicht selten witzelten die Telefonistinnen darüber, dass sie in einem geheimen Raum der Versicherung arbeiteten und Telefonverbindungen von großer Bedeutung im Haus herstellen mussten. Das verlieh ihrem Alltag ein wenig Magie und Aufregung. Dass sie so einiges vom Tagesgeschäft mitbekamen, war kein Geheimnis. Jedoch war das Mithören der Telefonate strengstens untersagt. Hin und wieder ging es um brisante Vermögenswerte, die zu versichern waren, manchmal um ein Techtelmechtel, von dem niemand wissen durfte. Gerade für Hanni war es verlockend, die Verbindungen länger als nötig zu prüfen, und Erna hatte ihre Freude daran. Gudrun setzte dem immer mit einem laut hörbaren Räuspern ein Ende. Kein Wunder, dass Hanni oft davon sprach, dass sie einen unangenehmen Windzug im Nacken verspürte.

»Meine Damen, Sie sind reichlich spät! Zuerst die Arbeit, dann das …« Gudrun rümpfte die Nase, als sie auf die Münder ihrer zwei Untergebenen sah. »… knallrote Vergnügen«, fuhr sie mit hochgezogener Augenbraue fort. »Wir sind hier nicht im Varieté!«

»In der Nacht ist die Friesenstraße allerd…«, setzte Hanni an, und Gisela stupste sie in die Seite. Ein unangemessenes Verhalten gegenüber den Vorgesetzten hatte Konsequenzen. Und was als unangemessen galt, war deren Auslegungssache.

Eilig setzten sich Gisela und Hanni vor ihre Schaltschränke und nahmen die Kopfhörer aus der Halterung.

Hanni hatte ihren Platz ursprünglich neben Gisela gehabt. Doch weil sie viel zu oft versucht hatte, mit der Freundin zu schwatzen und darüber die vielen Lichter vergaß, die wie Glühwürmchen an ihrem Schaltschrank blinkten, hatte Gudrun sie an den äußersten Vermittlungstisch versetzt. Gleich neben den Aktenschrank, der nie für ein Schwätzchen zu haben war. Links von Gisela gab es nun einen freien Platz. Demnächst würde er nachbesetzt werden, hatte die Aufseherin vor wenigen Tagen angekündigt.

Nun war es exakt sieben Uhr.

Gisela setzte den Kopfhörer auf und sah auf ihren Schaltschrank. Sogleich blinkte auch schon das erste Lämpchen. Ihre Finger schwirrten durch die Luft, vorbei an den vielen Kabeln. Routiniert steckte sie das eine Ende des Abfragestöpsels in die passende Klinke.

»Versicherung Pering, Ihre Angelegenheiten sind bei uns in sicherer Hand! Mit welchem Teilnehmer darf ich verbinden?«, sagte sie versiert freundlich in die Sprechmuschel, obwohl das Aufsagen des Leitspruchs unnötig war, hatte sie doch meist eine andere Vermittlung dran. Aber darauf legte Pering Wert. *Bei uns ist alles in sicherer Hand* – den Satz vergötterte er.

»Ein Gespräch von der Deutschen Bank. Verbinden Sie mit dem Finanzchef, Herrn von Siebenthal.«

»Einen Moment bitte.« Gisela musste gar nicht auf den Dienstplan schauen, denn Anton von Siebenthal war stets der Erste in der Versicherung und auch zu später Stunde noch in seinem Büro anzutreffen.

Gisela stöpselte das Ende des Kabels in die passende Klinke und betätigte einen Hebel.

»Von Siebenthal?«, erklang ein tiefer, rauer Bariton, und Gisela musste kurz innehalten, denn sie mochte seine Stimme. Und noch mehr mochte sie das Gefühl, das es in ihr auslöste.

»Guten Morgen«, sagte Gisela gurrend und wartete auf das wohlwollende kleine Brummen, das folgte, wenn er ihren knappen Gruß am anderen Ende der Leitung vernahm. Und da war er.

Behutsam huschte der Brummton an ihr Ohr. Sie atmete leise aus, was den Anschein erwecken musste, dass ein sanfter Windhauch ihr Mikrofon streifte. »Ein Anruf von der Deutschen Bank, Herr von Siebenthal. Darf ich durchstellen?«

»Ich bitte darum, Fräulein Eder«, antwortete er freundlich, obwohl sie längst kein Fräulein mehr war. Aber es schmeichelte ihr.

Sie verband die Teilnehmer miteinander und stellte sicher, dass die Verbindung zustande gekommen war. Dann blieb sie länger, als es angebracht war, zugeschaltet.

Es waren nicht die Finanzgespräche mit der Bank, die sie interessierten oder ihre Neugierde weckten. Es war von Siebenthals Stimme, die ein unterdrücktes Bedürfnis in ihr stillte und zugleich ein waghalsiges Verlangen in ihr heraufbeschwor.

Eines, in das sie sich fallen lassen wollte.

Doch plötzlich fühlte sie sich ertappt.

Schnell klinkte sie sich aus dem Telefonat aus. Ein wenig beschämt wegen des Lauschens.

Gisela hatte kaum Zeit, darüber nachzudenken, zu viele Lichter flackerten. Und auch bei Hanni tanzten die Glühwürmchen. Ein weiteres Gespräch und noch eins. Die Lichter an den Schaltschränken blinkten auf und erloschen wieder. Die Telefonistinnen verbanden fleißig und sprudelten in liebreizenden Tönen ihre Sätze hervor, die vermittelten, dass in der Versicherungsanstalt Pering alles in sicherer Hand wäre.

Es war der Gesang der Telefonistinnen. Tagein. Tagaus. Fröhlich und heiter. Verlässlich und zuvorkommend. Und sie waren stolz darauf, zu den Telefonistinnen bei Pering zu gehören.

KAPITEL VIER

Erna summte eine Melodie, dann purzelten die dazugehörigen Worte aus ihrem Mund: »Du liebst mich nicht, du küsst mich nicht. Und ich hab dich so gern«, sang sie und legte dabei ein paar Papiere in den Aktenschrank, der sich unter ihrem Tisch befand. Ihr breites Hinterteil streckte sich gegen die Decke, und ihre Hüften bewegten sich im Takt der Melodie mit.

»Frische Buttercremetorte für Rita Paul! Aus der Konditorei Reichard«, flötete Gisela, als sie an den Empfang trat und zu Erna hinuntersah, die Mühe hatte, den Aktenschrank zu schließen. Sie hatte die Torte im Keller kühl gehalten.

»Hast du endlich Pause. Hat dich die Sturm nicht eher losgelassen? Seit vier Stunden träume ich schon davon«, sagte Erna und machte auf ihrem Tisch großzügig Platz, als würde Gisela ihr eine ganze Torte überreichen.

Vorsichtig nahm Erna das kleine Kartonpäckchen entgegen, damit kein falscher Ruck dem Inhalt schaden konnte.

»Wo ist eigentlich Hanni? Am Morgen hatte sie es wieder so eilig. Da hat sie nur schnell den Dienstplan abgeholt.«

»Ach, die ist frisch verliebt.«

»Nein, unmöglich! Das glaub ich jetzt nicht!« Erna schlug die Hände zusammen. Überrascht sah sie Gisela an, als wäre es ein Unding, dass sie erst nach ihr davon erfuhr. »Doch, doch. In einen Amerikaner.« Erna machte große Augen. »Dat jiddet doch nit! Se hat mir nix davon erzählt.«

Gisela winkte belustigt ab. »Keine Sorge, du hast nichts verpasst. Ihre neue Liebe ist ein Lippenstift. Allerdings ein amerikanisches Fabrikat.«

»Darling, nimm mich noch mal so auf die Schippe, und du wirst mich kennenlernen ...« Erna drohte mit dem Zeigefinger und grinste dann. »Aber das nenn ich mal eine Liebe, die einen erstrahlen lässt.«

»Wohl wahr.« Gisela nickte und sah Erna zu, wie sie am Seitenrand in den Karton lugte.

»Eigentlich sollte ich das gute Stück erst heute Abend nach der Arbeit essen. In aller Ruhe. Mit einem Kännchen Bohnenkaffee. Dat wär doch 'n Gedicht.« Sie schien zu überlegen, zuckte dann aber mit den Schultern. »Gibt's nur leider nicht. Ejal. Ich bin heute Abend allein, mein Mann muss mal wieder Überstunden in der Fabrik machen. Ich werde mir den Tisch fein decken, so wie es in der *Klugen Hausfrau* vorgeschlagen wurde. Die Zeitung hat mir der Kioskbesitzer gestern über seine Theke geschoben und gemeint, dass da viele Ideen für die moderne Hausfrau drinstehen würden«, erklärte Erna und zog die Zeitschrift unter dem Aktenstapel hervor, der auf ihrem Pult lag. »Der hat nicht zu viel versprochen. Aber wer will schon nach all dem Elend noch warten?«, fragte Erna und öffnete den Karton. »Ach, du liebe Güte, wie lecker und sahnig die aussieht! Da wird der Franz bald wieder was an mir zu knabbern haben. Wenn er das überhaupt noch will!« Sie lachte, aber Gisela wusste, dass sie es ernst meinte. Es beschäftigte sie, dass ihr Franz sie nicht mehr so ansah, wie er es früher immer getan hatte. Und dass er ihr auch nur noch selten jauchzend an den Po griff. Sie schob die verflogene Leidenschaft auf das Alter. Insgeheim hatte Erna aber längst verstanden, dass ihre Liebe in die Jahre gekommen war.

»Kommst du mit den Stenoübungen zurecht, die ich dir aufgetragen habe?«

»Und ob. Ich sei eine Musterschülerin, hat Peter gesagt und vorgeschlagen, dass ich statt ihm in die Schule gehe«, antwortete Gisela und wischte sich eine Locke hinters Ohr.

Als der Sekretariatsposten für die Rechtsabteilung vor zwei Wochen ausgeschrieben worden war, hatte Gisela eine lang ersehnte Aufstiegschance im Unternehmen gesehen. Seitdem lernte sie fleißig die Kurzschrift. Die Rechtsbegriffe kamen ihr bereits aus den Ohren, und Peter war gestern kurzerhand aus der Lernwolke entflohen, in die sich seine Mutter nun schon seit Tagen hüllte. Aber das gesteigerte Ansehen und die höhere Entlohnung waren Grund genug, weiter durchzuhalten. Gisela träumte von einem besseren Leben. Daraus machte sie keinen Hehl. Der Krieg hatte ihnen alles genommen, was sie einst besessen hatten. Zwar waren sie nie reich gewesen, aber sie hatten auch nicht sparen müssen. Sie wollte Peter und sich am liebsten an jedem Tag Kuchen kaufen. Ihr Sohn war ein guter Junge, und er hatte so viel mehr verdient als die gestopften Socken, die ihm schon längst zu klein waren. Oder das Loch, in dem sie hausten und ihr Zuhause nannten.

Vor dem Krieg hatten sie in einer großen, gepflegten Wohnung im vierten Obergeschoss ihres jetzigen Wohnhauses gelebt. Mit Blick auf den geschäftigen Buttermarkt. Doch das Wohnungsamt sprach einer Frau mit einem

Kind weniger als zwanzig Quadratmeter zu. Peter hatte ein eigenes kleines Zimmer, und Gisela schlief auf einer Pritsche in der Küche. Aber eines Tages, so versprach sie sich, würde auch sie wieder ein richtiges Schlafzimmer haben. Sie bräuchte ja nur eines. Mit einem gemütlichen Doppelbett und weichen Daunenkissen. Und dafür lernte sie eifrig Steno.

»Ich kann die Wörter Versicherungsvertrag, Versicherungsnehmer und Policen bereits im Schlaf. Und ich hab auch die anderen gelernt, die du mir aufgetragen hast.«

»Eine brave Schülerin bist du.«

»Und du eine gute Lehrerin.«

»Das mache ich für solch köstliches Dankeschön doch gern«, sagte Erna und fuhr genüsslich mit einem Finger durch die Buttercreme. Als sie ihn sich in den Mund steckte und wieder hochsah, erschrak sie. Rasch schluckte sie die Kostprobe hinunter und schob die Torte zur Seite.

»Herr Generaldirektor, Herr von Siebenthal!« Erna und sie stellten sich kerzengerade hin, als erwarte sie eine Anweisung. Dann machte sie einen Schritt nach links, um das Tortenstück aus der Perspektive des Direktors mit ihrem Gesäß zu verdecken. Gisela wäre am liebsten hinter dem Empfangstresen verschwunden, denn der Böck mochte es nicht, wenn die Angestellten untätig herumstanden. Für ihn waren Pausen ohnehin nur eine unnötige Zeitverschwendung auf Kosten der Versicherungsanstalt.

Wie Gisela wusste, störte Erich Böck sich daran, dass Frau Schmitz sich nicht selten bei einem Getratsche verzettelte. Er kannte die Empfangsdame zu gut und war sich klar darüber, dass sie so ziemlich alles in Erfahrung brachte. Das hatte ihm immer missfallen, aber auf Erna war Verlass, und eine bessere Rezeptionistin, die so hervorragend mit den Kunden umging, hätte er nicht bekommen können. Außerdem hatte er aus Ernas Geschichten selbst schon oft einen Vorteil geschöpft.

Böck sah Gisela an. Wahrscheinlich fragte er sich gerade, warum eine Telefonistin überhaupt eine Pause brauchte. Saß sie doch den ganzen Tag bequem auf einem Holzstuhl herum. Zudem gab es im Keller einen Pausenraum. Gleich neben der Toilette. In einem kargen, fensterlosen kleinen Zimmer standen ein Tisch und zwei Stühle für ein kurzes Päuschen bereit. »Vortrefflich«, hatte Böck den Pausenraum genannt, als er ihn vor wenigen Wochen stolz vor der gesamten Telefonbelegschaft eröffnet hatte. Gisela hatte brav genickt, obwohl sie dem Raum ungefähr so viel Charme abgewann wie dem Generaldirektor selbst.

»Sie wissen doch, verehrte Telefonistin, wo sich Ihr Arbeitsplatz befindet?«, erkundigte er sich sanft, aber bedrohlich und rückte seinen Hut zurecht. Er war offenbar im Begriff, das Gebäude zu verlassen.

»Es hat wohl eine Verbindung nicht geklappt, nicht wahr, Fräulein Eder?«, warf Anton von Siebenthal mit einem charmanten Lächeln ein und rettete sie damit vor einem weiteren Tadel des Direktors. Mit einem erleichterten Lächeln dankte Gisela es ihm.

»Frau Eder hat mir eine wichtige Gesprächsnotiz vorbeigebracht«, erklärte Erna und korrigierte das inkorrekte Fräulein, an dem sie sich immer störte.

»Eine äußerst wichtige Notiz«, betonte Gisela, und Erna schielte auf das Tortenstück auf ihrem Pult.

»Und süß noch dazu«, bemerkte von Siebenthal amüsiert.

Auch er sah durchaus ein wenig sehnsüchtig auf die Buttercreme, die sorgfältig in den Biskuitteig eingebettet war.

»Die essen Sie aber bitte nach der verrichteten Arbeit, Frau Schmitz. Meinetwegen auch nach Dienstende in dem schmucken Pausenraum im Keller«, sagte Böck und wollte sich zum Gehen wenden, hielt dann aber inne. »Falls jemand nach uns verlangt, wir sind auf einem Außentermin bei der Deutschen Bank.«

Einem äußerst wichtigen Termin, dachte Gisela. Für den wichtigen Generaldirektor, nehme ich an, hätte sie am liebsten gesagt, doch das hätte sie womöglich ihre Stellung gekostet. Und die musste sie Peter zuliebe behalten.

»Das ist auch eine wesentliche Information für Sie, Frau Eder, falls jemand am Telefon nach uns verlangt. Und nun meine Damen, zurück auf ihre Plätze. Hier wird nicht herumgestanden! Wir arbeiten immer fleißig, das wissen Sie doch«, sagte Böck und wedelte mit der Hand. Dann verabschiedete er sich mit einem Diener, drehte sich um und ging davon.

Anton von Siebenthal jedoch verharrte noch einen Moment an Ort und Stelle.

Lächelnd musterte er die beiden Frauen. Er beugte sich ein Stück vor und flüsterte: »Eine herrliche Buttercremetorte. Sie hat ein ausgedehntes Päuschen verdient, Frau Schmitz!« Mit einem knappen Augenzwinkern, das mehr an Gisela gerichtet war, drehte er sich um und folgte Böck durch die Halle.

Gisela sah von Siebenthal lange nach.

»Der eine charmant, der andere ein Rüpel ... Ach, bleib doch noch, mein Hühnchen«, sagte Erna, als die Herren durch die Tür verschwunden waren und Gisela im Begriff war zu gehen. Sie legte Gisela eine Hand auf ihren Arm.

»Husch, husch«, lachte diese und ahmte die Handbewegung des Generaldirektors nach. »Ich muss zurück auf meinen Platz. Sonst kommt noch ein Sturm auf und rupft mir die Federn aus.«

* * *

Gudrun sah auf die Uhr und nickte Gisela zu. Erleichtert und mit einem kaum hörbaren Seufzen nahm sie ihren Kopfhörer ab. Es war achtzehn Uhr. Ihr Dienst war für heute beendet. Endlich. Sie würde auf dem Nachhauseweg noch etwas Sonne tanken, denn Ende Juni ging sie erst kurz vor zehn unter.

Seit zwei Stunden tat Gisela der Kopf weh und vom langen Sitzen hatte sie Rückenschmerzen. Abends war sie oft so müde, dass sie sich nur noch an einen stillen Ort retten wollte, an dem sie kein Geräusch mehr vernahm und nichts von der Welt mitbekam. Die Arbeit konnte kräftezehrend sein. Die Kopfhörer und die Mikrofone, die sie täglich an die zehn Stunden trugen, verursachten nicht selten Kopfschmerzen und manchmal auch Hörschäden. Am Ende eines Arbeitstages schien Gisela ihre sprachliche Ausdruckskraft verloren zu haben, und die Worte kamen ihr nur noch mühsam über die Lippen. Dabei wurde von den Telefonistinnen stets verlangt, dass sie deutlich und in passendem Tempo sprachen. Nicht zu langsam und auch nicht zu schnell. Klar artikuliert mussten sie sich ausdrücken. Und immer höflich und zuvorkommend sein.

Hanni war bereits vor zwei Stunden gegangen, denn sie hatte einen kürzeren Dienst gehabt. Obgleich dieser auch nicht als kurz bezeichnet werden konnte. Und es bedeutete nicht, dass Hanni sich aufs Ohr legen oder einen Spaziergang an der frischen Luft machen konnte. Vielmehr hieß es, dass sie nun Zeit hatte, um ihrem Vater im Büdchen zur Hand zu gehen. Bestimmt verkaufte sie gerade fleißig Zeitungen, Briefmarken und Zigaretten, während Hannis Vater ein Nickerchen machte. Keiner wusste so recht, wo er sich in der Nacht herumtrieb. Und keiner traute sich, ihn danach zu fragen.

Gisela bewunderte Hanni dafür, dass sie ihre Verpflichtungen mit unerschütterlichem Gleichmut ertrug. Selbst die Schimpftiraden und Ohrfeigen ließ sie mit der Haltung eines Soldaten über sich ergehen.

Drei Fräuleins saßen noch eifrig an ihren Schaltschränken, als Gisela ihren Platz verließ. Hauptsächlich nahmen die verbliebenen Telefonistinnen Gesprächsnotizen auf oder vereinbarten Rückrufe für den nächsten Tag. Die meisten Versicherungsverkäufer, zu denen tagsüber verbunden werden musste, waren bereits gegangen. Nun durfte auch Gisela zu Peter heimgehen. Ob er schon bei ihrer Nachbarin Ursula am Tisch saß und mit ihr und ihrem Sohn Albrecht das Abendbrot einnahm? Bestimmt. Und sie würde rechtzeitig kommen und ein paar Reste ergattern. Nur noch kurz in die Rechtsabteilung in den ersten Stock huschen, und dann hätte sie endlich Feierabend.

Sie unterdrückte ein weiteres Gähnen und stieg die breite Treppe mit dem Messinghandlauf hinauf ins Obergeschoss. Pering hatte den zerstörten ersten Stock im letzten Jahr wieder aufbauen lassen und dadurch mehr Platz und schickere Räumlichkeiten geschaffen. Im Erdgeschoss lagen die Büros der Verwaltung, die Telefonzentrale und das große Arbeitszimmer der Versicherungsvermittler, in dem fleißig Policen verkauft wurden. Die Poststelle befand sich im Keller, gleich neben den Garderoben und dem »schmucken« Pausenraum. Sie bildete die letzte Instanz im Haus. Die übrigen und weitaus wichtigeren Büros lagen im neuen Obertrakt.

Als Gisela im oberen Stock ankam, fand sie die Tür zur Buchhaltung geschlossen vor. Auch in der Rechtsabteilung, ein Zimmer weiter, schien niemand mehr zugegen zu sein. Nur im Vorzimmer der Geschäftsführung brannte noch Licht. Durch diesen Raum, in dem die Sekretärinnen der Geschäftsleitung saßen, gelangte man in die Arbeitszimmer von Pering, Böck und von Siebenthal. Die Größe der Büros spiegelte die Hierarchie im Hause wider.

Pering hatte das geräumigste Geschäftszimmer. Es besaß in etwa dieselbe Quadratmeteranzahl wie Giselas und Peters Wohnung im Martinsviertel. Das Wohnungsamt kümmerte sich nicht um die Privatwirtschaft ... Und als gerecht empfand Gisela die zwanzig Quadratmeter für zwei Personen ohnehin nicht. Aber was war in dieser Zeit schon gerecht?

An Perings Schreibtisch hätte man fünf hungrige Mäuler platzieren können. Heinrich hätte seine Freude an dem Tisch gehabt. Ach, wie sehr sie es immer gemocht hatte, wenn ihr Mann mit seiner Hand prüfend über eine fertig geschliffene Holzplatte gestrichen und dabei zufrieden genickt hatte. Doch das hatte Gisela lange, viel zu lange nicht mehr gesehen.

Der Größe nach folgte Böcks Arbeitszimmer. Der Schreibtisch war etwas kleiner als der von Pering, aber nicht von geringerer Qualität. Für den Direktor war das Geschäftszimmer ohnehin eine reine Platzverschwendung, fand Gisela, denn er nutzte es kaum. Meist schlich er im Haus herum und kontrollierte, ob alle Rädchen geschmeidig ineinandergriffen. Hanni, Erna und Gisela hatten sich schon oft darüber gewundert, dass er seine Arbeit als Generaldirektor nach dem Krieg hatte fortführen dürfen, denn er war ein engagiertes Mitglied der NSDAP gewesen. Er machte auch keinen Hehl daraus. Offiziell war er erfolgreich entnazifiziert worden. Seine Aussagen über das »Judenpack« und die ehemaligen Zwangsarbeiter ließen jedoch daran zweifeln, dass die Maßnahme zielführend gewesen war.

Zum Schluss kam das Büro von Anton von Siebenthal, der die Finanzen des Hauses verwaltete und damit einen sehr wichtigen Posten bekleidete. Gisela mochte sein Arbeitszimmer, denn er hatte den Schreibtisch, im Gegensatz zu Böck und Pering, vor das Fenster gestellt. Dadurch konnte er auf einen Baum hinaussehen, dessen Blätter nun im Juli einen herrlichen Schatten auf das Büro spendeten.

Die Sekretärinnen der Direktoren saßen in ihrer Geschäftsstube, wie sie es gerne nannten. Immer drei waren es, die sich täglich absprachen und in ihren wallenden Uniformkleidern und den klackernden Schuhen immer ein wenig überheblich durch die Räumlichkeiten der Versicherung schritten. Ihre Hauptaufgabe schienen sie darin zu sehen, den anderen Mitarbeitern – vor allem den Telefonistinnen – Aufträge zu erteilen. Aber die Fräuleins in der Telefonzentrale ertrugen die Launen der Sekretärinnen mit der Gehorsamkeit von Militärangehörigen. Sie standen in der Rangordnung eindeutig niedriger, also durfte eine Telefonistin einer Sekretärin, vor allem einer der Geschäftsführung, auch nicht widersprechen.

Gisela legte die Anrufnotiz auf den Sekretariatsplatz der Rechtsabteilung und ging wieder hinaus. Sie wollte sich auf den Weg zum Treppenabgang machen, als sie bemerkte, dass die Tür zur Bibliothek offen stand. Ein herber Zigarrenrauch schlängelte sich durch die geöffneten Flügel und zog durch den Flur davon.

Die neue Bibliothek fungierte neben dem offiziellen Präsentationsraum im Haus zugleich als Salon. Dorthin lud der Generaldirektor die betuchten Kunden, in »intellektueller« Atmosphäre zu einem selbst gebrannten Schnäpschen aus dem Obstgarten der Familie Pering ein, um die Geschäftsabschlüsse zu feiern. Dass wohl niemand dabei je ein Buch in die Hand nahm, war überflüssig zu erwähnen.

Leise trat Gisela näher und spähte vorsichtig in den Raum.

Ihr Blick schweifte vom Korkboden über den persischen Orientteppich hoch zu einem olivgrünen Ohrensessel. Anton von Siebenthal hatte den Kopf über ein Buch gesenkt. Gisela konnte den Titel nicht erkennen, doch es war ein dicker Band. Bestimmt ein Werk über Finanzen, denn von Siebenthal war bekannt für seinen Wissensdurst und die Ausdauer, die er an den Tag legen konnte, wenn er eine Herausforderung lösen wollte. Bis in den späten Abend hinein traf man Anton von Siebenthal oft in der Bibliothek an, hatte Erna erzählt. Mit einem edlen Tropfen und einer Zigarre zog er sich gern inmitten der Bücherregale zurück und ließ seinen Arbeitstag mit einer spannenden Erzählung und einer rauchigen Whiskynote auf seinem Gaumen ausklingen.

Ob er vielleicht einen Krimi liest?, fragte sich Gisela. Ja, das würde zu ihm passen.

Völlig vertieft in seine Lektüre bemerkte er offenbar nicht, dass er beobachtet wurde. Er hatte die Krawatte abgelegt und einen Hemdknopf geöffnet. Gisela hatte Mühe, ihren Blick vom Ansatz seiner Brust loszureißen. Als es ihr dann doch gelang und sie in sein Gesicht sah, entdeckte sie die steile Falte, die sich zwischen seinen Augenbrauen eingegraben hatte, und sie fuhr die feine Linie mit ihrem Finger in der Luft nach. Er wirkte tatsächlich ein wenig angespannt, als ob er ein Rätsel lösen wolle und nicht so recht wüsste, wie er es angehen sollte. Nun war sich Gisela sicher, es konnte kein Roman sein, den er da las. So schaute nur jemand, der sich mit Fachliteratur beschäftigte.

Plötzlich hörte sie ein gedankenversunkenes Brummen, und sie musste lächeln, denn dieser Ton war ihr vertraut.

Mehr als das.

Er stillte eine Sehnsucht und konnte zugleich eine noch größere heraufbeschwören. Sie biss sich auf die Lippen. Sie wusste, dass sie besser gehen würde.

Aber seine Aura hielt sie gefangen.

Verstohlen beobachtete sie von Siebenthal dabei, wie sein Zeigefinger über die Seiten flog, als ertaste er das Wissen darunter. Und in diesem Moment wünschte sie sich, dass ihre Haut das Papier in seinen Händen wäre. Ein Schauer jagte durch ihren Körper. Bei Gott nicht unangenehm, sondern so befremdlich angenehm, dass sie erschrak und sich zur Seite an die Wand rettete.

Ihr Brustkorb hob und senkte sich im Takt ihres wild klopfenden Herzens. Sie wollte sich zum Gehen wenden.

Vergessen.

Ausblenden, wonach sie sich gerade verzehrt hatte.

Sie wusste, es war nicht richtig, so zu fühlen oder auch nur daran zu denken. Sie wusste, dass es nur ein bloßes Verlangen war, das eine Hitze in ihr heraufbeschwor, der sie in diesem schwachen Moment erliegen wollte. Nichts von Bedeutung, beruhigte sie sich in Gedanken. Nur ein Verlangen, dessen sie Herr werden konnte.

Erneut drehte sie sich um und tat einen Schritt.
Doch dann hielt sie inne und entschied, wieder hinzusehen.

Sie stellte sich mit dem Rücken nah an die Tür und neigte ihren Kopf nach rechts, um zum Ohrensessel zu schauen.

Um anzusehen, was sie sich am liebsten verboten hätte.

Ihr Blick glitt über Siebenthals glänzendes dunkles Haar, das er nach hinten gekämmt hatte. Ein paar Strähnen waren ihm in die Stirn gefallen, und er strich sie zurück. Gisela betrachtete seine Lippen, die leicht geöffnet waren und ein wenig rau aussahen.

Mit den Augen folgte sie seiner Hand, als er nach der Zigarre griff, die im Zigarrenhalter lag. Mit einer Zärtlichkeit, die Gisela beinahe spüren konnte. Und dann schaute sie dorthin, wo sie nicht hatte hinsehen wollen. In all den letzten Wochen nicht, seit sie erkannt hatte, dass sie viel zu oft nach seiner Stimme am Telefon lechzte.

Sie sah zum Daumen, dann zum Zeigefinger, weiter zum Mittelfinger und am Ende zu dem Ringfinger, an dem ein goldener Ring prangte.

Glänzend warnte er sie.

Mit einem unterdrückten Seufzer lehnte sie sich zurück an die Tür und schloss die Augen.

Und erinnerte sich.

Erinnerte sich an ihr eigenes Versprechen, das sie Heinrich gegeben hatte. Und das zu vergessen sie im Begriff war.

Unwillkürlich fasste sie mit der linken Hand an ihre rechte und ertastete die leere Stelle an ihrem Finger, wo früher einmal das Zeichen ihrer Liebe gewesen war. Sie hatte den Ring nie abnehmen wollen. Aber der Hunger und die Kälte hatten ihren Tribut gefordert. Etliche Briketts und mehrere Lebensmittel hatte sie für das Schmuckstück bekommen. Und der Ehering hatte plötzlich eine Bedeutungslosigkeit erlangt, die sie beim Anblick der hellen Stelle an ihrem Finger schmerzte. Doch als Peter an jenem Tag nach der Schule heimkam und sich begeistert die Hände am eingeheizten Ofen rieb, hatte sie es sich verziehen. Und sie wusste, sollte Heinrich je zu ihnen zurückkehren, würde auch er ihr vergeben.

Und nun spürte sie den Ring an einer anderen Stelle.

Er war nicht wirklich verschwunden, sondern hatte sich einen neuen Platz gesucht, um zu halten, was sie einst versprochen hatte.

Der Schwur hatte sich um Giselas Herz geschlossen, es beinahe erdrückend eingeschnürt. So fest, dass Gisela sich oft wünschte, aus dieser Verpflichtung auszubrechen. Das Korsett abzulegen und von vorn zu beginnen.

Nach all den Jahren der Einsamkeit schien die verblasste Liebe zu ihrem Mann ohnehin nur ein kluger Schachzug ihrer Erinnerung zu sein, an der sie sich in den trostlosen letzten Jahren hatte festhalten dürfen.

Aber nun wollte ihr Herz frei sein und die Fessel sprengen.

Sie spürte, wie es beim Anblick von Anton von Siebenthal erstmalig wagte, die Flügel auszubreiten, und erste zarte Schwingungen unternahm.

So zurückhaltend, als hätte es verlernt, frei und lebendig zu sein.

KAPITEL FÜNF

Im Keller unter der Wohnung der Familie Angersbach saß Hanni im Lichtstrahl, der durch das Kellerfenster drang, und versäuberte das Ende einer Borte mit einem Zickzackstich. Sie würde noch ein paar Stunden Zeit zum Nähen haben, ehe die Sonne unterging und es im Keller finster wurde. Vor ihr aufgeschlagen lag die letzte Ausgabe der *Constanze*, die sie sich unerlaubterweise aus dem Büdchen mitgenommen hatte. Ein Schnittmuster aus der Zeitschrift hatte sie zu dieser Kleiderkreation inspiriert. Zwar hatte sie nicht den Samtstoff zur Verfügung gehabt, den das Mannequin auf dem Bild trug, aber dafür die A-Linie, in der das Kleid geschnitten war, perfekt getroffen. Die Borte diente als dekorativer Abschluss für die Stoffkante des Kleides, das sie für ihre Schwester Christa aus einem abgelegten Herrenmantel angefertigt hatte. Nun fehlten nur noch die Zierknöpfe, die sie an der Vorderseite, auf Brusthöhe, anbringen wollte. Mit ein wenig Glück hatte sie es geschafft, vier nierenförmige blaue Knöpfe aufzutreiben, und hütete sie seitdem in ihrer kleinen Holztruhe wie einen Schatz. Christa würde Augen machen, wenn sie das Kleid sah. Ja, sie würde sich darin etliche Male im Kreis drehen und glücklich lachen.

»Wo zum Teufel steckst du?«, grollte es plötzlich von oben in den Keller hinab.

Sie zuckte beim Klang der Stimme zusammen. Rasch legte sie die Nadel weg, stand auf und rückte den Stuhl zu dem alten Kleiderschrank links an der Wand. Rasch stieg sie auf den Sessel und schob die *Constanze* ganz hinten auf den Schrank. Zwar verirrte sich ihr Vater so gut wie nie hier hinunter, aber falls er die Zeitschrift entdecken würde, müsste sie wieder eine Schimpftirade über sich ergehen lassen. Und sie konnte sich noch leidvoll an die letzte erinnern.

Behutsam nahm sie das Kleid vom Tisch, begutachtete es kurz zufrieden und wickelte es dann in einen alten Vorhangstoff, damit es vor dem Staub und der feuchten Nässe im Keller geschützt war. Sorgfältig legte sie es in den leeren Schrank, bei dem sich kaum noch die Tür schließen ließ. Dennoch war sie froh über ihn. Früher hatte sie eine einfache Stange aus einem alten Besenstiel gehabt, an der sie ihre Schneiderkreationen aufgehängt hatte.

Dreimal in der Woche fegte sie gewissenhaft den Boden, doch immer wieder kroch der Straßenschmutz durch das kaputte Kellerfenster herein. Und die Stoffe mit Kernseife zu waschen war eine mühsame Prozedur. Zudem fühlten sich die abgetragenen Textilien, die ohnehin oft auf der Haut kratzten, nach einem ordentlichen Waschdurchgang noch härter an.

»Wo bleibste, Hanni? Muss ich dich extra holen?« Die Stimme des Vaters dröhnte durch den ganzen Keller bis in ihr Nähatelier.

»Ich komm ja schon!«

Rasch schloss sie den Schrank und ging zur Treppe.

Oben hatte er sich drohend aufgebaut. »Was haste da

unten schon wieder gemacht? Deinen Hirngespinsten nachgehangen? Haste wenigstens dat Laken geflickt, das die Mutter dir gegeben hat?«

Hanni blieb zögernd mitten auf der Treppe stehen und schüttelte den Kopf. Für das Laken hatte sie noch keine Zeit gehabt ... wollte sie auch gar nicht haben.

»Du bist wirklich ein nixnotzich Ding. Komm jetzt und hilf mir im Büdchen! Meine Finger tun's nicht mehr so gut, weißte ja ... Und ich muss zum Jupp rüber, ihm zur Hand gehen.«

Dieses Zur-Hand-Gehen kannte Hanni bereits. Darunter verstand er ein paar Gläschen Schnaps, die er mit dem Jupp, der einen Imbissstand eine Straße weiter hatte, zu kippen bekam. Dabei funktionierten seine Finger noch einwandfrei.

Hanni verkniff sich eine spöttische Bemerkung und folgte ihrem Vater nach draußen zum Büdchen. Er war schon immer ein griesgrämiger Mann gewesen. Durch den Einsatz an der Front war er verbittert, mürrisch und vor allem unberechenbar geworden. Sie konnte von Glück sagen, wenn er sich nicht in ihrer Nähe aufhielt. Einmal hatte sie es gewagt, sich gegen ihn aufzulehnen. Sie hatte ihre Schwester Marie verteidigt und dafür eine heftige Ohrfeige verpasst bekommen. Sie würde den Tag nie vergessen, denn er hatte ihren Körper verändert.

Sein Schlag hatte sie so hart am linken Ohr getroffen, dass sie auf den Boden gestürzt und zwei Meter weit gerutscht war. Marie und Christa hatten geweint, als Hanni hilflos am Fußboden lag, und sich nicht getraut, ihr aufzuhelfen. Ihr Vater hatte teilnahmslos danebengestanden und noch nicht mal irgendeine Geste des Bedauerns gemacht, als Hanni die Tränen über die Wangen gelaufen waren.

Seitdem hörte sie auf dem linken Ohr nichts mehr. Nur Marie wusste davon. Sonst niemand. Und sie hatte noch Glück gehabt, dass es das linke Ohr gewesen war, das er getroffen hatte. Nicht auszudenken, welche Konsequenzen es in der Versicherung gehabt hätte. Aber der Kopfhörer an ihrem Schaltschrank war so gebaut, dass das Kopfpolster auf ihrem rechten Ohr anlag. Ansonsten hätte sie ihre Taubheit nicht verbergen können. Und wenn Gudrun es herausfände, würde sie ihre Anstellung verlieren. Damit stünde ihre Familie vor dem Ruin, denn das Büdchen warf zu wenig ab. Seitdem fürchtete sie ihren Vater, respektierte ihn aber nicht mehr. Durch den Vorfall war sie vorsichtig geworden und bewegte sich mit Worten und Gesten wie auf Glatteis – aus Angst, er könnte wieder die Beherrschung verlieren.

Am Büdchen nickte Hannis Vater ihr zu und ging weiter. Sie blieb kurz stehen, flocht sich ihre langen Haare zu einem Zopf und trat durch die schmale Tür in die kleine Bretterbude. In verblichenen gelben Buchstaben stand oberhalb des Schiebefensters, das zu den Öffnungszeiten immer einladend offen stand, *Käthes Büdchen*. Über der Ladentheke war ein blechernes Vordach angebracht, das die Kunden und auch die ausgelegten Waren vor dem Regen schützen sollte. Viele waren es nicht. Zwar waren in den letzten Tagen immer mehr Produkte geliefert worden, aber von einer bunten Vielfalt konnte noch lange nicht die Rede sein.

Hanni schloss die quietschende Tür und machte sich daran, die Waren ordentlich zu sortieren. Ihr Vater ordnete sie für ihren Geschmack immer falsch an. Als Erstes kamen vorn zur Straße hin die Frauenmagazine, damit sie den Kundinnen sofort ins Auge sprangen. Nicht selten griffen auch Männer zu und kauften für ihre Ehefrauen oder Töchter eine Illustrierte. In der Reihe dahinter legte sie die Tageszeitungen aus, von denen es am späten Nachmittag nur noch ein paar Exemplare gab. In der dritten und letzten Reihe hatte Hanni Platz für die Süßwaren und das Obst. Sie füllte die Süßigkeiten in einen kleinen Flechtkorb um, damit man die Etiketten besser lesen konnte. Dann polierte sie die Früchte mit einem Tuch. Zwar würden sich die saftigen Obststücke auch schmutzig verkaufen lassen, aber wenn ein Apfel glänzte, sah er gleich um einiges schmackhafter aus. Sie verschaffte sich einen Überblick über die Tabakwaren, die ihr Vater im Büdchen auf Lager hatte. Fünf Päckchen Overstolz waren noch übrig und eine Dose Schnupftabak, die sich nur selten jemand leisten konnte. Die meisten Dinge waren weiterhin rationiert, und man musste auch ein wenig Glück haben, um etwas davon zu bekommen. Gerade die Stollwerck-Schokoladen, die in unregelmäßigen Abständen geliefert wurden, waren schnell vergriffen.

Hanni waren ohnehin die Zeitschriften und Illustrierten lieber, die in Hülle und Fülle auslagen. Wenn keine Kunden zu bedienen waren, blätterte sie durch die *Constanze* und *Ihre Freundin*. Ja, sie studierte sie regelrecht. Die *Constanze*, die seit März alle vierzehn Tage neu erschien, kostete sechzig Pfennig. Die *Ihre Freundin* gab es erst seit Anfang Juni und war nicht minder interessant, hatte Hanni nach einer eingehenden Leseprüfung festgestellt. Mit großer Faszination las sie, was in den Königshäusern passierte und welche Kleider die Filmschauspielerinnen zu den glanzvollen Veranstaltungen in Hollywood trugen. Hilfreich fand sie auch die Schnitte, die in den Zeitschriften vorgestellt wurden und die sie nachnähte. Stets mit einer persönlichen kreativen Note, sodass ihre Kleidungsstücke etwas Individuelles und Besonderes hatten. Nur die Kochrezepte und die Erziehungstipps überblätterte sie immer.

Als sie alles nach ihren Vorstellungen anschaulich präsentiert hatte, stellte sie sich hinter die Holztheke und betrachtete das Titelblatt der Erstausgabe von *Ihre Freundin*. Darauf war eine junge Frau mit dezent geschminkten Lippen, einem hellen Filzhut mit breiter Krempe und einem zarten blauen Schal um den Hals zu sehen. Sie lächelte leicht, und Hanni fragte sich, ob ihr so ein Hut, der hinten auf dem Kopf saß, stehen würde.

»Tagchen, Hanni«, sagte eine Frau, die an das Büdchen getreten war und sie aus ihren Gedanken riss.

Sie sah von der Zeitschrift hoch. »Frau Maier, lange nicht mehr gesehen! Wie geht's Ihnen denn?«

»Ach, wie immer. Der Rücken schmerzt. Ich bin eben nicht mehr so jung wie Sie!«

Hanni musterte sie. Ihr langes braunes Haar war nur von wenigen grauen Strähnen durchzogen. Mit der Einkaufstasche in der Hand stand sie vor der Theke und betrachtete die erste Reihe mit den Frauenmagazinen. *Der Filmstar* schien sie zu interessieren.

Hanni tippte mit dem Zeigefinger auf das Gesicht von Marlene Dietrich auf dem Titel. »Kann ich sehr empfehlen. Wirklich informativ, wenn Sie mehr über die Filmschauspielerinnen erfahren wollen. Und es gibt tolle Kleider und Kostüme!«

»Nun …« Frau Maiers Blick schweifte weiter zur *Constanze*.

»Die ist gestern neu erschienen.« Hanni lächelte geheimnisvoll. »Ich hab nur noch drei Stück.«

»Kindchen, dann schnell rein in meine Tasche. Nicht,

dass wieder alle weg sind. Lässt sie sich denn auch gut lesen?«

Hanni nickte eifrig. »Sehr gut würde ich sagen. Die Druckerschwärze klebt noch an meinen Händen. Sie wird Ihnen gefallen. Da bin ich sicher.« Sie schob Frau Maier die Zeitschrift zu. »Seite drei, die sehen Sie sich am besten als Erstes an. Meine ganz persönliche Empfehlung für Sie. Ein wunderschönes Kostüm, das würde ausgezeichnet zu Ihren seegrünen Augen passen.«

»Ach, Hanni, Sie schmeicheln mir«, sagte sie. »Doch wann sollte ich so ein Kostüm tragen? Aber davon träumen kann man ja.«

Hanni nickte und legte die Arme auf die Ladentheke. »Was soll man auch sonst den ganzen Tag tun?«

»Da haben Sie wohl recht.« Frau Maier lachte und schob die Zeitschrift in ihre Tasche.

»Und ein Päckchen Overstolz für Ihren Mann?«, fragte Hanni, denn sie kannte die Familie Maier. Sie wohnten zwei Häuser weiter, und man kannte sich im Veedel. Nicht selten hatten sie die Zeit im Luftschutzbunker gemeinsam durchgestanden. Das verband.

Hanni schob die Packung Zigaretten über die Theke. Frau Maier nickte und kramte ein paar Münzen aus ihrem Portemonnaie. »An das neue Geld, da muss ich mich wohl noch gewöhnen. Aber immerhin hat es uns wieder vollere Läden beschert. Ob das so bleibt?«

Hanni zuckte mit den Schultern. Sie wusste es nicht, hoffte es nur. Aber so ging es vielen.

Frau Maier packte auch die Zigaretten in ihre Einkaufstasche. »Noch einen schönen Nachmittag, Hanni, und grüß mir deine Mutter«, sagte sie und machte dem nächsten Kunden Platz.

Herr Pfeiffer trat an die Theke und verwickelte Hanni sogleich in ein Schwätzchen. Das tat er immer. Seine Tochter und seine Frau hatte er im Krieg verloren. Seitdem spazierte er mehrmals täglich im Veedel herum. Mehr hinkend, denn ein Bombensplitter hatte seinen rechten Fuß erwischt, sodass er ihn nur noch eingeschränkt bewegen konnte.

Zweimal am Tag suchte er das Büdchen auf. Morgens kaufte er als einer der ersten Kunden die druckfrische *Kölnische Rundschau*, eine andere Tageszeitung wollte er so früh noch nicht lesen. Mit der Zeitung unter dem Arm ging er dann in das Café am Eck und trank beim Lesen eine Tasse Malzkaffee. Meist kehrte er zum Mittagessen an seinen Stammplatz zurück. Hin und wieder gesellten sich einige Nachbarn zu ihm. Seit Neuestem gab es dort Decke Bunne met Speck. »Das hat auch die Gertrud, meine Frau, immer gekocht. Hier überwiegen zwar die dicken Bohnen, aber immerhin finden sich ein paar Fitzel Speck auf dem Teller«, hatte er Hanni vor wenigen Tagen mit strahlenden Augen erzählt.

»Das *Hamburger Echo* hätte ich heute noch, Herr Pfeiffer. Wäre Ihnen das genehm?«, fragte sie, nachdem sie den Plausch über das Wetter beendet hatten. Abends machte Herr Pfeiffer seinen letzten Spaziergang durch das Veedel. Zum Abschluss kam er am Büdchen vorbei, um sich eine Zeitung aus dem Restbestand zu kaufen. Da verwickelte er Hanni stets in ein Klääfje über das Tagesgeschehen. Auch wenn sie sich nicht wirklich darüber unterhalten konnten, denn Hanni hatte keine Ahnung von Politik. Aber es reichte Herrn Pfeiffer, wenn sie nickte und seinen Thesen damit zustimmte.

»Eine gute Abendlektüre«, antwortete er auf Hannis

Vorschlag und zählte aufmerksam die Münzen in seiner Hand ab. Hanni ließ ihm die Zeit, die er brauchte. Sie hatte ein gutes Gespür für die Bedürfnisse ihrer Kunden. Christa, ihrer jüngsten Schwester, war schon des Öfteren aufgefallen, dass die meisten Kunden erst dann zum Büdchen kamen, wenn Hanni hinter der Ladentheke stand.

Kurz vor Ladenschluss kam ihr Vater zurück. Er war länger weg gewesen, als sie erwartet hatte. Wahrscheinlich hatte er mehr als nur ein Gläschen Schnaps gehabt.

»Hanni«, sagte er plötzlich in scharfem Ton, als er durch die Tür trat und sie die Enge spürte, die durch seine Gegenwart entstand. Am liebsten hätte sie das Fenster, das sie gerade zuzog, wieder aufgeschoben. Sie nahm die Zeitschriften und schichtete sie zu einem Stapel zusammen. Auf den anderen kamen die Tageszeitungen, die am nächsten Tag nicht mehr zu gebrauchen waren.

Ihr Vater tat einen Schritt auf sie zu, und sie konnte den herben Schnapsgeruch wahrnehmen, der aus seinem Mund kam. »Wo haste das Geld hingetan?«

»Na, hier in die Kasse. Wie immer.« Sie öffnete die Handkasse und zeigte ihm den Inhalt. Ordentlich sortiert lagen die Scheine und Münzen darin.

»Das mein ich nicht. Ich red von dem Kopfgeld. Von deinem ist nichts da!«

Hanni fuhr innerlich zusammen, ließ es sich aber nicht anmerken. Reichte es ihm denn nicht, dass er über die Anteile ihrer Schwestern Marie und Christa beliebig verfügen konnte? Oder dass sie selbst den Großteil ihres Lohnes aus der Versicherung in die Haushaltskasse gab?

»Mach's Maul auf! Wo ist das Geld hin?«

Hanni wurde übel. Sie schnappte nach Luft und legte eine Hand an ihren Bauch. »Die vierzig Mark meinst du?«

»Was denn sonst? Oder haste vierzig Klütten bekommen?«

Hanni nickte eilig. »Ich hab ... ich hab das Geld in der Versicherung vergessen.«

»Verjesse? Du Döskopp! In der Telefonzentrale?«

»Ja«, sagte Hanni leise. Sie ahnte, was gleich kommen würde.

Ihr Vater ballte die Fäuste und presste die Lippen zu einem dünnen Strich zusammen.

»In der Garderobe, in meinem Schrank, Vater«, fuhr Hanni hastig fort, als könnte die Erklärung ihm seinen Zorn nehmen.

Er hob die rechte Hand zum Schlag, und Hanni fing an zu zittern.

»Verdammte Trulla! Wie kannste dat Geld vergessen?«

»Es ist in meinem Schrank, Vater!«

»Und wenn es da wegkommt?« Seine Hand war nur noch wenige Zentimeter von ihrem Gesicht entfernt.

Hanni duckte sich und presste beide Handflächen auf ihr rechtes Ohr. Nicht dass er auch noch ihr gutes Ohr erwischte.

Und dann geschah es.

Seine Hand schoss vor und zerschnitt die Luft knapp vor ihrem Kopf. Hanni kniff die Augen zusammen und spürte schon das Brennen auf ihrer Haut. Das unangenehme Kribbeln und die Hitze, die es nach sich zog.

Eins, zwei, drei, zählte sie in Gedanken.

Aber nichts geschah. Kein Schlag. Keine brennende Haut. Keine schmerzende Stelle.

Es geschah ... *nichts*.

Vorsichtig öffnete sie die Augen und spinkste nach oben, suchte nach der Hand in der Luft.

Aber da war keine.

Damals hatte es weniger als drei Sekunden gebraucht, und nur seine flache Hand.

Zögernd richtete sie sich auf und blinzelte. Erst als sie erkannte, dass er den Arm gesenkt hatte, nahm sie die schützenden Hände von ihrem Ohr.

Noch einmal erhob der Vater seine Hand. Doch dieses Mal war es nur der bedrohliche Zeigefinger, der Hannis Nähe suchte. »Morgen bringste mir das Geld, oder du kannst dich im Dom verstecken und beim Bischof, dem Frings, um Schutz bitten!«

Hanni schwieg. Was hätte sie auch sagen sollen? Dass sie einen Großteil davon für den Lippenstift, das Garn und die Knöpfe ausgegeben hatte? Er würde ihr den Kopf abreißen. Wie hatte sie nur so dumm sein können und das Geld für sich ausgeben? Sie verteufelte sich für ihren Leichtsinn und nickte apathisch.

»Ja, Vater. Gleich morgen.«

Sie hatte keine Ahnung, wie sie es anstellen sollte.

KAPITEL SECHS

»Sie trug *was*?« Gisela schob sich eine Haarsträhne unter den Kopfhörer.

»Unterwäsche!« Hanni platzte vermutlich gleich, gemessen an der hitzigen Betonung, die ihr die Aussprache des Wortes abverlangte.

»Wie anständig von ihr. So was sollte doch jede Frau tragen.« Gisela blickte auf das leuchtende Lämpchen an ihrem Schaltschrank, das soeben aufgeleuchtet hatte.

»Herrje, Gisi! Unter dem dünnen Mantel! Nur Dessous! Wobei ein Mantel im Sommer ja schon sonderbar genug ist. Ich schwör's hoch und heilig auf die *Constanze!* Sie hatte darunter *nur* Unterwäsche an! Das hab ich ja mit eigenen Augen gesehen!« Hanni, die sich nun an Giselas Schaltschrank lehnte, sah Gisela dabei zu, wie sie das Ende eines Kabels in die passende Öffnung steckte, wodurch das Licht erlosch.

»Versicherung Pering, bei uns ist alles in sicherer Hand!«, flötete Gisela in die Muschel und bedeckte den Hörer mit ihrer Handfläche. »Oder in *nackter* Hand«, setzte sie belustigt nach, was Hanni ein Lachen entlockte.

»Ihr seid vielleicht zwei alberne Hühner!«, sagte Frederike, die dienstälteste Telefonistin, und deutete mit ihrem

Blick auf Hannis Schaltschrank. »Der Anrufer wird demnächst eine Suchanzeige nach dir in der Zeitung aufgeben!«

»Mit welchem Teilnehmer darf ich verbinden?«, fragte Gisela professionell, nachdem sie die Hand wieder vom Hörer genommen hatte und der Dame von der städtischen Telefonvermittlung lauschte. »Selbstverständlich, er ist im Haus. Ich stelle durch!« Versiert fischte sie nach dem Ende des Kabels und steckte es in eine andere Öffnung. Kurz darauf hatte sie den gewünschten Teilnehmer am Apparat. »Ein Kundengespräch für Sie, Herr Müller!« Gisela vergewisserte sich, dass die Weiterleitung erfolgreich zustande gekommen war, ehe sie sich aus dem Gespräch ausklinkte.

»Und es war ganz bestimmt das Fräulein Anna?«

»Nein, die Erna war's ...« Hanni rollte mit den Augen und ignorierte weiterhin die Lichter, die an ihrem Schaltschrank blinkten und wieder verglühten. Gudrun Sturm war vor zehn Minuten davongezogen, also konnte Hanni die Windstille genießen, die sie in eine wohltuende Sicherheit hüllte. Gudrun würde in diesem Moment eine neue Telefonistin – Fräulein Julia Döring – durchs Haus führen und sie in die Versicherungsabläufe einführen. Das konnte dauern, denn Gudrun nahm ihre Aufgaben ernst. Zu ernst, wie Hanni immer beteuerte.

»Natürlich war's das Fräulein Anna. Sonst hat doch keine den Mumm, halb nackt im Haus herumzulaufen! Sie ist vorhin schnurstracks zum Böck gehuscht, als müsse sie ihm eine Eillieferung überbringen. Und dann, mitten auf der Treppe, ist ihr der Mantel verrutscht. Und da habe ich diese Provokation aus feiner Spitze gesehen. Sehr verführerisch und edel, Gisi. Das hättest du sehen sollen!«

»Was für eine Offenbarung. Hat bestimmt der Böck bezahlt. Firmenspesen eben.« Gisela zuckte mit den Schultern, als wäre der Generaldirektor nur einem nichtigen Spendenaufruf nachgekommen.»Wahrscheinlich war eine gewisse Befriedung Böcks auch äußerst eilig vonnöten. Der wartet ja nicht gern. *Bei uns ist alles in sicherer Hand.*« Gisela lachte wieder, und Frederikes Mundwinkel zogen sich weiter nach unten, denn sie folgte dem Grundsatz von Gudrun: Nur lächeln, wenn es sich absolut nicht vermeiden lässt.

»In seinen Händen ist ganz bestimmt *alles* in sicherer Hand. Aber ein bisschen neidisch bin ich ja schon.«

»Himmel, Hanni! Doch nicht der Böck!« Gisela wäre beinahe vom Stuhl gekippt. Sie richtete den Kopfhörer, der ihr vor Schreck verrutscht war.

»Natürlich nicht, wo denkst du hin. Mein guter Geschmack ist mir heilig. Ich meinte Annas Busen. Auf den bin ich neidisch. Sie hat sehr schön geformte Brüste, musst du wissen.«

»Muss ich das wirklich wissen?«

Hanni nickte.

»Tja, die hat auch noch keine Kinder.« Gisela wusste, wie sehr das Kinderkriegen einen Frauenkörper in Mitleidenschaft zog. Da kannte die Natur kein Pardon. Mit einem zerknirschten Blick sah sie auf ihre eigenen Brüste, die durch die Hungerjahre auch noch an Fülle und Spannkraft verloren hatten. »Aprikosen sind mir geblieben. Kleine, runzelige Aprikosen. Davor waren sie prall wie dicke reife Äpfel. Besser wird's in den nächsten Jahren auch nicht mehr werden ...«

»Und wir haben gedacht, das Schlimmste läge hinter uns«, seufzte Hanni, und Gisela setzte zum freundschaftlichen Mitseufzen an, als ein glühendes Lämpchen wieder ihre Aufmerksamkeit verlangte.

»Versicherung Pering, Ihre Angelegenheiten sind bei uns in sicherer Hand. Mit welchem Teilnehmer darf ich verbinden?« Erneut bedeckte Gisela die Sprechmuschel. »In wenigen Monaten wird das Fräulein Anna einen Böck-Sprössling in ihren Armen halten. Und ihre Brüste werden aussehen wie meine.«
»Dann krieg ich lieber keine Pänz. Ist besser so«, flüsterte Hanni und senkte ihren Kopf, als gelte das Versprechen ihrem Busen.
»Der Teilnehmer ist auf einem Außentermin. Möchten Sie einen Rückruf? ... Natürlich, gern!« Gisela notierte sich den Namen des Anrufers und die gewünschte Rückrufzeit. »Selbstverständlich. Ich gebe alles exakt so weiter. Sie können sich auf mich verlassen! ... Danke, den wünsche ich Ihnen auch. Auf Wiederhören!« Sie entstöpselte das Kabel und sah Hanni an. »Die Erna wird ob der Neuigkeiten Augen machen.«
»Und bestimmt ist sie mir dann auch böse«, sagte Hanni. Beide wussten, dass die Empfangsdame es nicht leiden konnte, wenn sie erst als Dritte oder gar Vierte vom neuesten Tratsch erfuhr. Dann war die Nachricht nur noch ungefähr so viel wert wie ein unechter Diamant.
»Alle auf ihre Plätze! Rasch! Sturm im Anmarsch!«, rief Ingrid, eine der Telefonistinnen, die in der Poststelle gewesen war, um einen Brief abzugeben. Im Laufschritt eilte sie zurück an ihren Schaltschrank.
Sogleich saßen alle Mitarbeiterinnen wieder auf ihren Stühlen. Geschäftig nahmen sie die Gespräche entgegen, als hätte es keinerlei Ablenkungen gegeben.
»Und das, verehrtes Fräulein Döring, ist die Telefonzentrale! Hier wird sich ab sofort Ihr neuer Alltag abspielen. Ach, was sag ich ... Ihr gesamtes Leben! Meine Damen,

bitte alle gut zuhören ...« Gudrun klatschte leise in die Hände. »Das ist Ihre neue Kollegin, Fräulein Julia Döring. Sie hat bereits Erfahrungen in der städtischen Telefongesellschaft gesammelt und weist trotz ihres jungen Alters einen beachtlichen Lebenslauf auf. Da können sich manche von Ihnen noch ein Scheibchen abschneiden. Haben Sie gehört, Fräulein Angersbach?« Mit hochgezogener Braue sah Gudrun Hanni an, die wenig beeindruckt einen Mundwinkel nach oben zog. Da hatte sie schon schlimmere Beleidigungen einstecken müssen.

»Gewiss doch.«

Gisela wunderte sich über den *beachtlichen* Lebenslauf der Neuen, denn wie alt konnte das Mädchen sein? Aber was wusste sie schon. Der Krieg hatte alles durcheinandergebracht.

»Wie Sie bereits erahnen können, Fräulein Döring, hier werden zu jeder Zeit fleißig Telefonate angenommen und verbunden. Da steht nie etwas still. Da darf kein Lämpchen länger als zehn Sekunden blinken. Stimmen Sie mir zu, meine Damen?«

Als Antwort erntete Gudrun ein einhelliges professionelles Nicken der Telefonistinnen. Niemand hätte da widersprochen. Denn wenn sich die Aufseherin im Raum befand, kam es tatsächlich nur bei Atemstillständen oder Herzinfarkten vor, dass ein Lämpchen länger als zehn Sekunden blinkte.

»Wir lassen keinen Gesprächsteilnehmer warten. Bei uns ist alles in sicherer Hand, wie Sie ja bereits wissen. Auch die Telefonverbindungen. Haben Sie den Grundsatz verstanden?«

Julia Döring nickte erst ehrfürchtig, dann stahl sich ein verschmitztes Grinsen auf ihre Lippen. »Das werde ich die nächsten Jahrzehnte bestimmt nicht vergessen. Vorausschauend haben Sie mir den Leitsatz bereits an die sechzehn Mal gesagt.«

»Wie schön, dass Sie zählen können. Diesen bedeutenden Satz werden Sie wohl noch öfters zu hören bekommen.«

»Und an sechs Tagen in der Woche auch permanent in die Sprechmuschel posaunen. Ungefähr hundert Mal am Tag«, warf Hanni ein und verkniff sich das Augenrollen, zu dem sie angesetzt hatte.

»Fräulein Angersbach, bevor Sie sich unnötigerweise zu Wort melden, setzen Sie sich bitte Ihren Kopfhörer ordentlich auf, sodass er Ihr rechtes Ohr vollständig bedeckt! Später dann, in Ihrer Pause, dürfen Sie Fräulein Döring alles Unwesentliche, das Ihnen immer so bedeutend erscheint, erzählen. Insofern Fräulein Döring überhaupt Interesse an einer Plauderei mit Ihnen hat.« Sie wandte sich mit ernster Miene an die neue Kollegin. »Das Fräulein Angersbach ist ganz schlecht im Rechnen. Der Satz wird nur bei eingehenden Gesprächen aufgesagt. Wenn ein Telefonat nach außen geht, dann reicht es, dass Sie sich mit *Telefonzentrale, mit welchem Teilnehmer darf ich verbinden?* melden. Verstanden? Da brauchen Sie nicht lange auszuschweifen. Das macht nur das Fräulein Angersbach, vor allem, was ihre Pausen betrifft.« Gudrun warf Hanni einen nichtssagenden Blick zu und verschränkte die Arme hinter dem Rücken. Forsch setzte sie sich in Bewegung und marschierte an den belegten Stühlen vorbei. Ihre Schritte klackerten auf dem Boden. »Nehmen Sie sich Ihre fleißigen Kolleginnen zum Vorbild«, sagte sie und deutete mit einer Handbewegung auf Gisela und Frederike, die in der Mitte des Raumes saßen, als bildeten sie das Herzstück der Kollegenschaft.

Mittlerweile zeigte sich, im Gegensatz zu der Viertelstunde davor, ein professioneller Arbeitseinsatz in der Telefonzentrale. Sogar an Hannis Schaltschrank blinkte kein Lämpchen länger als zehn Sekunden.

Neben Julia Döring blieb Gudrun wieder stehen und schielte auf ihren kurzen dunklen Zopf, um den eine Schleife drapiert war. Dann auf ihre Hosenbeine, die am Knöchel endeten, und auf das weiße Herrenhemd, das sie trug. Sie rümpfte die Nase. »Fräulein Angersbach, die sich mehr für das Aussehen als für die Arbeit interessiert, wird Ihnen nachher eine Uniform geben, Fräulein Döring. Ob wir allerdings die passende Größe für Sie haben, ist fraglich.«

Beim Wort *Uniform* war Hanni hellhörig geworden. Rasch legte sie den Kopfhörer ab, stand auf und ging zu der jungen Frau, als hätte man sie zur Anprobe in die Schneiderei bestellt. Ein prüfender Blick auf ihre Figur schien ihr das Notwendige zu verraten. »Wir haben noch eine Uniform, die passen könnte. Ich kann behilflich sein und etwas vom Saum herauslassen. Trotzdem wird der Rock ungefähr fünfzehn Zentimeter oberhalb des Knies enden. Etwas kurz für dieses Haus ...« Hanni beugte sich näher zu Julia Dörner »Etwas kurz für die informellen Richtlinien im Haus, meine ich. Damit musst du außerhalb der Sichtweite vom Böck bleiben. Nur ein gut gemeinter Rat!«

Gudruns Mundwinkel, die sie ansonsten mühevoll in der Waagrechten behielt, kippten wie die Enden eines Telefonkabels nach unten. Kaum dass Hanni den zornigen Gesichtsausdruck der Aufseherin wahrnahm, erschrak sie. Eilig huschte sie zurück auf ihren Platz, setzte sich auf ihren Stuhl und legte den Kopfhörer vorschriftsmäßig an, sodass er das rechte Ohr vollständig bedeckte. Vorsichtshalber duckte sie sich ein Stück, damit der aufkommende Sturm, den Gudrun ihr mit einem Blick sandte, über ihren Kopf hinwegziehen konnte.

Die anderen Telefonistinnen starrten auf ihre Schaltschränke, denn die Aufseherin zu verärgern verhieß nichts Gutes.

»Diese geschmacklose Bemerkung, Fräulein Angersbach, bringt Ihnen einen Eintrag in Ihre Personalakte«, sagte Gudrun in samtweichem Ton, und Gisela, die erschrocken über die Androhung war, erwartete Hannis Entschuldigung.

Doch es kam keine.

»Hanni«, formte Gisela tonlos mit den Lippen und sah die Freundin flehend an. Aber Hanni reagierte nicht. Stattdessen war sie damit beschäftigt, ein eingehendes Telefonat anzunehmen. Hatte sie Gudruns Drohung nicht gehört? Unmöglich. Die Worte waren deutlich und messerscharf gewesen. In einer Lautstärke, sodass sie es hätte hören müssen. Auch wenn sie etwas abseits saß.

»Bei den Schuhen brauche ich eine Sondergröße. Ich lebe auf großem Fuß, wie Sie wahrscheinlich schon bemerkt haben«, erklärte Julia Döring, und die bedrückende Atmosphäre entspannte sich.

»Nun ...« Gudrun sah verwirrt auf Julia Dörings Füße. Sie seufzte ratlos. »Vielleicht tragen Sie vorerst einfach die, die Sie anhaben.«

Die neue Kollegin zuckte mit den Schultern, als hätte sie die Antwort erwartet. Auch Gisela und Frederike musterten ihre Füße. Sie waren wirklich groß für ein Mädchen ihres Alters. Ebenso war sie hochgewachsen, was vermutlich der Grund war, weshalb die Hose an den Knöcheln endete. Ihre Frisur erweckte den Eindruck, als würde die Schleife nicht so recht zu ihrer Persönlichkeit passen. Sie wirkte mit ihrem kurzen Haar, das sie streng nach hinten gekämmt hatte, irgendwie fehl am Platz. Ihre mandelförmigen braunen Augen blitzten wachsam und voller Lebenslust. Sie erinnerten Gisela auch ein wenig an ihren Sohn, denn darin flackerte eine unbändige Lust, Unfug zu treiben.

»Sie dürfen neben Frau Eder Platz nehmen. Eine gewissenhafte Telefonistin, von der Sie, obgleich Sie schon über eine beachtliche Erfahrung verfügen, noch einiges lernen werden. Frau Eder weiß auch mit dem aufgebrachtesten Anrufer umzugehen.« Gudrun wies mit einer Hand auf den letzten freien Holzstuhl im Raum.

»Du kannst Gisi zu mir sagen«, erklärte diese und klopfte auffordernd auf den Stuhl.

»Und ich bin Julia.« Sie nahm den Kopfhörer aus der Halterung und bemühte sich offensichtlich, das Zittern zu unterdrücken. An ihrem ersten Tag war es Gisela ähnlich ergangen, denn Gudruns Blick konnte erbarmungslos sein. Als wäre das versierte Abnehmen und Aufsetzen des Kopfhörers die alles entscheidende Aufnahmeprüfung.

Ein aufforderndes Klopfen auf hohles Holz erklang. »Gudrun, Herr Pering verlangt nach Ihnen.« Eine raue weibliche Stimme füllte den Hintergrund des Raumes aus. Die Chefsekretärin Carla stand mit ihrer unnahbaren Eleganz im Türrahmen und hielt die Arme vor der Brust verschränkt. Sie machte keinen Schritt zu ihnen hinein. Das tat sie nie, als wäre es unter ihrer Würde, einen Fuß in die Telefonzentrale zu setzen. Ihr Blick wanderte gleichgültig über die Köpfe der Telefonistinnen hinweg. Als die Aufseherin zur Antwort nickte, drehte sie sich schwungvoll um, sodass sich der untere Teil des bauschigen Kleides mitbewegte, und verschwand.

»Ach, du liebe Güte«, stieß Julia aus, kaum dass Gudrun gegangen war. Mit bleichem Gesicht sah sie auf das Pult. »Mein Schrank geht gleich in die Luft!«

Hanni, die kurz den Kopfhörer abgenommen hatte und sich die Schläfe massierte, lachte.

»Wieso denn?«, fragte Gisela besorgt.

»Weil all die Lichter blinken! Das verheißt doch nichts Gutes!«

»Ach, Kindchen ...« Gisela sah sie verständnisvoll an. »Das sind Telefonate. Nur Verbindungsanfragen. Niemand fliegt hier in die Luft. Allenfalls der Böck, und zwar vor Zorn, wenn nicht ordentlich verbunden wird.«

»Oder wenn ihn das Fräulein Anna in ein paar Monaten wieder verlässt. Aber das ist eine andere Geschichte«, ließ Hanni von ihrem Platz aus vernehmen.

Erleichtert stieß Julia die Luft aus. Aber dann wurde sie wieder blass, als sie zum Pult sah. »Und die muss ich *alle* entgegennehmen? Gleichzeitig?«

»Lieber sofort als später und natürlich alles der Reihe nach«, erklärte Hanni und stand auf. »Da darf kein Lämpchen länger als zehn Sekunden blinken, verehrtes Fräulein!«, teilte sie der Neuen mit imitierter Gudrun-Stimme mit. »Aber das hat dir unsere Aufseherin ja schon etliche Male gesagt. Vorgabe von der Geschäftsleitung. Und die Sturm, die kontrolliert das ganz genau! Außer, wenn sie nicht im Raum ist, natürlich. Dann kannst du machen, was du willst, und du kannst dir eine Verschnaufpause gönnen. Da dürfen die Lämpchen gerne auch mal verglühen. Stimmt's, Gisi?«

»Ach, red ihr doch nicht so einen Quatsch ein! Du solltest ihr ein besseres Vorbild sein!« Gisela schüttelte den Kopf.

»*Ich* bin dann diejenige, die die Arbeit der faulen Kolleginnen erledigen muss, weil sie lieber über Hängebrüste sprechen, statt den Anrufern ihre Aufmerksamkeit zu schenken«, bemerkte Frederike und nahm mit hochgezogener Augenbraue das nächste Gespräch entgegen.

Hanni kümmerte die Anschuldigung wenig, denn sie sah offenbar eine wichtigere Aufgabe darin, die neue Kollegin in das tägliche Überleben in der Versicherung einzuführen. Und diesem Auftrag wollte sie offenbar in vorbildlichem Ausmaß nachkommen. »Alle drei Stunden darfst du dir eine kurze Pause gönnen«, erklärte sie. »Aber mach einen großen Bogen um den Pausenraum. Da gehst du lieber auf das stille Örtchen und verdrückst dein Pausenbrot auf der Toilette oder in der Garderobe – die ist um einiges geschmackvoller als das triste Kämmerchen.«

Frederike hielt die Sprechmuschel zu und warf Hanni einen zustimmenden Blick zu. »Ein wirklich trostloser Ort!«

»Eine Tasse Kaffee gibt's am Tag. Aber nur Malzkaffee, etwas anderes bekommen wir nicht. Und was eine schönere Uniform angeht ... da sind wir gerade in Verhandlungen. Also noch nicht in Verhandlungen, aber gut möglich, dass wir demnächst darüber mit Herrn Pering reden werden.« Hanni verschränkte die Arme vor der Brust und lehnte sich mit ihrer Hüfte an Julias Schaltschrank.

Julia nickte. Dann leuchtete ein neues Lämpchen auf, und ihr Blick verlor sich hilflos zwischen den Kabeln und den vielen Öffnungen.

»Wenn du was wissen willst, halt dich an mich. Nicht an die liebe Hanni, denn sie lässt kein Fettnäpfchen aus. Und da hüpfst du besser elegant drüber.« Gisela lächelte Hanni verzeihend an, die darauf nur mit den Schultern zuckte.

»Wohl wahr. Da hat unsere liebe Gisi recht.« Damit ging sie zurück auf ihren Platz.

»Hattet ihr in der städtischen Telefongesellschaft einen

modereren Schaltschrank?« Gisela wunderte sich darüber, dass Julia mit ihrem Arbeitsplatz nur wenig anzufangen wusste.

Langsam beugte sich Julia zu ihr und flüsterte ihr vertrauensvoll ins Ohr: »Ich hab noch nie einen Schaltschrank gesehen. Nicht mal in einer Zeitung oder im Kino. Den Lebenslauf hab ich frei erfunden. Eine kleine Notlüge sozusagen.«

Gisela machte große Augen und verkniff sich einen überraschten Laut, um Julia nicht vor allen anderen bloßzustellen.

»Vor einer Woche bin ich noch zur Schule gegangen. Aber dahin will ich nie wieder zurück. Mir ist es lieber, ich verdiene mein eigenes Geld und kann unabhängig sein. So wie ihr«, sagte Julia und schaute über die Köpfe der geschäftigen Telefonistinnen hinweg.

Gisela seufzte, denn manchmal hätte sie sich gern wieder in eine schützende Abhängigkeit begeben.

»Wozu ist diese Strippe gut?« Julia riss unsanft an dem langen Verbindungskabel.

Frederike stieß einen Schrei aus. »Nicht doch, das geht kaputt, Mädchen! Herrje, die ist ja noch ganz grün hinter den Ohren! Von wegen städtische Telefongesellschaft. Wie soll *die* uns bitte unterstützen?«, zischte sie und konzentrierte sich dann auf das nächste Gespräch, das zu verbinden war.

»Das kriegen wir schon hin!« Gisela nickte Julia aufmunternd zu und fing an, ihr die Grundlagen von Gesprächsannahme und Verbindungsaufbau zu erklären. Auch den Leitspruch wiederholte sie unnötigerweise, was Julia ein Stöhnen entlockte. Sie schien den Satz jetzt schon zu hassen.

Julia verstand die Hinweise auf Anhieb, sodass Gisela nichts wiederholen musste. Hanni, die immer wieder zu den beiden geschielt hatte, zog beeindruckt eine Augenbraue nach oben, immerhin hatte sie Tage gebraucht, um zu verstehen, wie man die Teilnehmer erfolgreich miteinander verband. Meist war entweder die Vermittlung gleich am Anfang wieder herausgeflogen, oder sie hatte keine Verbindung herstellen können. Ab und zu, wenn sie gedanklich abschweifte, unterliefen ihr immer noch Fehler. Und das trotz der zwei Jahre, die sie nun schon in der Telefonzentrale angestellt war.

Gudrun erschien wenige Minuten später mit einer heiteren Miene, die nur selten ihren stoischen Gesichtsausdruck verdrängte.

»Meine Damen, ich habe sehr erfreuliche Nachrichten für Sie! Heute Abend wird es eine kleine Feier in der Eingangshalle geben.«

»Eine Feier?«, fragte Ingrid.

Gudrun nickte. »Am Vormittag hat unsere Verkaufsabteilung den eintausendsten Versicherungsvertrag abgeschlossen. Und das möchte Walter Pering mit all seinen Mitarbeitern gebührend feiern. Ein Sektempfang und eine Stulle für jede von Ihnen soll es anlässlich des großen Erfolgs geben.«

Überraschtes Gemurmel zog durch die Telefonzentrale, denn eine Feier, auch eine kleine, hatte es schon lange nicht mehr gegeben.

»Und bis dahin arbeiten wir in gewohnter Weise fleißig weiter, damit es nicht bei eintausend neuen Verträgen bleibt«, sagte Gudrun, hob schwungvoll ihren Zeigefinger, als skizziere sie den zweitausendsten Kundenvertrag in die Luft, und stellte sich hinter Julia.

Giselas Herz begann in einem schnelleren Takt zu schlagen, denn sie wusste, was Gudruns prüfender Blick zu bedeuten hatte. Es musste sich für Julia wie eine Aufnahmeprüfung anfühlen. Bald würde auch Gisela eine ähnliche Situation bevorstehen.

Gekonnt setzte sich Julia den Kopfhörer auf und atmete einmal tief durch, um die erste Verbindung herzustellen. Vermutlich die Allererste ihres Lebens. Furchtlos blickte sie auf das leuchtende Lämpchen, ergriff das Ende eines Kabels und steckte es in die passende Öffnung. »Versicherung Pering, bei uns ist alles in sicherer Hand! Mit welchem Teilnehmer darf ich verbinden?«, sagte sie freundlich ins Telefon. Darauf lauschte sie kurz ihrem Gesprächspartner und verband mit den richtigen Worten und einigen wenigen Handgriffen.

Gisela war beeindruckt, wie tadellos ihr das gelang.

Gudrun nickte zufrieden. »Wirklich eine Erfahrene. Da werden wir keine Schwierigkeiten haben, Fräulein Döring«, lobte die Aufseherin, als sich Julia ausgeklinkt hatte, und betrachtete sie wohlwollend.

»Perfekt, ohne Zweifel! Da erkennt man sofort die jahrelange Erfahrung von so einem jungen Mädchen!«, sagte Frederike. Ihr war nicht entgangen, was Julia Gisela im Vertrauen zugeflüstert hatte. Bedauerlicherweise hatte Frederike das Gehör einer Fledermaus. Gisela presste ihre Lippen zusammen, denn die Information war nicht in faire Hände geraten. Frederike war zwar eine von den Guten, konnte aber, wenn es um ihren eigenen Vorteil ging, Zähne zeigen und sich damit in ihrer Beute verfangen. Warnend starrte Frederike die Neue an, und der Blick musste sich wie eine knisternde Glut auf Julias Haut anfühlen. Ein aufforderndes Räuspern der Aufseherin wies die emsige

Telefonistin in die Schranken. Ein Glühwürmchen leuchtete schon länger als zehn Sekunden an Frederikes Schaltschrank, und das konnte Gudrun auch bei ihrer fleißigsten Angestellten nicht durchgehen lassen.

KAPITEL SIEBEN

Hanni saß auf der Holzbank in der Garderobe im Keller des Versicherungsgebäudes und starrte auf den Steinboden. Irritiert nahm Gisela ihren veränderten Gesichtsausdruck wahr.

»Warten etwa tausend Tage Nähverbot auf dich? Oder was ist los? Feierabend, Hanni! Im wahrsten Sinne des Wortes. Gleich gibt es Sekt und Stulle. Das allein gehört schon gefeiert«, sagte Gisela, öffnete den Garderobenschrank und nahm ihre Tasche heraus. Sie wollte sich frisch machen, ehe sie zu den anderen in die Eingangshalle gingen.

Leise schloss sie die Schranktür.

»Ach, mir ist nicht nach Feiern zumute. Es ist bereits Abend«, antwortete Hanni mit gedämpfter Stimme, und es klang, als hätte ihr jemand die Brust zugeschnürt.

»Deine Lippen könnten ein wenig Farbe vertragen. Man sieht ja kaum noch was von deinem Amerikaner darauf.«

»Das kann mich jetzt auch nicht mehr aufheitern.« Hannis Lächeln war so schwach, dass Gisela unwillkürlich zu ihr trat und ihr aufmunternd über die Schulter strich.

»Ist es wegen der Bemerkung von Gudrun? Du weißt ja, wie sie sein kann.«

»Nein, die kann mir nichts anhaben.« Mit gesenktem

Kopf fuhr Hanni mit der rechten Fußspitze den Steinboden nach, als skizziere sie die Antwort darauf. »Es ist wegen ... ach ...« Sie winkte ab. »Ich möchte dich nicht damit belasten.«
»Wir sind Freundinnen und dafür da, auch mal mit dem Kummer der anderen herumzulaufen.« Gisela setzte sich zu Hanni auf die Bank und griff nach ihrer Hand, die in einem hellgelben Spitzenhandschuh steckte.
»Ich kann wahrscheinlich nie mehr nach Hause gehen!«
»Warum denn nicht?«
»Wegen des Kopfgeldes. Das hab ich nämlich nicht mehr. Du weißt ja, damit hab ich mir den Lippenstift gekauft. Und Garn. Viel zu viele Rollen Garn. ... Und Knöpfe! Ach, was bin ich doch für ein blödes Schaf! Mein Vater hat ja recht. Für was bin ich eigentlich gut?« Durch ihre langen schwarzen Wimpern blickte sie Gisela an. »Ich hab fast das ganze Geld ausgegeben, Gisi! Und wofür? Für einen amerikanischen Lippenstift und Nähzeug! Wie konnte ich bloß so dumm sein? Ich weiß doch, wie mein Vater ist. Nun ist vom Kopfgeld kaum noch was übrig, und er wird mir dafür den Kopf abreißen!« Hanni entwand sich Giselas Griff und zupfte nervös an ihren Handschuhen. Nach einer kurzen Pause, in der sie gedanklich bestimmt an keinem schönen Ort gewesen war, erzählte sie von den Vorkommnissen zu Hause, die ihr letzte Nacht den Schlaf geraubt hatten. »Ein bisschen Geld hab ich noch gespart und in einem alten Socken verwahrt, damit er es nicht findet. Für die Bernina-Nähmaschine, die ich mir kaufen will. Du weißt schon ... Aber viel ist es nicht.« Sie seufzte. »Ich kann einfach nicht mit Geld umgehen.«
»Das hast du von deinem Vater gelernt«, erwiderte Gisela hilflos und merkte sofort, dass das die Freundin auch nicht tröstete.

»Das verzeiht er mir nie. Niemals! Was soll ich jetzt bloß machen? Die Versicherung überfallen? Im nächsten Freudenhaus vorsprechen? Woher soll ich so viel Geld nehmen? Himmel, wie konnte ich nur so dumm sein und fast alles ausgeben?« Verzweifelt schlug Hanni ihre Hände vors Gesicht.

In Giselas Kopf schrillten die Alarmglocken. Ein paar Ideen kamen ihr in den Sinn. Doch keine Eingebung war gut genug, um sie umzusetzen.

Ein leises Ächzen ertönte und beendete das ratlose Schweigen, das im Raum hing.

Langsam öffnete sich die Tür zur Toilette.

»Ich wollte nicht lauschen, wirklich nicht. Aber ich hab versehentlich mitgehört. Einiges ... vielleicht auch alles ... muss ich gestehen«, sagte Julia mit einer weichen Stimme, die so gar nicht zu ihrem forschen Auftreten passte. Leise schloss sie hinter sich die Tür und kam mit erhobenen Händen auf Gisela und Hanni zu. »Wieso sagst du deinem Vater nicht, dass dir das Geld gestohlen wurde? Ist doch klar, wenn es in einem Garderobenschrank liegt. Wenn Dinge rumliegen, kommen sie leicht weg.«

»Was für eine einfallsreiche Idee! Dafür würde er mich bis nach Russland prügeln!«

»Oh. Bei den Sowjets willst du bestimmt nicht unterkommen. Das müssen wir verhindern.« Julia setzte sich zu den beiden Frauen auf die Bank und kräuselte nachdenklich ihre Lippen. »Dann lieber verschwinden, bis das Schlimmste überstanden ist. Ich hab einen guten Freund, der versteckt die Leute vor der Polizei. Hat dafür die besten Plätze in ganz Köln. Kostet zwar ein paar Mark, aber dafür hat's dein Vater irgendwann vergessen, und du kannst wieder nach Hause.«

»Und ihm erleichtert in die Arme fallen? Und er wird mich voller Wiedersehensfreude fest an sich drücken und nie wieder loslassen? Mein Gott, was bist du naiv. Der vergisst nichts.« Hanni wusste, dass ihr Vater das Geld für seine allnächtlichen Sauftouren brauchte. Ohne Geld keine Musik, hatte er ihr schon oft gesagt. Was auch immer er mit Musik meinte. Wahrscheinlich das Freudenhaus, wo er wohl öfter zu Gast war. Diese Vermutung hatte ihre Mutter Käthe einer ihrer Freundinnen mitgeteilt, was Hanni *versehentlich* beim – nicht ganz ungewollten – Lauschen mitbekommen hatte.

»Und mit welchem besagten *Freund* treibst du dich so herum?«, fragte Gisela, denn als Mutter schrillten bei ihr gleich mehrere Sirenen.

Julia winkte ab und lächelte. »Lass mal. Darüber zerbrechen sich schon meine Eltern den Kopf.«

Gisela hob eine Augenbraue. In Ordnung, um ein weiteres Kind wollte sie sich ohnehin nicht kümmern. *Ein* Bursche mit Flausen genügte ihr schon. »Dein rechter Handschuh, Hanni. Der kann nichts dafür«, sagte sie und nahm Hannis Hand von ihrem Daumen. Aus Nervosität hatte sie so fest an ihrem Finger gerieben, dass eine kleine Lücke entstanden war.

»Sehr schön übrigens. Die sind mir schon vorhin bei der Arbeit aufgefallen. Wo hast du sie her?«, fragte Julia und schielte neugierig auf die Spitzenhandschuhe. »Darf ich mal sehen?«

Hanni streckte ihr eine Hand entgegen – sie war es gewohnt, dass ihre Handschuhe mit großer Neugierde betrachtet und wie ein Hündchen betatscht wurden. Behutsam strich Julia über die feine Häkelarbeit. »Wunderschön! Dafür würdest du einige Lucky Strike ... oder seit Neuestem auch ein paar Mark bekommen.«

»Meinst du? Die mach ich selbst«, erklärte Hanni und lächelte traurig.

»Du? Interessant.« Julia versank eine Weile in Gedanken, ehe sie mit begeistertem Blick wieder aufsah. »Fräulein Angersbach, willst du wissen, was ich an deiner Stelle machen würde?«

Hanni sah Julia abschätzend an. Offenbar wusste sie nicht, was sie von der Neuen halten sollte. Dann nickte sie, denn eines war sicher: Die Neugierde überwog *immer* bei Hanni.

Mit einem Elan, der ansteckend war, stand Julia auf und baute sich in voller Größe vor ihren Kolleginnen auf. Dabei blickte sie Hanni entschlossen an. »Ich an deiner Stelle würde die Handschuhe verkaufen. Das Garn hast du ja jetzt, wenn ich das richtig verstanden habe. Auf dem Schwarzmarkt vor dem Hauptbahnhof oder am Rheinufer könntest du so einiges dafür bekommen. ... Obwohl der Markt langsam austrocknet und dort fast keine guten Geschäfte mehr zu machen sind. Sehr bedauerlich, aber wir müssen uns eben den neuen Gegebenheiten anpassen.« Sie legte nachdenklich einen Finger ans Kinn. »Wahrscheinlich würdest du sie besser in einem Laden anbieten. Hast du schon mal daran gedacht, sie zu verkaufen? Zum Beispiel im Büdchen deines Vaters? ... Du müsstest sie allerdings heimlich an die Kunden bringen, sonst bleibt dir nichts übrig. Der Fiskus streift seit Neuestem ordentlich Steuern ein. Und die Briten, die kontrollieren das ganz genau.«

»Wie alt bist du noch mal?«, fragte Hanni.

»Sechzehn. Bald siebzehn.« Julia zuckte lapidar mit den Schultern, als hätte das Alter nichts mit ihrer wirtschaftlichen Kompetenz zu tun. »Ich kann dir helfen, Fräulein Angersbach. Ich bin ziemlich gut darin, Dinge zu organisieren.« Ein stolzes Lächeln erschien auf Julias Lippen.

»Das haben wir schon bemerkt«, sagte Gisela, obwohl sie insgeheim erleichtert war, dass jemand eine Idee offeriert hatte.

Auf Hannis Gesicht erschien kurz ein schmales Lächeln, bevor sich ihr Blick schlagartig eintrübte. »Ist doch Quatsch! Wer will schon meine Handschuhe kaufen? Der Gedanke ist absurd.«

»Ich, Gisela, vermutlich all unsere Kolleginnen in diesem Haus«, rief Julia. »Und wenn wir in der Versicherung erfolgreich sind, kann es in ganz Köln funktionieren.«

Nun scheint Hanni doch von Julias Enthusiasmus angesteckt worden zu sein, dachte Gisela, denn in ihren Augen flackerte wieder dieser Glanz, der ihr verriet, dass Hanni aus ihren Konventionen ausbrechen wollte.

»Ich kann dir dabei helfen.« Julia sah Hanni erwartungsvoll an.

»Und was willst du dafür haben?«

»Eine Beteiligung, wenn's läuft. Wirft es keinen Gewinn ab, krieg ich auch nichts.«

Hannis fragender Blick glitt zu Gisela. Diese wusste nicht so recht, was sie von Julias Idee halten sollte. Aber was hatte ihre Freundin außer den Ausgaben für das Garn zu verlieren? »Immerhin hat Julia Gudrun eine jahrelange Berufserfahrung verkaufen können, die sie nicht hat. Warum also nicht? Außerdem ist es längst überfällig. Du wirst doch ständig um deine Handschuhe beneidet und danach gefragt, wo du sie gekauft hast. Wer will nicht die exklusiven *Angersbacher* Spitzenhandschuhe tragen? Auch Gudrun, den schwierigsten Fall, hast du mit den roséfarbenen besänftigt. Ganz bestimmt würden die Handschuhe weggehen wie geschnitten Brot!«

Hanni sah auf ihre Hände und strich vorsichtig über das

feine Häkelmuster.«»Verkaufen also«, murmelte sie vor sich hin.

»Zu einem ordentlichen Preis, damit dir bald die Bernina gehört, von der du träumst«, sagte Julia.

»Du kannst unmöglich erst sechzehn sein.« Gisela schüttelte den Kopf.

»Ich bin in rauen Zeiten aufgewachsen.« Julia reckte ihr Kinn nach vorne. »Und Hanni, wenn du erst mal die Nähmaschine hast, kannst du noch mehr Handschuhe anfertigen.«

Hannis Mundwinkel hoben sich mit einer entzückenden Überheblichkeit. »Liebe Frau Döring, eine kleine Lektion, die ganz hilfreich für das Geschäft ist: Meine Handschuhe häkelt man mit der Hand. Das schafft keine Maschine.«

»Oh. Dann können wir ja von Glück reden, dass nicht ich die Schneiderin bin.« Die drei lachten, und es war wie eine stille Übereinkunft zwischen den jungen Frauen. »Hauptsache, du fabrizierst, und wir können verkaufen.«

»Und was mache ich zur Überbrückung?«

»Wegen des Geldes?«, fragte Gisela, woraufhin Hanni nicht einmal zu nicken wagte.

»Ich borg's dir! Damit du dir deine Ruhe zu Hause erkaufen kannst.« Darüber musste Gisela nicht nachdenken.

Wie lange träumte Hanni schon von einer Karriere als Schneiderin? Wenn sie im Kino waren, hatte sie Gisela stets vorgeschwärmt, wie aufregend sie es finden würde, als Kostümbildnerin in Hollywood zu arbeiten, um ihre Lieblingsschauspielerinnen, allen voran Rita Hayworth, einzukleiden. Das war ihr Traum, den sie nur selten zu träumen wagte. Vielleicht war es an der Zeit, den ersten Schritt in die richtige Richtung zu wagen. Zwar war die Vorstellung, die berühmte Hollywoodschauspielerin für einen ihrer neuen

Filme einzukleiden, mehr eine faszinierende Illusion, aber der Handschuhverkauf klang fürs Erste aussichtsreich. Es schien sogar die richtige Herausforderung für Hanni zu sein.
»Du hast ja selbst so wenig, Gisi. Das kann ich unmöglich von dir verlangen«, sagte sie und schüttelte den Kopf.
»Du verlangst es ja nicht. Ich hab's dir angeboten ... Keine Sorge, ich hatte schon weitaus weniger, und Peter und ich, wir sind noch immer über die Runden gekommen.« Gisela stand auf, griff in ihre Rocktasche und nahm das Portemonnaie heraus. Andächtig zählte sie die Scheine ab. Ob sie je wieder so viel Geld besitzen würde?
»Dass du dich traust, das alles mit dir herumzutragen«, sagte Hanni erstaunt, als Gisela ihr die Papierscheine entgegenstreckte.
Den Grund dafür wollte Gisela Hanni nicht verraten, sonst würde sie ablehnen. »Zufall. Nur ein Zufall.« Sie hatte nach der Arbeit im Spielzugladen in der Ludwigstraße vorbeischauen wollen. Im Ladenfenster war die neue Lokomotive der Modelleisenbahn von Märklin ausgestellt, die sich Peter seit einiger Zeit wünschte. Gisela lächelte, als sie daran dachte, wie er sich jedes Mal die Nase an der Geschäftsauslage plattdrückte, wenn sie bei einem Spaziergang vor dem Laden innehielten. Diese Mischung aus Erwartung und Faszination hatte sie lange nicht mehr in seinen Augen gesehen. Im Grunde genommen, konnte sie sich nur an ein einziges Mal erinnern. Damals, als Heinrich, bevor er in den Krieg ziehen musste, Peter ein Rennauto aus Holz geschnitzt hatte. Da hatte ihr Sohn geschaut, als wäre ihm das Christkind höchstpersönlich erschienen. Und genau dieses Gefühl wollte sie in Peter zurückholen.
Sie griff nach Hannis Hand und legte das Geld hinein.

Ihre lieb gewonnene Freundin vor ihrem Schicksal zu bewahren war gerade wichtiger. Peter würde es verstehen. Ihr Sohn hatte schon so viel in seinem kurzen Leben akzeptiert. Er würde sich gedulden. Auf ein paar weitere Wochen mehr kam es auch nicht an. »Du zahlst es mir zurück. Julias Plan wird funktionieren.«

In Hannis Augen schimmerten Tränen. Gisela umschloss ihre Hand mit einem entschiedenen Nicken.

Schluchzend fiel Hanni ihrer Freundin um den Hals. »Das werde ich dir nie vergessen! Ich werde dir alles zurückzahlen, Gisi! Mit Zinsen, versprochen!«

Gisela nickte wieder und beugte sich zu Hannis linkem Ohr. »Du bist ein wunderbarer Mensch, Hanni. Dein Vater hat dich als Tochter nicht verdient.«

Dass die Freundin nicht darauf reagierte, bestätigte, was Gisela schon länger vermutet hatte. Hanni war auf ihrem linken Ohr taub. Deshalb trug sie den Kopfhörer immer so schlampig, dass er bloß das halbe rechte Ohr verdeckte.

Während Gisela überlegte, was wohl geschehen war, schoss ihr ein Bild in den Kopf, das Übelkeit und heißen Zorn in ihr aufsteigen ließ: Hannis Vater, der auf seine Tochter einschlug. Sie schlang die Arme um sich, um das wütende Zittern zu verbergen. Nur einer konnte für das Unglück ihrer Freundin verantwortlich sein. Und Hanni schämte sich für ihre Taubheit. So sehr, dass sie sich nicht mal Gisela anvertraut hatte.

Sie drückte Hanni fest an sich. Darüber zu sprechen war gar nicht notwendig. Manchmal half es schon, einander in den Armen zu halten … und zu wissen, wie es der anderen ging. Und manchmal musste man auch einen Schritt weitergehen und den Teil der Last schultern, den die Freundin nicht mehr allein tragen konnte.

Ja, sie hatte das Richtige getan.

Sie hatte Hanni vor einem viel schlimmeren Unglück bewahrt.

* * *

»Man muss die Feste feiern, wie sie fallen«, verkündete Pering, als er in der Eingangshalle vor der versammelten Belegschaft stand. Wie es der Unternehmensbrauch verlangte, trugen die Mitarbeiter der verschiedenen Abteilungen ihre Uniformen und hatten sich, den Arbeitsbereichen und den Rängen nach geordnet, zusammengefunden. Bis auf Erna, die bei ihren Lieblingskolleginnen aus der Telefonzentrale stand. Dort ließ es sich am besten tratschen.

Am Ende seiner Rede hob Pering mit einem Lächeln das Glas, in dem eine blassgoldene Flüssigkeit schwamm. »Auf den Erfolg der Versicherung! Auf *unseren* Erfolg, der hoffentlich noch lange anhalten und sich stetig steigern wird. Ich danke Ihnen für Ihre erfreuliche Tatkraft und dass Sie alle dazu beigetragen haben, das Versicherungsgeschäft wieder aufzubauen!«

Gisela, Hanni und Erna, die mit Julia in die Nähe des Empfangstresens gerückt waren, hoben ebenso ihre Gläser und prosteten dem Inhaber zu. Das letzte Fest war im April anlässlich Perings Geburtstag gewesen, und das lag Monate zurück. Eine Sektflöte in Händen zu halten war so selten geworden wie die Karnevalsfeierlichkeiten, die Erna »mit blutendem Hätz« vermisste.

Vor dem Krieg hatte sie kaum eine Karnevalssitzung ausgelassen und sich schon Wochen vor dem Rosenmontagsumzug für Theo, Franz und sich aufregende Kostüme ausgedacht. Um jeden Preis auffallen war immer ihr Motto gewesen. Willi Ostermanns Lieder und Grete Fluss' Vorstellungen waren ihr so gut im Gedächtnis geblieben, als hätten sie erst kürzlich auf einer Bühne gestanden. Und Jupp Schlössers *Sag ens Blotwoosch* konnte sie auch heute nicht auf ihrem Stuhl halten. Was für eine unbeschwerte Zeit das doch gewesen war. Wie heiter ihr Leben damals gewesen war. Und wie weit entfernt sie nicht nur von diesem Leben, sondern auch von Theo war.

Zwar fanden im Tazzelwurm, dem Varietétheater in der Zülpicher Straße, wieder regelmäßig Kölner Revuen statt, aber eine Eintrittskarte war für sie kaum erschwinglich. Also hielt Erna an der Hoffnung fest, dass die Karnevalsfeierlichkeiten mit den Umzügen in die Veedel zurückkehren würden. Vielleicht kämen sie ja mit Theo zurück. Eines Tages. Dann würde das befreite Lachen in die Straßen heimkehren, und sie würde es auch wieder in Theos Gesicht sehen.

Neugierig spähte Erna in das Getümmel, das sich knapp vor Pering und Böck abspielte. Lieber hätte sie vorne in der Mitte gestanden, um den Gesprächen lauschen können, doch mittlerweile konnte sie ihrer Beobachterrolle aus einiger Entfernung etwas abgewinnen. Wer hätte gedacht, dass man abseits so einen guten Überblick über die inoffiziellen Firmengeschehnisse hatte? Vorhin hatte ihr Hanni von den »nackten Begebenheiten des Fräulein Anna« auf der Stiege berichtet und daraus einen Krimi gemacht. Ja, die Hanni, die konnte, wenn sie in Fahrt war, richtig gut erzählen. Das hatte Erna schon öfters mit Wohlwollen bemerkt. Ob es daran lag, dass sie sich für ihre jüngeren Schwestern Maric und Christa immer Geschichten ausgedacht hatte, weil ihre Mutter Käthe nicht lesen konnte?

Neugierig behielt Erna das junge – an diesem Abend

korrekt und vor allem vollständig angezogene – Fräulein Anna im Blick. Ihr entging nicht, dass sie immer wieder verstohlen zu Böck starrte, als würde sie seinem faltigen Gesicht, das die Unschuld von jungen Damen wie ein Marianengraben verschluckte, etwas abgewinnen können. Stand es um die unerfahrenen Dinger von heute wirklich schon so schlimm, dass sie sich am Anblick eines alten Herrn ergötzen konnten? Himmel! An diesem Dilemma konnte nur der Männermangel schuld sein, der manche Frauen in die schiere Verzweiflung trieb. Früher hätte sich nicht mal eine Witwe nach einem der zahnlosen Greise umgedreht, die man zurzeit mit den jungen Fräuleins am Arm durch die Stadt spazieren sah.

Nur über diese Art von Kriegsfolgen verlor niemand ein Wort. Wie verkehrt und verdreht die Welt plötzlich war. Erna seufzte und dachte wieder an Theo. Er würde eine fabelhafte Partie abgeben. Ihr Sohn war stattlich und hatte dank ihrer Erziehung ein höfliches Auftreten. Als Draufgabe zu seiner bemerkenswerten Persönlichkeit hatte er die hohe Stirn des Vaters geerbt, deren Attraktivität sie selbst in ihrer Jugend verfallen war. Ja, die Damen würden ihrem Theo in Scharen hinterherlaufen. Er musste nur noch nach Hause kommen, dann würde er sie einige Monate später zur Großmutter machen – eine schöne Vorstellung!

Sie seufzte leise, und ihr Seufzen steigerte sich dramatisch, als sie bemerkte, wie Gisela verlegen zu Anton von Siebenthal schielte. Diese tat so, als hätte sich ihr Blick in der Menge verirrt und dabei zufällig den Finanzchef gestreift. Wie eine Frühlingsbrise, die an seinem schicken dunkelblauen Sakko zupfte.

Erna räusperte sich und hob eine Augenbraue, während sie Gisela ernst musterte. »Dass die jungen Dinger auch immer so leidenschaftlich sein müssen. Können sich bei den Männern nicht am Riemen reißen«, bemerkte sie und nickte in die Richtung von Fräulein Anna, obwohl die Aussage an Gisela adressiert war. »Man darf sich nicht nur seiner Fleischeslust hingeben«, sagte sie, während sie sich nach links zu Julia drehte, die neben Hanni stand, um vorausschauend gleich das nächste junge Ding vor ihrem Untergang zu bewahren. »Mein Fleisch ist ja schon längst knochendrüch, und geschadet hat's mir auch nicht!« Dabei klopfte sich Erna mehrmals auf den rechten Unterarm, um ihre Behauptung mit einer kleinen Demonstration zu untermauern.

Für die Aussage erntete sie ein überraschtes Hüsteln von Julia, die daraufhin ein Stück von ihr abrückte und Hanni etwas zuflüsterte.

»Nein, nur manchmal«, antwortete Hanni und grinste. Erna wusste zwar nicht, auf welche Frage das die Antwort gewesen war, aber eines wusste sie: Die Neue, nein, die mochte sie nicht. Ganz und gar nicht. War bestimmt ganz schön frech, dat Mädche. Und dass sie sich bereits so gut mit Gisela und Hanni verstand, war ebenso eine Tatsache, die Erna missfiel. Die Zeiten waren rau. Sie musste sparen und wollte nicht noch jemand anderes mit ihren delikaten Neuigkeiten durchfüttern.

»Was für ein herrliches Gesöff!« Gisela nahm einen großzügigen Schluck vom Sekt. Und noch einen.

»Nicht so hastig, Darling! Der geht dir sofort ins Blut!«

»Und wir kriegen nur ein Glas. Und nur eine Stulle. Das musst du dir gut einteilen«, sagte Hanni, die die Augen nicht vom Uniformkleid der Chefsekretärin Carla abwenden konnte.

»Mir reicht's mit den Rationierungen! Wie das perlt!«

Wieder nahm Gisela einen größeren Schluck. Genüsslich fuhr sie sich mit der Zunge über die Lippen, um keinen Tropfen zu verschwenden.

»Du kannst auch meinen haben. Der schmeckt mir sowieso nicht. Für Alkohol bin ich noch zu jung«, bemerkte Julia und überreichte Gisela ihr Glas.

»Zu jung?« Hanni unterdrückte ein Kichern. »Da hat man jahrelang nichts Prickelndes zu trinken, und dann kriegt man gleich die doppelte Portion flüssiges Glück!« Erfreut nahm Gisela Julia das Glas ab.

»Scheint es heute wohl zu brauchen, unsere liebe Gisi!«, erwiderte Hanni beiläufig, während sie die schicke Abendfrisur von Carla musterte. »Ich mag die Sekretärin ja überhaupt nicht. Aber findet ihr nicht, dass Carla Ähnlichkeit mit Ingrid Bergman hat?«

»Noch nie von einer Bergmann gehört!« Erna zuckte mit den Schultern.

»Nicht? Das ist eine schwedische Schauspielerin und in Hollywood gerade ganz groß im Geschäft. Von der musst du gehört haben«, sagte Hanni und legte ihre Hand an Ernas Stirn, als prüfe sie, ob sich wegen Ernas Unwissenheit, die an sich schon eine Überraschung war, bereits Schweißperlen darauf bildeten.

Gisela sah fragend zu Erna. »Steht das nicht in der *Klugen Hausfrau*, die du so gerne liest?«

Die Empfangsdame schüttelte den Kopf. »Der Klatsch und Tratsch aus Amerika interessiert mich gar nicht. Ich verlasse mich lieber auf die Geschehnisse im Haus. Immerhin gibt es da genug zu hören und zu sehen. Das ist lebensnah, und da muss ich gut aufpassen, dass mir nichts entgeht.«

Gisela seufzte tief und nahm noch einen Schluck.

»Meine Großmutter, die hat auch so gern getrunken«, bemerkte Julia, und in ihrer Stimme schwang Verständnis mit. »Nur leider hat die Sauferei sie dahingerafft, hat mein Vater immer erzählt.«

Gisela verschluckte sich und strich sich beleidigt eine Haarsträhne nach hinten.

»Quatsch, Julia, die Gisi, die trinkt doch sonst nur Molke, wenn wir zum Tanzen ausgehen.«

»Nur, weil wir uns das gute Gesöff nicht leisten können«, stieß Gisela mit roten Wangen aus. Der Sekt schien ihr zu Kopf gestiegen zu sein.

Hanni hatte offenbar keine Zeit, ihre Freundin weiter in Schutz zu nehmen. Vielmehr hatte sie ein Auge auf die Stullen geworfen, die sich schmackhaft drapiert auf den Silbertabletts befanden und auf zwei Servierwagen in das Zentrum geschoben wurden. Sie peilte die Brotschnitten an, als würde sie eine nach der anderen mit ihrem Blick vernaschen können. Appetitlich lagen die Stullen, die mit den köstlichsten Wurst- und Käsesorten belegt waren, bereit. Man musste nur zugreifen.

»Dass ich das noch erleben darf«, seufzte Hanni.

»Darling, wirst du etwa sterben?« Erna runzelte die Stirn, um zu demonstrieren, wer von den Damen altersbedingt als Nächste abtreten durfte.

»Und sie sind sogar mit einem Klecks Mayonnaise verfeinert! Seht ihr das?« Hanni legte ihre Hände andächtig vor der Brust zusammen.

»Lass das Beten, Darling! Der da oben ist uns weit mehr schuldig als ein paar jämmerliche belegte Brote. Mir schuldet er jedenfalls noch den Theo!« Erna sandte einen grimmigen Blick zur Decke der Eingangshalle.

Vor dem Krieg hatte sie voller Leidenschaft in einem Kirchenchor gesungen. Das Singen hatte sie immer so frei gemacht und ihrem Herzen den notwendigen Platz verschafft, wenn es mehr Raum zum Atmen benötigt hatte. Zweimal wöchentlich war sie zu den Chorproben in die Kirche gegangen. Und hatte just an dem Tag damit aufgehört, als ihr Sohn eingerückt war. Seitdem hatte sie nie wieder eine Kirche von innen gesehen und sich geschworen, sie so lange zu meiden, bis Gott zur Vernunft kam und ihr den Theo zurückbrachte. Doch dieser wollte sich offensichtlich nicht mit Erna gut stellen. Ein fataler Fehler, wie sie fand.

»Mayonnaise«, wiederholte Julia, und zog das Wort genießerisch in die Länge. »Ob wir wirklich nur eine einzige Schnitte kriegen?« Sie schien vom Hunger von fünf Telefonistinnen überwältigt zu werden. Ihr Magen knurrte laut.

»Das ist halt wie mit dem Petticoat im Falkenberg. Man darf sich Appetit holen, aber satt wird man davon nicht«, erklärte Hanni mit einer Gelassenheit, die Erna wieder einmal überraschte.

»Ist halt immer und überall das Gleiche ...« Gisela blickte wehmütig hinüber zur Gruppe der Geschäftsleiter. »So viele Versuchungen, und man bekommt nur kleine Häppchen – wenn überhaupt – davon ab.«

Hanni nickte, und Gisela und sie fanden in einem Seufzen zueinander. Das gemeinsame Seufzen war die stille Übereinkunft unter den Freundinnen. Bestimmt dachte Hanni in diesem Moment an den Petticoat, über den ihre Hände in Gedanken strichen. Und bei dem sehnsüchtigen Blick, den Gisela Siebenthals markanter Kinnpartie schenkte, musste sie wohl oder übel – mehr übel – an eine sehr eindeutige Sache mit dem Finanzchef denken. Giselas Brust hob und senkte sich, als wolle sich die Begierde in ihrem Inneren einen Weg auswärts bahnen. Himmel, das konnte nur am Alkohol liegen! Der entzog Gisela die Beherrschung, deren Zügel sie unter normalen Umständen fest im Griff hatte. Erna schüttelte den Kopf, erbost darüber, dass ihre Warnungen nicht den erwarteten Anklang fanden. Wo kämen wir da hin, wenn jede Frau sich einen Neuen suchen und den Alten einfach austauschen würde? Und das, obwohl noch keine Bestätigung über das Ableben des Ehemannes gekommen ist? Und mit wem zum Teufel, sollte sie dann auf die Rückkehr ihrer Verbliebenen hoffen?

Sie musste das verhindern! Jawohl! Und sie wusste auch, wie. Sie durfte Gisela niemals verraten, was sie in Erfahrung gebracht hatte. Würde sie ihrer Freundin nur ein Sterbenswörtchen davon erzählen, dann würde es alles verändern. Und das konnte sie nicht zulassen. Sie würde schweigen. Auch wenn *das* alles verändern würde.

Pering und Böck wechselten sich in ihren Reden ab und hielten Lobeshymnen aufeinander. Siebenthal wirkte gelangweilt von dem sich duellierenden Enthusiasmus der beiden Herren. Sein Blick glitt durch die Menge, als suche er nach einem reizvollen Rettungsanker. Und nun ... Wie dreist war das denn? Blickte er gerade etwas zu lange das *Fräulein* Eder an?

Erna stemmte ihre Arme in die Hüften und beobachtete empört, wie Siebenthals Augen beim Anblick von Gisela weich wurden. Wenigstens schien Gisela es nicht zu bemerken. Ihre Aufmerksamkeit galt der Rede Perings. Wie vorbildlich die Telefonistin sich verhalten konnte. In dieser Hinsicht war auf sie Verlass, denn Gisela war Pering treu ergeben. Wahrscheinlich lag es daran, was er einmal für sie getan hatte, worüber die Telefonistin jedoch eisern schwieg. Und Erna hatte nur Gerüchte darüber vernommen, die schon längst darum baten, bestätigt oder widerlegt zu werden.

Siebenthal nahm endlich seinen Blick von Gisela.

»Der Siebenthal, der soll ja auch so ein Halunke sein. War anscheinend schon mit einigen Damen im Haus zugegen. Hält offensichtlich nicht bloß die Zahlen in der Versicherung zusammen«, stieß Erna an Julia gerichtet aus, und die Worte kamen nicht nur bei der Neuen an, sondern waren wie ein Streifschuss, der Gisela am rechten Fleck erwischte.

Hanni zuckte bloß mit den Schultern. »Die Geschäftsleitung weiß halt, was ihnen als Draufgabe zusteht.«

»Und wer ist dieser von Siebenthal?«, fragte Julia, die offensichtlich mit Ernas Informationen überfordert war.

»Der da drüben. Der jüngere von den dreien. Der Mann im blaugrauen Zweireiheranzug mit der Seidenkrawatte, die eine Nuance dunkler ist als das Sakko«, erklärte Hanni und nickte in Anton von Siebenthals Richtung, der mittlerweile etwas abseits von Pering und Böck stand. Er war rechtzeitig aus dem Lobeshymnenreigen ausgestiegen, denn nun wurde Runde zwei eingeläutet, in der die Herren ihre Führungsqualitäten anpriesen.

Hanni hätte bestimmt gern weiter ausgeholt und über das elegante Ensemble gesprochen, das der Finanzchef mit einer vornehmlichen Klasse trug, doch im nächsten Moment marschierten die beiden anderen Chefsekretärinnen in ihren wallenden Uniformkleidern auf und stellten sich neben den Servierwagen, an Carlas Seite.

Pering lächelte zufrieden. »Nun denn, ich sehe, die Belohnung für Ihre Verdienste wartet auf Sie! … Dann darf ich mit Freude verkünden: Das Buffet ist eröffnet! Lassen Sie es sich schmecken, und genießen Sie den Abend!«

Seine Worte schallten durch die Halle, woraufhin erfreutes Gemurmel einsetzte. Stolz deutete er auf die Wagen, neben denen die Sekretärinnen wie Polizistinnen standen. Vermutlich mussten sie an diesem Abend aufpassen, dass jeder nur eine einzige Stulle nahm. Ihre Freude darüber konnte man in ihren fein geschminkten Gesichtern ablesen.

KAPITEL ACHT

»Ab nach vorn! Holen wir uns die Stullen, ehe die Halunken von Direktoren sich alles nehmen!«, rief Gisela, zwinkerte Erna zu, die sich ebenso in Bewegung setzen wollte, doch von einem Schmerz in ihrer linken Pobacke davon abgehalten wurde. Himmeldonnerwetter noch mal! Nicht schon wieder! Verdammter Ischiasnerv! Dieser zog gerade mit einer Inbrunst durch ihr Gesäß, sodass sie zusammenzuckte. Leidvoll strich sie mit einer Hand über ihren Oberschenkel, an der Stelle, wo der Schmerz verweilte. War das die Strafe für ihre spitze Bemerkung über von Siebenthal? Oft kam es Erna so vor, als wäre der schmerzende Ischiasnerv die Strafe für die bösen Gedanken, die sie in letzter Zeit viel zu oft äußerte.

Beschwingt folgte Hanni Gisela. Erna watschelte langsam hinterher, um sich nichts anmerken zu lassen. Mit wenigen langen Schritten ging Julia an der Schlange vorbei und trat an den Servierwagen, um nach einer Stulle zu greifen.

Gerade noch rechtzeitig hielt Gisela sie am Arm zurück. »Man kommt dran, wenn man dran ist«, sagte sie leise, aber bestimmt, als hielte sie Peter davon ab, Unfug zu treiben.

»Dann wäre meine Familie in den letzten Jahren verhungert.« In Julias Augen flackerte etwas. Dieses Feuer gefiel Erna, obgleich es auch gefährlich war. Mit der Neuen würde es bestimmt nie langweilig werden. Die würde schon für zündenden Gesprächsstoff in der Versicherung sorgen. Gisela nickte verständnisvoll, aber ihr Blick ließ keine Widerrede zu. Julia zögerte. Sie trat von einem Bein auf das andere. Nach kurzer Bedenkzeit, die ihr eine grimmige Miene ins Gesicht zementiert hatte, stellte sie sich artig zu ihren Kolleginnen in die Schlange. Viele der Anwesenden hatten wohl schon während der Reden ihre Brotauswahl getroffen, denn die Frauen konnten rasch aufrücken. Es dauerte nicht lange, da waren sie an der Reihe.

Die Telefonistinnen fixierten die Platten mit ihren Blicken, als wollten sie eine Doktorarbeit schreiben, um sich das Beste auszusuchen. Man hatte schließlich nur eine Chance.

»Einen schönen Abend, meine verehrten Damen«, sagte Anton von Siebenthal plötzlich, der neben Gisela aufgetaucht war und die Hände hinter dem Rücken verschränkt hielt. Sein rauer Bariton irritierte in diesem Moment auch Erna auf eine sonderbar angenehme Weise. Der Finanzchef besaß eine bemerkenswert schöne Tonalität, da musste sie Gisela recht geben, obgleich sie es niemals laut aussprechen würde.

»Die mit italienischer Salami. Die ist hervorragend, Fräulein Eder«, sagte er, als Gisela mit ihrer Hand in der Luft über die unterschiedlich belegten Stullen fuhr und nicht recht wusste, welche sie wählen wollte.

Gisela blickte auf und sah von Siebenthal an, der sich dicht neben sie gestellt hatte.

Zu dicht, wie Erna fand.

»Herr von Siebenthal, dass Sie sich zu uns gesellen!«, rief sie übertrieben heiter, als wäre sie Grete Fluss in einem Bühnenstück. Es war, als hätte von Siebenthal den unpassendsten Augenblick gewählt, um bei ihnen aufzukreuzen. Gisela war heute Abend mehr als empfänglich für seinen Charme. Was machte er überhaupt in der Nähe der Telefonistinnen? Er sollte neben Pering und Böck stehen und sich am exklusiven Servierwagen mit den Lachs- und Kaviarbrötchen bedienen, der für die Geschäftsführung und die Rechtsanwälte, die rechtsschaffenden Doktoren im Haus, bereitstand. Von Siebenthals jetziger Platz war weit unter seinem Rang. Und dann hatte er auch noch dieses begierige Lächeln im Gesicht, während er Gisela musterte, als wolle er ihr das Halstuch mit seinen Zähnen vom Nacken lösen. Himmel noch mal! *Contenance bitte*, würde Erna alle Beteiligten am liebsten auffordern. Doch niemand schien ihr Beachtung zu schenken.

Anton von Siebenthal sah Gisela an. Gisela blickte von Siebenthal an.

Herrje, wat e Malheur! Sie musste etwas unternehmen. Es war allerhöchste Zeit, die Situation zu entschärfen.

Erna hüstelte, was bewirkte, dass der Finanzchef seinen Blick von Gisela nahm. Er langte nach einem Teller und einer Papierserviette. Dann fischte er mit der Gebäckzange nach einer Stulle mit Salami. Sorgfältig drapierte er das belegte Brot in der Mitte des Porzellantellers und legte die Serviette dazu.

Mit einem charmanten Lächeln hielt er Gisela das Ensemble hin. »Feinste Rohwurst aus Italien. Luftgetrocknet und sehr aromatisch. Einzigartig im Geschmack.«

Erna sah von Siebenthal abschätzig an.

»Die mit der Schinkenmettwurst, Gisi, die ist die Beste.

Macht ordentlich satt! Und ist auch viel bodenständiger! Man muss am Altbewährten festhalten.« Erna drängte sich zwischen Gisela und von Siebenthal und langte nach einer Stulle, die dick mit Mettwurst bestrichen war. »Siehste, Darling? Schmeckt lecker, einfach lecker!« Genüsslich biss sie in das Brot. Der Klecks Mayonnaise rutschte von der Wurst und landete auf ihrer Bluse. »*Oh Lord!*«, stieß sie aus. »Auweia, doch nicht die gute Mayonnaise!« Mit erschütterndem Gesichtsausdruck sah Julia zu, wie der weiße Klecks auf der Höhe von Ernas linker Brust vom Blusenstoff geschluckt wurde. »Wat ene Driss! Das hätte in deinem Mund landen sollen!«

»Das hatte ich auch erwartet, Darling«, stieß Erna zwischen zusammengepressten Zähnen hervor. Aber ihre Erwartungen wurden in letzter Zeit kaum noch erfüllt.

»Ach, die schöne Bluse!« Hanni, die erst jetzt mitbekommen hatte, was passiert war, weil sie das Brot mit geschlossenen Augen genießerisch verzehrt hatte, schlug die Hände zusammen. Durch das Klatschen erfassten auch die Chefsekretärinnen in Windeseile das Szenario.

Von Siebenthal zog ein kariertes Stofftaschentuch aus seiner Sakkotasche und hielt es Erna hin.

Hanni griff danach und versuchte mit ein bisschen Spucke, die Bluse zu säubern. Doch der Fettfleck blieb. »Schade um den schönen Stoff! ... Ob Kernseife noch hilft? Mit einem feinborstigen Schwamm ordentlich ausbürsten.«

»Haben wir Kernseife und einen frischen Schwamm im Haus?«, fragte Gisela und blickte von Siebenthal fragend an.

Er räusperte sich, und ein amüsierter Ausdruck trat in seine Augen. »Das ist nicht unbedingt mein Metier, Fräulein Eder.«

»Ich dachte, Sie beschäftigen sich mit den Ein- und Ausgaben des Unternehmens. Haben wir keine Aufwendungen für Kernseife und Schwämme?«, fragte Gisela, und ihre Frage klang ein wenig schroff, sodass von Siebenthal zusammenzuckte.

Doch mehr aus Belustigung, wie sich herausstellte, denn er grinste. »Ich gebe es ungern zu, Fräulein Eder, aber da bin ich jetzt wirklich überfragt.«

Hanni, die noch immer versuchte, mit dem Stofftaschentuch den Fleck trocken zu tupfen, seufzte resigniert. »Fett ist ja so ein Teufelszeug! Nur gut für den Magen oder die Haut. Aber hat auf der Bluse rein gar nichts verloren! Ich fürchte, die ist ruiniert.«

Erna presste die Lippen zusammen. Dass ausgerechnet ihr dieses Missgeschick vor den Chefsekretärinnen passieren musste! Die drei Damen lächelten scheinheilig, als gönnten sie Erna die beschmutzte Bluse.

»Da fällt mir ein ... Ich kann dir ein Muster über den Fleck nähen, dann fällt er nicht mehr auf«, schlug Hanni vor, die für modische Unfälle immer eine Lösung parat hatte. »Vielleicht einen bunten Papagei?«

»Damit ich im Zirkus auftreten kann? Darling!« Erna brummte.

»Dann eine Blume. Eine schöne Rose. Wie wäre das?«

»Mit Dornen«, kicherte Julia, was Erna als Angriff wertete.

Nein, die Neue, die gefiel ihr nicht. Definitiv nicht. Aber der würde das Feuer schon noch verglühen.

»Wenigstens *können* wir wieder Flecken machen. Ist doch wunderbar«, sagte Gisela und griff nach dem Brot mit geräuchertem Schinken. Aufreizend biss sie hinein. »Ganz köstlich, Herr von Siebenthal«, sagte sie, nachdem sie geschluckt hatte, und nickte mit einem verstohlenen Grinsen.

Er betrachtete sie, als sie den zweiten Bissen nahm. Mit einer Zärtlichkeit, die ihn zu irritieren schien. Zögerlich, weil sein Blick noch immer an ihren Lippen hing, stellte er den Teller mit dem Salamibrötchen auf dem Servierwagen ab. »Nun, Sie haben Ihre Wahl getroffen.«
»Allerdings.«
Bevor er sich abwenden konnte, sagte Gisela: »Es gibt nur ein Problem, Herr von Siebenthal.«
»Und das wäre? Abgesehen von der fehlenden Kernseife und dem Schwamm?« Die Heiterkeit in seiner Stimme war ansteckend, und selbst Erna musste schmunzeln.
»Niemand wird davon satt. Eine einzige Stulle pro Person? Haben die Finanzen des Hauses nicht für mehr gereicht?«, fragte Gisela und schaute von Siebenthal keck an.
Hanni blieb vor Überraschung der Mund offen stehen.
»Sie scheinen ein großes Interesse an Finanzen zu haben, Fräulein Eder.«
Oho, nicht nur an Finanzen, hätte Erna am liebsten gesagt.
»Vielleicht sollten Sie mir beim Rechnen das nächste Mal zur Hand gehen?«
Gisela kniff die Augen zusammen und funkelte von Siebenthal an. Sie machte einen Schritt auf ihn zu. Erna fragte sich, ob es Ärger über seine Dreistigkeit war, der in ihrem Blick lag. Bestimmt war Gisela fuchsteufelswild wegen der schamlosen Aussage und würde ihm gleich vor allen Anwesenden eine Ohrfeige verpassen. Das würde Gisela ihm nicht durchgehen lassen. Nie und nimmer! Die Gisi, die würde ...
»Mit Vergnügen, Herr von Siebenthal. Ich stelle gern eine Verbindung zu den Zahlen für Sie her.« Ihre Lippen waren leicht geöffnet, und ihr Kinn hatte sie neckisch nach vorn gereckt.
Und da war er wieder.

Der Ischiasschmerz!
Himmel, Arsch und Zwirn! Erna konnte sich gar nicht mehr auf den Fleck auf ihrer Bluse konzentrieren. Eindeutig zweideutig war die Aussage gewesen. Giselas Benehmen konnte nur an den zwei Gläsern Sekt liegen, die sie intus hatte. Die Gisi, die war doch sonst nicht so ... *aufgeschlossen*. Von Siebenthal nickte, und ein erwartungsvolles Lächeln erschien auf seinen Lippen. Er wollte gerade etwas erwidern, als Böck an seine Seite trat, ihn an der Schulter fasste und ihn bei den Damen entschuldigte.

Erna atmete erleichtert auf, als die Herren verschwunden waren. Die Gefahr war vorerst gebannt.

»Dat is ene Heiopei, wie er im Buche steht! Sag nicht, ich hätte dich nicht gewarnt! Da verbrennst du dir nur die Finger, Darling. Und denk um Himmels willen an deinen Heinrich!«, warnte Erna Gisela, um zu retten, was zu retten war. Immerhin hatte sie schon ihre Bluse nicht vor dem Unheil bewahren können, doch ihre Freundin, die würde nicht befleckt werden.

Gisela zuckte gelassen mit den Schultern. »Beim Rechnen, meine liebe Erna, hat sich noch niemand die Finger verbrannt!«, wisperte sie und nippte an ihrem Glas, um mit Bedacht den letzten Schluck zu genießen.

* * *

Eine Sommerbrise umhüllte Gisela, als sie durch den Hinterausgang aus der Versicherung trat.

Die Firmenfeier war vorüber.

Hanni und Julia, die sich während des Festes bestens miteinander unterhalten hatten, hatten sich vorhin von ihr verabschiedet und waren durch den Haupteingang verschwunden. Sie mussten beide in dieselbe Richtung, und Hanni, die die jüngere Kollegin im Laufe des Abends in den Versicherungsalltag eingewiesen hatte, wollte mit ihr auf dem Heimweg über eine mögliche neue Uniform sprechen. Wie man das Halstuch ordentlich trug, damit es farblich am besten zur Geltung kam, hatte sie Julia vorhin bei der Übergabe der Dienstkleidung in der Garderobe gezeigt.

Gisela atmete die warme Luft ein und setzte sich hinter dem Versicherungsgebäude auf eine der Stufen. Der Beton war kalt, denn er hatte von den Sonnenstunden des Tages genauso wenig abbekommen wie Gisela in der fensterlosen Telefonzentrale. Behutsam schob sie ihre Hände unter ihren Po. Sie brauchte einen Augenblick, um mit dem Tag abzuschließen, ehe sie nach Hause zu Peter ging. Wahrscheinlich erwartete er die Modelleisenbahn, die sie ihm mit einem stummen Nicken beim Schaufensterbummel versprochen hatte. Und nun würde sie mit leeren Händen heimkommen. Peter würde es verstehen. Ihr Sohn war zwar nicht der Geduldigste, aber er verstand es, wenn man jemandem aus einer Notlage helfen musste.

Gisela massierte ihr rechtes Ohr, an dem der Kopfhörer stundenlang aufgelegen hatte. Es tat ein bisschen weh. Der Sekt hatte für kurze Zeit die Kopfschmerzen gedämpft, doch sie waren mit unbarmherziger Wucht zurückgekehrt. Die frische Luft besänftigte die Unruhe und vertrieb die Warnblitze, die sich Duelle in ihrem Schädel lieferten.

Mit einem Seufzen schloss sie die Augen.

»In der Nacht wirkt alles fast wie früher, nicht wahr?«, hörte sie eine tiefe Stimme. Beinahe zeitgleich fiel die große Tür hinter ihr zu.

Leise, vorsichtige Schritte folgten.

Gisela hielt die Augen weiterhin geschlossen, um den Nuancen in seiner Stimme nachzuspüren. Sie vibrierte sanft in ihrem Körper, als würde sie die verloren gegangenen Aspekte in ihr auffüllen können. Der letzte Teil klang wie das g-Moll in Mozarts Serenade Nr. 13, *Eine kleine Nachtmusik*, die sie schon lange nicht mehr gehört hatte.

»Die Lichter und die Unversehrtheit fehlen«, sagte sie und öffnete die Augen. Langsam wandte sie den Kopf und sah Anton von Siebenthal an, als hätte sie Angst, ihr Blick könnte ihn auf besondere Weise verletzen. Vielleicht war es aber auch die Angst, sein Anblick würde *sie* verletzen können.

Ein flüchtiges Lächeln erschien auf seinen Lippen, und er deutete auf die Stufe. »Darf ich?«

»Bitte, nur zu. Aber es ist ganz schön kalt.«

»So mag ich es am liebsten.«

»Und wir sind es gewohnt.« Bestimmt hatte er in den letzten Jahren nie frieren müssen. Sicher hatte er auch nicht hungern müssen. Und er hatte sich auch nicht an seine Frau klammern müssen, ehe er ihre Hand für immer losgelassen hatte und an die Front marschiert war.

Gemeinsam saßen sie da und atmeten schweigend die frische Nachtluft ein. Die Stille war eine wohltuende Zärtlichkeit. Heilsam und zerbrechlich, das hatten sie die letzten Jahre gelehrt.

Er schaute auf die leere Straße vor ihnen. »Und die Menschen. Die fehlen auch.«

»Herr von Siebenthal, wir sind hier in einem der lebendigsten Viertel in ganz Köln. Abends zumindest«, erwiderte sie lächelnd.

Er nickte verhalten und sah kurz zu Boden. In diesem

Moment verstand Gisela, dass auch er jemanden vermisste. Dieses Privileg hatte er also nicht gehabt.

»Das Viertel hat sich verändert. Das ist wahr, Fräulein Eder«, sagte er dann, stand auf und reichte ihr die Hand. »Deshalb würde ich Sie gern heimfahren. Mit meinem Wagen.«

»Danke, sehr freundlich, aber ich bleibe noch ein wenig sitzen und spaziere dann lieber zu Fuß nach Hause.« *Nach Hause.* Oder zu dem einen Menschen, der davon übrig geblieben war.

»Um diese Zeit? Das kann ich unmöglich verantworten.«

Er kann vieles nicht verantworten, dachte sie. Seine blauen Augen erinnerten sie an den Gebirgssee mit den silbrigen Schattierungen, in den sie sich als verträumte junge Frau gestürzt hatte. Damals hatte sie das Leben in seiner Unversehrtheit und Vollkommenheit gespürt. Und nun fand sie Bruchteile davon in seinen Augen wieder. Es war, als würde er sie einladen, Stück für Stück wieder zusammenzusetzen ... Seine Stimme... seine kräftigen, aber zartgliedrigen Hände – alles zog sie magisch an.

Das konnte er nicht verantworten. Aber die Sehnsucht, die sie empfand, wenn er in ihrer Nähe war, konnte *sie* nicht verantworten.

»Was würde Ihre Gattin dazu sagen, wenn Sie eine andere Frau nach Hause bringen?« Sie verschmähte seine Hand und stand auf.

Anton von Siebenthal zog seinen Arm zurück und wollte etwas erwidern, hielt dann aber inne. Stattdessen nickte er und sah an ihr vorbei in die Ferne. Eine Falte erschien zwischen seinen Augenbrauen.

Mit dieser wortlosen Geste schien er ihr recht zu geben.

»Wir *hören* uns. Ich verbinde Sie. Morgen wieder, Herr von Siebenthal«, sagte sie und schritt die Stufen hinunter.

Er erwiderte nichts darauf.

Langsam, aber mit einem klaren Ziel vor Augen, setzte Gisela Fuß vor Fuß. Ihr Herz verkrampfte. Wenn Heinrich von ihren Empfindungen erfahren würde, die Gisela gerade wie ein verzweifelter Hilfeschrei vorkamen, würde er sie nicht mehr mit Stolz und Aufrichtigkeit betrachten. Er würde sie zum Teufel jagen.

Plötzlich vernahm sie Schritte hinter sich.

Sie hielt inne.

»Mir bleibt nichts anderes übrig, als Ihnen unauffällig zu folgen, Fräulein Eder. Das Friesenviertel hat sein Nachtgewand angelegt und ist viel zu freizügig gekleidet. Es schickt sich nicht für einen Gentleman, eine Dame unbeaufsichtigt nach Hause gehen zu lassen.«

Sie unterdrückte ein Lächeln und blickte kurz über die Schulter zu ihm.

Von Siebenthal sah sie ernst an, doch in seinen Augen war Wärme. Nichts als Wärme, die ihr galt.

Sie ließ sich ihr inneres Lächeln nicht anmerken.

Und so gingen sie. Nicht nebeneinander, wie es sich Gisela in Wahrheit gewünscht hatte. Sondern hintereinander. Dabei entstand eine Vertrautheit, die sich mit jedem der Schritte in ihr Empfinden eingravierte. Eine wohltuende Nähe, obwohl gut zwei Meter ihre Körper voneinander trennten.

Sie schlenderten vorbei an den Ruinen, die von der Dunkelheit verschluckt worden waren. Auf den holprigen Wegen, die Gisela manchmal beinahe stolpern ließen, weil die Laternen fehlten. Begleitet von einem klaren Himmel, an dem die Sterne wie Hoffnungsträger hingen.

Und trotz der Distanz tat sich eine Nähe zwischen ihnen beiden auf, die fesselnd war.

Schritt für Schritt.

Sie wollte die Sicherheit festhalten, die er ihr bot. Sie ging langsamer, aber wagte es nicht, stehen zu bleiben, um die Zeit anzuhalten.

Wie gern hätte sie einen Umweg genommen, um länger den Schutz zu verspüren, der sie wie eine kräftige Hand an ihrem Rücken begleitete. Doch das hätte zu viel verraten ... Es hätte *alles* verraten.

Als sie eine Weile später das Martinsviertel erreichten, vernahm sie ein Räuspern hinter sich. Offensichtlich befand von Siebenthal nun, dass *ihr* Veedel das passende Nachtgewand trug, um sie allein weitergehen zu lassen. Er musste die ganze Strecke auch wieder zurück zu seinem Wagen laufen.

Im Schein einer Laterne blieb sie stehen und verharrte kurz in der Stille der Nacht.

Dann wandte sie sich um und sah ihn an.

Einen Augenblick lang standen sie sich schweigend gegenüber. Nicht wissend, was zu sagen oder zu tun war. Noch immer trennten sie die zwei Meter, und doch war es, als stünden sie nebeneinander. Handrücken an Handrücken. Es herrschte eine Vertrautheit, die so zart war, dass Gisela daran zweifelte, dass von Siebenthal sie spüren konnte. Das dezente Kribbeln in ihrem Bauch, das sie während des Heimwegs begleitet hatte, wandelte sich zu einem Knäuel aus vibrierender Sehnsucht und Begierde.

In Siebenthals Augen flackerte eine tosende See. Himmel, sie wollte fallen!

»Einen schönen Abend, Fräulein Eder.« Er zog seinen Hut und deutete einen Diener an.

»Gute Nacht, Herr von Siebenthal«, sagte sie und hauchte ihm ein »Danke, Anton« nach, das tonlos an ihm vorbeizog.

Er nickte auf ihre Verabschiedung hin, als wäre es ihm eine Ehre gewesen, sie in die passende Richtung zu begleiten. Dann drehte er sich um und ging davon.

Gisela machte sich wieder auf den Weg.

Verschwunden waren die Schritte hinter ihr.

Verschwunden war die Klangfolge, die sie schützend ins Martinsviertel geleitet hatte.

Verschwunden war seine angenehme Präsenz.

Geblieben war das aufkeimende Gefühl in ihr, dass es jemanden gab, der real war.

Der da war.

KAPITEL NEUN

»Aufstellung meine Damen! Und nun bitte alle ihre Handschuhe anziehen! Kopf hoch, Brust raus, Erna!«

»Darling, mein Rücken macht mir zu schaffen!«

»Nicht in der nächsten Stunde«, erwiderte Julia mit einer Kraft in ihrer Stimme, die selbst einen pochenden Ischiasnerv in die Schranken weisen konnte.

Mit Leidensmiene fuhr Erna sich über das Steißbein und stöhnte.

In ihren besten Kleidern und Kostümen standen die Verkäuferinnen vor Julia und nahmen die Spitzenhandschuhe entgegen, die Hanni ihnen mit zitternder Hand austeilte.

»Nur nicht so schüchtern, Hanni! Deine Handschuhe sind von erlesener Qualität und bester Verarbeitung. Darauf kannst du stolz sein«, sagte Julia, klopfte ihr bestätigend auf die Schulter und wandte sich Erna zu, um ihr einen Fussel von der weißen Bluse zu zupfen, auf der seit Kurzem auf der Höhe ihrer linken Brust eine Rosenknospe prangte. *Ohne Dornen.* Darauf hatte Hanni freundlicherweise verzichtet, obwohl Julia es nach wir vor passend für Ernas Charakter fand.

Jede der Kolleginnen hatte sich die Haare hübsch zurechtgemacht. Giselas Gesicht umschmeichelten sanfte

Wasserwellen, Erna trug wie immer ihre akkurate Hochsteckfrisur, und durch ihre voluminösen Locken und rot glänzenden Lippen versprühte Hanni eine Eleganz, die bestimmt viele Frauen gerne imitieren wollten.

Julia musterte Erna und stutzte. »Ich will ja nicht unhöflich sein, aber ... Bist du in einen Mehltopf gefallen?«

»Das ist Gesichtspuder, Darling! Du hast ja keine Ahnung von Make-up. Noch nie *Die kluge Hausfrau* gelesen?« Erna stemmte herausfordernd ihre Arme in die Hüften.

»Natürlich nicht. Ich bin klug genug, um *keine* Hausfrau zu sein.« Ein süffisantes Grinsen erschien auf Julias Lippen, das Erna ein zorniges Brummen entlockte.

»*Noch* nicht! Früher oder später wirst du dich deinen Verpflichtungen auch stellen müssen.«

Julia zuckte mit den Schultern, als wären ihr solche Zukunftsaussichten herzlich egal. »Und du bist dir sicher, dass du die Schminkvorschläge nicht mit den Backtipps verwechselt hast?« Sie zog ein Taschentuch aus ihrer Rocktasche und hielt es Erna hin.

Gisela lachte, verteidigte jedoch sofort ihre alte Freundin, die dreinsah, als hätte man ihr fünf Tage Tratschverbot auferlegt. »Ich finde, es steht ihr.«

»Danke, Gisi! Auf dich ist wie immer Verlass.«

»Ich würde nicht so dick auftragen. Macht dich ja gleich um ein paar Jährchen älter«, sagte Julia und verzog das Gesicht, als müsse sie eine fiese Grippe diagnostizieren.

»Darling, ich darf auffallen! Sonst geh ich in der Jugendlichkeit der anwesenden Fräuleins unter. Ich bin ja ein paar Monate älter als sie, wie du unschwer erkennen kannst. Ich muss meine Falten regelrecht zuzementieren, damit ich frisch wirke. Wirst du auch, wenn du mal so alt bist wie ich.«

»Fünfundfünfzig ist unsere liebe Erna. Und dabei sieht

sie viel jünger aus, als sie ist!«, flötete Hanni mit unschuldiger Miene.

»Danke für die Offenbarung, Hanni, was würde ich nur ohne deine Redseligkeit machen?« Widerwillig nahm Erna Julias Taschentuch entgegen. »Aber das musst du wirklich nicht jedem auf die Nase binden! Das Alter sollte ein gut gehütetes Geheimnis einer Dame sein, die sich schon lange nicht mehr Fräulein nennen darf.«

»Aber die Julia, die ist ja jetzt eine von uns. Wir haben keine Geheimnisse voreinander, hast du immer gesagt«, erwiderte Hanni und sah Erna auf eine naive Weise an, die Julia verriet, dass Hanni gerne mit beiden Beinen kerzengerade in ein Fettnäpfchen sprang.

Julia grinste schelmisch, und Erna gab das Lächeln angriffslustig zurück.

Eine glatte Lüge, dachte Julia. Sie alle trugen Geheimnisse mit sich herum, so dick wie die Puderschicht auf Ernas Gesicht. Man konnte eins nach dem anderen freilegen, wenn man sich auf ein kleines oder großes Unglück einlassen wollte. Aber welche von ihnen wollte das schon? Besser, man behielt so manches Detail für sich.

»Dann können wir ja von Glück sagen, dass wir heute keinen Gesichtspuder verkaufen!« Sie klatschte in die Hände. »Wollen wir?«

Wäre es nicht um Hannis Zukunft gegangen, hätte Erna sich bestimmt umgedreht und wäre wütend nach Hause gestapft, das erkannte Julia an ihrem Blick. Einige Tage später würde dann ein wildes Gerücht über *die Neue* in der Versicherung die Runde machen. Hatte man alles schon gehabt, wie Julia bei der Firmenfeier erfahren hatte ... Doch Erna blieb in aufrechter Haltung hinter Hanni stehen und sicherte ihr damit ihre Rückendeckung zu.

Hastig strich sich Julia über ihren knöchellangen Rock, unter dem sie die plumpen Herrenschuhe versteckt hatte. Mit einer raschen Handbewegung strich sie eine Falte glatt und setzte sich in Bewegung, aus Angst sie könnte ihre Selbstsicherheit wieder verlieren, wenn sie weiter zögerte. Der Blazer und der Rock ließen sie um ein paar Jahre älter erscheinen, was auch ihre Absicht gewesen war. Sie hatte sich die Sachen von ihrer Mutter ausgeliehen, und die vorgespielte Reife würde Julia in der heutigen Angelegenheit zugutekommen.

Ächzend tupfte sich Erna mit Julias Stofftaschentuch das Gesicht ab. »Schade um den teuren Puder!«

»Ich bring dir morgen die *Constanze* mit. Da sind viele brauchbare Schminktipps drin. Die Zeitschrift ist viel moderner als *Die kluge Hausfrau*.« Hanni half ihr, den Puder gleichmäßig zu verteilen.

»Ach, papperlapapp. Warum soll ich mir Frauen ansehen, die ich nicht kenne und die so bauschige Röcke tragen, dass sie sich damit nicht mal ordentlich auf die Toilette setzen können?« Erna schnaubte. »*Die kluge Hausfrau* enthält wertvolle Tipps für den Alltag und kostet auch nichts.«

»Lass dich doch nicht ärgern«, sagte Gisela, die zu Erna getreten war.

Behutsam verwischte Hanni den Puder am Übergang zu Ernas Hals. »So, fertig!«

Das Fossil ist freigelegt, dachte Julia und unterdrückte, weil der Gedanke gemein war, ein Schmunzeln.

»Wenn wir weiter nur rumstehen und uns gegenseitig zur Schnecke machen, geh ich wieder nach Hause«, sagte Hanni. »Ich hab seit heute Morgen Sodbrennen.« Sie warf den Handschuhen, die in einem mit rotem Samtstoff ausgelegten Flechtkorb bereitlagen, einen misstrauischen Blick zu, als wäre es Diebesgut, das sie unter die Leute bringen mussten.

Julia nickte Hanni verständnisvoll zu. Immerhin war sie nicht minder aufgeregt. Lieber hätte Hanni in einem weniger angesehenen Viertel mit dem Verkauf begonnen, damit sie ihr Verkaufstalent erst ein bisschen ausprobieren konnten, ehe sie sich in der teuersten Gegend der Stadt an kauffreudige Kundinnen wagten. Aber Julia war anderer Meinung gewesen und hatte ihr vor einigen Tagen auf dem Nachhauseweg erklärt, dass das Geld in Marienburg an den Bäumen hing und man es nur zu pflücken brauche. Das klang einleuchtend, auch wenn Hanni von einem Spaziergang noch nie als reiche Dame zurückgekehrt war. Aber warum im Trümmermeer, wo es noch immer vor allem um Lebensmittel ging, nach zahlkräftigen Kundinnen suchen?

* * *

Behutsam streiften sich die Frauen die Spitzenhandschuhe über und betrachteten ihre Hände. Gisela strich bewundernd über das verarbeitete Garn. »Die fühlen sich sehr edel an. Erste Klasse!«, sagte sie, woraufhin Hanni verlegen den Blick senkte. Damit verbarg sie ihre müden Augen, von denen auch der knallrote Lippenstift nicht ganz ablenken konnte. Zwei Nächte lang hatte sie im Keller in ihrem Atelier gesessen und durchgearbeitet, um Handschuhe in den prächtigsten Farben zu häkeln, hatte sie den anderen Frauen erzählt. Als sie das Garn dafür in ihrem Lieblingsladen in der Riehler Straße erstanden habe, wäre ihr beim Bezahlen ein wenig schwindelig geworden. Wie konnte sie sicher sein, dass Julias Idee funktionierte? Was, wenn sie im schlimmsten Fall Gisela das Geld nicht zurückzahlen konnte? Julia hatte versucht, ihre Bedenken wegzuwischen, auch wenn sie ihr keine Versprechungen hatte machen können.

Mehrere Paar Handschuhe lagen in einem hübschen Flechtkorb bereit und warteten auf ihre neuen Besitzerinnen. Hanni hatte einfarbige Spitzenhandschuhe gehäkelt, denn für aufwendige Blumenmuster hatte ihr die Zeit gefehlt. Doch sie würde sich bestimmt mit Freuden die kommenden Nächte um die Ohren schlagen, sollten sie heute beim Verkauf an der Tür erfolgreich sein.

Gisela hatte die moosgrünen Handschuhe ausgewählt, Hanni die lavendelblauen. Julia zog sich die zitronengelben über, und Erna sollte zwischen den pechschwarzen und den elfenbeinfarbenen Modellen wechseln.

»Ich gehe zuerst allein an die Tür und klingele, damit sich die Leute nicht überrumpelt fühlen, wenn wir alle gleichzeitig vor dem Haus stehen«, erklärte Julia ihre Strategie, an der sie lange getüftelt hatte. »Dann führt ihr wie richtige Mannequins die Handschuhe vor, und ich rede.«

»Sollen wir dabei lächeln oder ernst gucken?« Die Frage von Hanni war berechtigt, denn nicht alle Mannequins lachten auf den Bildern, die in den Zeitschriften abgedruckt waren.

»Lächeln hat noch niemandem geschadet. Wir wollen ja etwas Schönes verkaufen und nicht zu einer Beerdigung einladen. Wir lächeln so breit, als ginge gerade die Sonne über dem Rhein auf.«

»Wie romantisch«, warf Erna mit einem Augenrollen ein. »Aber das hätte ich zu Hause einstudieren müssen«, fügte sie hinzu, und der Sarkasmus in ihrer Stimme verpasste Julia einen kleinen Dämpfer.

»Stell dir vor, du würdest hinter deinem goldenen Tresen in der Versicherung stehen und die Gäste in Empfang nehmen. Genau so präsentierst du die Handschuhe«, sagte sie, und die ausgesprochene Wertschätzung schien Erna ein Stück weit zu besänftigen. Sie brummte. Dann setzte sie ihre professionelle Miene auf. Ihr Lächeln reichte bis zu ihren Augen, und plötzlich wirkte ihr Gesichtsausdruck freundlich, ja sogar einladend. »Sie wünschen, wir sind zu Diensten.« Ein kleiner Knicks folgte und suggerierte eine unterwürfige Haltung, die für alle, die Erna kannten, nur eine schauspielerische Leistung war, aber bei Außenstehenden ihren Zweck erfüllen würde.

»Tadellos!«, rief Julia und klatschte in die Hände. »Und nun, meine Damen. Lasst uns triumphieren! Egal, wie wir es anstellen, Hauptsache, wir verkaufen *alle* Handschuhpaare, die in diesem Korb liegen! Hanni geht heute mit leeren Händen heim, aber nicht mit leeren Taschen!«

Mit elegantem Schwung schritt Julia auf ein Metalltor zu, das mit einem floralen Muster verziert war. Es unterbrach eine Ligusterhecke, die das Anwesen dahinter umgab, das bis auf den Dachstuhl offensichtlich keine Beschädigungen durch den Bombenhagel erlitten hatte.

Julia versteckte ihre Nervosität hinter einem stoischen Lächeln und ließ bewusst die Schultern sinken. Mit dem nächsten Atemzug fasste sie an die Klinke des Tores und schob es auf. Eine elegant gekleidete ältere Dame kam ihr auf dem kurzen Kiesweg, der zum Hauseingang führte, entgegen. Ihre silbergrauen Haare hatte sie am Hinterkopf hochgesteckt. Sie trug eine weiße Stoffhose und eine fliederfarbene Bluse, die sich an ihren schmalen Oberkörper schmiegte. In der Hand hielt sie eine Tasche, die perfekt mit ihrer Kleidung harmonierte. Julia ordnete sie sofort als zahlungskräftige Kundin ein.

»Ja bitte? Kann ich Ihnen helfen?«, fragte die Dame freundlich.

»Ich denke, wir können etwas für *Sie* tun«, erwiderte Julia mit ihrem strahlendsten Lächeln.

»Wie bitte?« Die Dame wandte sich um und schritt zurück zum Haus, offenbar gewillt, wieder durch die Tür zu verschwinden und sie hinter sich zu verriegeln.

»Wir haben zauberhafte Spitzenhandschuhe in den schönsten Farben anzubieten«, rief Julia ihr nach. »Wünschen Sie, diese zu sehen?«

»Leider habe ich keine Zeit dafür. Man erwartet mich. Ich muss zu einer Verabredung!« Die Dame ging an Julia vorbei, fasste nach der Klinke des Tores, ihre Handtasche fest im Griff, hielt jedoch inne, als ihr Blick auf Julias Hand fiel. Julia strich sich gerade eine Haarsträhne hinters Ohr, die sich aus dem kurzen Zopf in ihrem Nacken gelöst hatte.

»Es handelt sich um die neuen exklusiven *Angersbacher Spitzenhandschuhe*, die bereits in aller Munde sind. Sie haben bestimmt schon davon gehört! Vortreffliche Mode. Sehr elegant und edel!«, sagte Julia, die ihre Chance witterte. Die Dame hörte nun genauer hin. »Die Handschuhe sind in einem erlesenen Prozess mit dem feinsten Garn aus Frankreich handgefertigt. Demnächst werden sie in der *Constanze* abgebildet und im Kaufhaus Falkenberg angeboten. Sie scheinen mir eine Dame mit einem beachtlichen Sinn für Mode zu sein, die gewiss noch vor allen anderen in Marienburg diese ausgefallenen Handschuhe tragen möchte.«

Die Kundin trat neugierig näher und ließ Julias Hände dabei nicht aus den Augen.

Erna brummte, und der Laut befeuerte Julia, denn er klang nach Anerkennung.

Gisela und Erna schritten zum Tor und präsentierten

ihre Hände mit grazilen Bewegungen, als skizzierten sie ein Blumenmuster in die Luft. Hanni blieb im Hintergrund, nicht bereit, ihre Deckung aufzugeben.

Gisela, Julia und Erna lächelten so strahlend, als feierten sie ihr zwanzigjähriges Mannequin-Dienstjubiläum.

Nachdem sie die Hände der Vorführdamen aus einiger Entfernung inspiziert hatte, kam die Dame zum Tor geschlendert. Interessiert schielte sie auf die verschiedenfarbigen Spitzenhandschuhe, die ihr Julia in dem Flechtkorb präsentierte.

»Französisches Garn?«, fragte sie, während sie die elfenbeinfarbenen Handschuhe betrachtete, die Erna trug.

»Aus Paris«, versicherte ihr Julia, obwohl es eine glatte Lüge war. Sie wusste aber, dass sie auch Hundehaare als französisches Garn verkaufen könnte. Das war so sicher wie der erste Aufschrei beim Duschen mit eiskaltem Wasser bei ihrer Großtante in Junkersdorf, bei der sie mit ihrer Familie in den Kriegsjahren untergekommen war. »Unter uns«, fuhr Julia fort und winkte der Kundin, näher zu kommen. »Marlene Dietrich besitzt bereits *drei* Paar.«

»Die Dietrich? ... *Die* Dietrich?«, rief die Dame überrascht aus und hielt sich eine Hand vor den Mund, als hätte sie ein gut gehütetes Geheimnis ausgeplaudert.

Julia lächelte zurückhaltend. »Nun, mehr möchte ich nicht verraten. Wir legen größten Wert auf Diskretion. Das verstehen Sie sicher.«

Ernas Mundwinkel begannen zu zucken.

»Natürlich. Äußerste Diskretion. Dafür habe ich vollstes Verständnis«, sagte die Dame und schlug die Augen nieder, was Gisela mit einem Hüsteln quittierte.

»Wir möchten den eleganten Damen aus Marienburg die besondere Gelegenheit bieten, diese Spitzenhandschuhe noch *vor* allen anderen Gesellschaftsdamen aus Köln zu erwerben.«

»Dreht die Dietrich denn nicht gerade in Amerika? Ich bilde mir ein, etwas darüber gelesen zu haben«, bemerkte die Dame und schaute nachdenklich.

Erna schüttelte den Kopf. »Sie ist schon wieder zurück aus Hollywood und erholt sich von den Strapazen der anstrengenden Drehtage.«

»Sehr anstrengende Tage waren das für sie«, fügte Gisela hinzu.

»Aber ich bitte Sie wirklich um Diskretion. Marlene möchte ihre Angelegenheiten, auch die modischen, streng vertraulich behandelt wissen.« Julia hielt der Dame den Korb näher hin.

»*Marlene.*« Die Dame lächelte. »Aber sicher doch, da können Sie sich auf mich verlassen.« Julia erkannte an ihrem Blick, dass sie nicht mal die Bankgeschäfte ihres Gatten diskret behandelte.

»Darf ich?«, fragte die Dame und strich Gisela, die ihr die Hände bereitwillig hinhielt, über einen Handrücken.

»Feinste Verarbeitung, sehr angenehm zu tragen. Gerade jetzt in den Sommermonaten. Die machen jedes Kostüm oder Kleid zu einem wahren Hingucker.« Gisela lächelte … und lächelte. *Nur nicht aufhören, Gisi,* forderte Julia sie mit ihrem Blick auf.

»Und Sie bieten die Handschuhe auch in meiner Größe an? Ich habe sehr zierliche Hände, wie Sie sehen.«

Nun trat Hanni vor, denn sie hatte mit Abstand die anmutigsten Hände in ganz Köln.

»Aber natürlich. Die Angersbacher Häkelhandschuhe sind für schlanke Damenhände wie geschaffen. Sehen Sie?« Julia fuhr Hanni über die Fingerknöchel. »Sie werden sich

perfekt an ihre zarte Haut schmiegen und sie vortrefflich vor der Sonne schützen. Nicht dass man denken könnte, Sie machten sich die Finger schmutzig.« Die Dame lachte kurz auf. »In welcher Farbe möchten Sie sie anprobieren?«
»In Elfenbein ... Nein, doch lieber in Lavendelblau.«
»Warum nicht in beiden Farben? In diesen Zeiten darf man sich durchaus etwas gönnen. Nach all den harten Jahren der Entbehrungen ...« Julia stöhnte und dachte wieder an das eiskalte Duschwasser, durch das ihr Ächzen eine Nuance theatralischer ausfiel.
»Wie recht Sie haben! Eine schreckliche Zeit war das. Da muss man sich wirklich was gönnen«, erwiderte die Dame und blickte über ihre Schulter zurück auf den zerstörten Dachstuhl ihrer Villa, der noch nicht wieder aufgebaut worden war. Julia fragte sich, wie groß die Entbehrungen in diesem prunkvollen dreigeschossigen Haus wohl gewesen waren.

Der Blick der Dame schweifte kurz zur Eingangstür, als wolle sie sichergehen, dass ihr Mann nicht auf der Treppe erschien und ihre Kauflust zunichtemachte.

Erfreut nahm sie daraufhin die Handschuhe von Julia entgegen und zog sie an. Sie schmiegten sich perfekt an ihre Hände. Bewundernd strich sie darüber. »Wirklich edel!«

»Wie Marlene Dietrich«, warf Gisela ein.

»Ich nehme sie!« Giselas Kompliment hatte den letzten Funken Unsicherheit weggewischt.

»Sitzen wirklich wie angegossen. Und dabei sind es Einzelstücke.«

»Geben Sie mir auch die elfenbeinfarbenen. Es schadet nicht, ein Paar zum Wechseln zu haben.«

Julia nickte und streckte ihr die zwei Handschuhpaare entgegen. »Das macht dann acht Mark.«

»Acht …«, wollte Hanni entrüstet ausrufen, die mittlerweile dicht neben ihr stand, aber Erna versetzte ihr mit dem Ellbogen einen leichten Stoß.

»Ein Sonderpreis, weil Sie zwei Paar kaufen … und wir Ihre Diskretion bezüglich Marlene zu schätzen wissen«, erklärte Julia.

»Warten Sie einen Moment, ich hole nur eben das Geld«, erwiderte die Dame und hastete zurück ins Haus. Julia grinste zufrieden. An einen so einfachen Geschäftsabschluss hatte sie selbst nicht geglaubt.

Als die Kundin wiederkam, reichte sie Julia das Geld. »Bitte schön!« Dann musterte sie Ernas Hände. »Ach … wissen Sie, was? Geben Sie mir auch noch die schwarzen. Übermorgen findet das Begräbnis einer lieben Freundin statt, und wer will da nicht gut aussehen? Ich möchte ihr schließlich mit dem größtmöglichen Respekt die letzte Ehre erweisen.«

Julia nickte verständnisvoll. »Die harmonieren bestimmt wundervoll mit den Blumen, die Sie zur Verabschiedung in Händen halten werden.«

»Weiße Lilien werden es sein.«

»Da wird der Blick nicht auf dem Sarg liegen, sondern auf Ihren Händen«, kommentierte Hanni.

Die Dame blickte sie entrüstet an und versuchte, ein triumphierendes Lächeln, das sich auf ihre Lippen stehlen wollte, zu unterdrücken. »Klingeln Sie besser nicht bei meiner Nachbarin, der Grete. Die ist seit dem Krieg wirklich trübsinnig geworden … und unter uns …« Sie beugte sich ein Stück vor und flüsterte Julia zu: »Außerdem ist ihr Gatte in finanziellen Nöten. Da würden Sie nichts verkaufen und nur Ihre Zeit vergeuden.«

Julia sah zu der Villa mit der frisch gefliesten Terrasse und den neuen Fenstern hinüber. »Wie bedauerlich«, sagte sie. Die Dame nickte, während sie die schwarzen Handschuhe annahm und zahlte. »Zu bemitleiden, die Gute.« Julia wusste, dass die Grete fünf Paar kaufen würde, wenn sie erfuhr, dass ihre Nachbarin drei erstanden hatte. Somit war klar ... sie würden am Ende ihrer Tour Sturm klingeln und nicht eher gehen, bis der Korb leer war.

»Und grüßen Sie mir bitte unbedingt die Frau Dietrich, wenn Sie sie wiedersehen. Und sollte sie jemals in Köln drehen ... Mein Mann ist gut mit dem Oberstadtdirektor befreundet, falls Marlene irgendwas in der Stadt brauchen sollte. Einfach bei uns klingeln, sie ist jederzeit herzlich willkommen«, sagte die Dame, drehte sich um und lächelte verzückt, während sie zurück zum Haus ging und auf ihre neuen Spitzenhandschuhe blickte.

* * *

Die Sonne stand tief und badete die Gesichter von Gisela, Hanni, Julia und Erna in goldenem Licht. Sie hatten einen der besten Tische auf der Terrasse des Cafés Reichard ergattert. An diesem Abend waren dort alle Plätze belegt.

Die Fassade der Kathedrale glomm im Abendlicht feurig auf, und die Türme erhoben sich in den rostroten Himmel. Es erweckte den Anschein, als hätte Köln sich mit den Erinnerungen aus schöneren Zeiten vollgesaugt, wie ein Schwamm. Das Stadtzentrum erzählte an diesem Abend nicht von den Bruchstücken, die ihm geblieben waren, sondern richtete sein Interesse auf die Versprechungen, die ihm zugeflüstert worden waren.

Heiter erhob Julia ihr Glas mit der Apfelschorle, die ähnlich golden wie ihre Haut schimmerte. »Meine Damen, das war ein Spaß und ein großer Erfolg!«

»Vier Mark pro Paar! Du bist doch verrückt«, sagte Hanni, biss sich auf die Unterlippe und sah aus, als wolle sie Julia am liebsten um den Hals fallen.

»Nicht verrückt. Gerissen und talentiert.« Die Zustimmung, die in Ernas Stimme mitklang, schmeichelte Julia. Unschuldig zuckte sie mit den Achseln. »Sie haben es fast alle anstandslos bezahlt. Und selbst mit denen, die gehandelt haben, haben wir einen feinen Gewinn gemacht«, sagte sie und nahm einen Schluck von ihrem Getränk.

»Am besten hat mir ja die Grete gefallen. Mit welch reuevollem Blick sie die einzelnen Scheine aus dem Portemonnaie ihres Mannes gezogen hat«, bemerkte Gisela, woraufhin wieder Gelächter einsetzte. »Aber die Arme war ja wirklich in einer Zwickmühle. Als Erna mit einem kleinen Hüsteln angemerkt hat, dass ihre Nachbarin drei Paar erstanden hat, musste sie vier nehmen. Wie hätte sie da anders können?«

»Dafür sind Freundschaften auch gut ... Sie schüren Neid.« *Erna* nahm einen großen Schluck von ihrer Schorle. Die Verkaufsrunde hatte sie durstig gemacht.

Hanni war plötzlich still geworden, als hätte sie jemand in ihrem Inneren unsanft angerempelt. Ihre Lippen kräuselten sich, und sie hatte Mühe, die Tränen zu unterdrücken, die in ihren blaugrünen Augen schwammen.

»Was hast du denn, Liebes? Das war ein Erfolg auf ganzer Linie!« Gisela blickte Hanni ratlos an.

»Ach, Gisi, das weiß ich doch! ... Ich bin einfach so glücklich und euch so dankbar. Was hätte ich bloß ohne euch ... ohne dich, Julia, gemacht?« Hanni legte ihrer Freundin eine Hand auf den Arm, aber diese konnte die Zärtlichkeit, die ihr zuteilwurde, nicht zulassen. Rasch zog sie den Arm zurück. Statt die liebevolle Geste anzunehmen, die ihr Hanni als Dank schenken wollte, verschränkte sie ihre Hände ineinander und starrte auf die Apfelschorle. Mit Komplimenten konnte Julia nicht umgehen. Außerhalb des Elternhauses hatte sie nie irgendwelche Schmeicheleien bekommen. Sie waren nie wie ein wohltuender Sommerregen über ihre zarte Seele gestrichen. Stattdessen war sie in den letzten Jahren viel zu oft verletzt worden.

»Nun wollen wir mal nicht kleinlich sein und bestellen eine Runde Sekt!«, schlug Erna vor, deren Blick auf der Flasche Kupferberg verharrte, die auf dem Nachbartisch stand. Damit unterbrach sie Julias triste Gedanken, die sie in der Vergangenheit festhielten. »Genau so eine wollen wir auch, nicht wahr? Das dürfen wir uns heute gönnen!« Sie deutete mit dem Kinn zu dem anderen Tisch hinüber und blickte dann Gisela fragend an, als hätte diese seit der letzten Firmenfeier eine Liaison mit dem feinen Sprudel.

»Was siehst du mich so an? Ich geb die Runde nicht aus! Mein ganzes Geld steckt in einer vielversprechenden Handschuhfirma.«

Hanni wischte sich die Tränen von ihren Wangen und nickte. »Natürlich, aber ja, die Flasche geht auf mich! Die habt ihr euch redlich verdient, meine *Mannequins*!«

Sogleich winkte Erna dem Kellner und bestellte eine Flasche Sekt.

Julia zählte unterdessen das Geld ab, das sie durch die Türgeschäfte eingenommen hatten. »Wirklich ein großer Erfolg!«, sagte sie, während sie Hanni die Einnahmen über den Tisch zuschob.

»Der dir zu verdanken ist«, antwortete diese und starrte die Ausbeute an. »Nimmst du dir bitte deinen Anteil?« Einen Teil des Geldes übergab Hanni an Gisela und dankte ihr. »Der Rest folgt hoffentlich bald!«

Julia betrachtete die verlockenden Scheine, die vor ihr ausgebreitet waren. So viele hatte sie nie zuvor in Händen gehalten. Auf dem Schwarzmarkt hatte sie einmal zwei Packungen Lucky Strike gehabt und geglaubt, sie wäre die reichste Händlerin auf der ganzen Welt. Tanzend und jubelnd war sie mit den geheimen Päckchen in ihren Manteltaschen nach Hause gelaufen. Den ganzen weiten Weg von der Innenstadt bis ins entfernte Junkersdorf. Und nun, wo das Leben wieder in die Spur gekommen war, könnte sie für ihren Einsatz mit einer fairen Bezahlung entlohnt werden. Sie könnte noch lauter jubeln und noch auffälliger tanzen und sich schließlich in die Unabhängigkeit fallen lassen, nach der sie sich seit geraumer Zeit sehnte.

Sie war im Begriff, nach ihrem Anteil zu greifen, hielt dann aber inne. Ihr Blick fiel auf Hanni, auf ihre entspannten Gesichtszüge und ihre Haltung, die so befreit wirkte, wie sie es noch kein einziges Mal an ihr gesehen hatte. Sie kannte Hanni zwar noch nicht lange, aber sie wusste, dass jemand über ihre Heiterkeit herrschte ... sie regelrecht beherrschte. Hanni würde das Geld brauchen, um neues Garn zu kaufen, damit das Handschuhgeschäft ordentlich anlaufen konnte. Und die offenen Schulden bei Gisela hingen als Damoklesschwert über ihrem blonden Schopf ... Und mit Sicherheit benötigte Gisi das Geld dringend für sich und ihren Sohn. Viel dringender als sie selbst.

Ja, sie würde warten können. Anstelle des Geldes hatte sie ohnehin etwas Besseres bekommen: Anerkennung. Bewunderung. Freundinnen. Zumindest fühlte es sich ein Stück weit so an, denn Hannis Lächeln war ehrlich. Es war das einer Freundin, die zutiefst dankbar für ihre Hilfe war.

»Weißt du, was, Hanni, du investierst es erst mal in neues Garn. Wir müssen das Geschäft ordentlich ankurbeln. Später, wenn deine Handschuhe stadtbekannt sind, können wir über meinen Anteil reden.«

Hannis Augen weiteten sich. Nur Giselas Mimik veränderte sich nicht. Als hätte sie diese Reaktion von Julia erwartet.

Wortlos nahm Hanni das Geld an, nickte und verstaute es sorgfältig in ihrer Handtasche. »Ich danke dir«, sagte sie, und ihr Blick löste ein mächtiges Gefühl in Julia aus.

Ja, sie hatte bei Weitem mehr bekommen, als sie erwartet hatte.

»Darling, jetzt bist du reich!«, rief Erna Hanni zu und beobachtete den Kellner, wie er versiert die Gläser mit Sekt füllte und sie den Freundinnen überreichte.

»Mein Vater ist es. Zumindest heute. Morgen wird er es dann nicht mehr sein.« Julia sah, dass Hanni vergeblich versuchte, ihre Sorge wegzulächeln, was ihr sonst immer mühelos gelang.

»Versteck es vor ihm!« Zorn wallte in Julias Bauch auf. Kein seltenes Gefühl, denn sie war oft wütend. Wegen der Ungerechtigkeit, die in der Welt herrschte. Wegen all der Verluste, die sie hatten hinnehmen müssen. Nicht nur die verschwundenen Menschen, sondern die Verluste, die das eigene Leben angingen. Wegen alldem, was man ihnen weggenommen und nie zurückgegeben hatte. Wie konnte Hanni das zulassen? Wie konnte sie die täglichen Kränkungen widerspruchslos akzeptieren? Julia wusste nicht alles von ihr, bislang hatte sie nur einen kurzen Blick in ihre Welt erhaschen können, aber das war genug, um zu wissen, dass es ihr nicht gut ging. An ihrer Stelle wäre sie längst gegangen. Egal wohin. Nur weg von diesem Tyrannen, der Hannis Leben fest- und ihre Träume kleinhielt.

Erna durchbrach die betretene Stille, indem sie nach ihrem Glas griff und es in die Höhe hob, sodass der Inhalt beinahe übergeschwappt wäre. »*Cheers*, Darlings! Auf unseren Erfolg!«

Julia gab sich Mühe, ihre Wut zu unterdrücken. Sie durfte ihr keinen Raum geben. Jetzt nicht. Die hatte sie in ihrer Einsamkeit, die sie an so vielen Tagen überfiel, viel zu oft im Griff. Stattdessen konzentrierte sie sich auf ihre neuen Kolleginnen, die sie wie eine Freundin aufgenommen hatten. Selbst Erna betrachtete sie nicht mehr feindselig, sondern mit einer gewissen vorsichtigen Wertschätzung.

Sie hatte nie irgendwo richtig dazugehört. Musste sich in jedes Grüppchen hineinboxen, um dann doch wieder aus der erhofften Umarmung ausgeschlossen zu werden. Ein einziges Mal hatte sie eine gute Freundin gehabt. Aber der abrupte Umzug aus der Innenstadt zu ihrer Großtante nach Junkersdorf im Jahr 1942 hatte die beiden damals getrennt. Als sie eines Tages in das Zentrum von Köln zurückgekehrt war, hoffnungsvoll von einem Haus zum anderen gegangen war und an die Türen oder das, was noch davon übrig gewesen war, geklopft hatte, um ihre Freundin wiederzufinden, war sie nicht mehr da gewesen. Sie war im Krieg getötet worden, hatte ihr eine Nachbarin erzählt. Und das war der Beginn von Julias Einsamkeit gewesen.

Ihre Familie war zu Kriegsende in das Zentrum von Köln zurückgezogen, in eine Welt, in der kaum noch etwas von der vertrauten alten übrig geblieben war. Sie hatten einen Neubeginn geschafft. Über Amtswege eine Wohnung in der Lindenstraße zugewiesen bekommen, und Julia hatte fortan eine neue Schule besucht. Ihre Mutter hatte ihr versichert, dass sie nun auch neue Freunde gewinnen würde. Doch in dem überfüllten Klassenzimmer, in dem ihre Stimme unter den Dutzenden anderen untergegangen war, hatte sie keine Kameraden gefunden. Sie hatten nur Witze über ihre hagere, hoch aufgeschossene Gestalt gemacht ... und ihr sogar ihre Soldatenstiefel genommen. Sie hatten Julia zu Boden gestoßen und zu viert festgehalten. Lachend hatten sie ihr die Stiefel ausgezogen, sie erst in der Luft herumgeschleudert und danach weggeworfen, sodass Julia sie nicht wiederfinden konnte. Mit nackten Füßen war sie nach Hause geschlichen. Das hatte sie in ein tiefes Loch fallen lassen, denn der Spott der Schulkameraden war wie ein Erdbeben in ihrem Inneren gewesen, das ihre Selbstachtung zerstört hatte. Und dann, an ihrem fünfzehnten Geburtstag, hatte ihr Vater ein Geschenk für sie gehabt. Ein schönes Paar Damenschuhe. In roter Farbe. In der größten Schuhgröße, die er hatte auftreiben können. Voller Freude hatte sie diese zu einem hübschen Kleid anziehen wollen.

Aber sie hatten nicht gepasst.

Mit schmerzhaft gekrümmten Zehen hatte sie mehrere Stunden darin verbracht. Dann war ihr die Idee gekommen, die Schuhkappe wegzuschneiden.

Es war im Spätsommer gewesen, und die Freiheit ihrer Zehen eine Wohltat für ihre Füße. Mit einem stolzen Lächeln war sie in ihren neuen Schuhen in die Schule gegangen. Nun hatte sie auch etwas Hübsches und Liebreizendes an sich. *Rote Damenschuhe.* Doch die Zehen, die über die Sohle herausragten, hatten in der Klasse nur wieder für Gelächter gesorgt und ihr den Spitznamen *Zehenmädchen* eingebracht.

An diesem Tag war etwas in ihrem Inneren zersplittert, und sie hatte ihrer gebrochenen Seele geschworen, sich nie wieder darum zu bemühen, irgendwo dazuzugehören.

Sie brauchte sie alle nicht.

Und jetzt, im Kreis ihrer neuen Kolleginnen, fühlte sie sich, als hätte sie ihre Flügel, die ihr durch das viele Gelächter gestutzt worden waren, zurückbekommen. Und es war so leicht geschehen. So unvorhergesehen. Niemand hatte sich über die Herrenschuhe oder über ihre Körpergröße lustig gemacht. Nicht mal Hanni, die ein gutes Auge für Stil hatte, hatte auch nur ein einziges Wort dazu gesagt. Im Gegenteil, sie hatte sogar Bewunderung für ihre hochgewachsene Figur geäußert und sie mit einem Fotomodell verglichen, das sie einmal in einem Magazin gesehen hatte. *Das Zehenmädchen. Das nie jemand als besonders oder hübsch erachtet hatte, war plötzlich für manche etwas Besonderes.* Julia hatte das Gefühl, ein vollständiges Mitglied einer Gruppe zu sein, die trotz der widrigen Umstände, die sie alle fest im Griff hatten, heiter war und zusammenhielt. Als ob sie endlich das kleine Glück im großen Unglück hatte finden dürfen. Davor war sie bloß eine Goldgräberin gewesen, die auf verbrannte Erde gestoßen war. Doch jetzt, mit diesen Frauen, schien sie mit Leichtigkeit hineingeschlüpft zu sein. Als hätte sie einen Purzelbaum in die passende Richtung geschlagen.

Und vielleicht war es genau die Umgebung, die sie brauchte, um eines Tages das Geheimnis, das auf ihr lastete und das so groß war, dass es nicht in ihre Schuhe passte, mit jemandem zu teilen, um es loszulassen. Und dem einen Menschen die Freiheit zu schenken, der ihr so sehr am Herzen lag.

KAPITEL ZEHN

Gisela konnte nicht sagen, wo das euphorische Kribbeln zuerst zu spüren gewesen war. Hatte es in ihrem Bauchraum oder in ihrer Brust begonnen? Sie wusste es nicht. Aber das Gefühl war da und floss belebend durch ihren Körper. Verlegen starrte sie auf ihr Arbeitspult, auf dem ein Geschenk für sie lag. Sie hatte – außer von Peter – schon so lange keines mehr bekommen.

Die anderen Telefonistinnen schauten ebenso verwundert, ehe die Lichter an ihren Schaltschränken ihre Konzentration wieder auf die herzustellenden Telefonverbindungen lenkten.

»Telefonzentrale, mit welchem Teilnehmer darf ich verbinden?«, flötete Frederike in die Muschel.

Hanni, die kurz nach Gisela den Dienst angetreten hatte, kam an Giselas Seite und zupfte ihr Halstuch zurecht. »Hast du was mit einem Metzger angefangen?« Hannis Augen glänzten, weil sie eine reizvolle Geschichte witterten, die ihnen als Ablenkung im Versicherungsalltag dienen würde. »Und du hast noch nichts davon gegessen? Also, ich hätt mich da nicht beherrschen können.«

Hannis Worte zogen an Gisela vorbei. Viel stärker nahm sie die Hitze wahr, die in ihren Wangen aufstieg, als sie die

Brotscheiben auf dem Teller weiterhin musterte. Alle bis auf eine waren mit geräuchertem Schinken belegt. »Ich hatte bei der Firmenfeier offensichtlich wirklich zu wenig«, sagte Gisela und lachte auf, sodass Frederike, die in diesem Moment darum bemüht war, den Gesprächsteilnehmer zu verbinden, ihr einen warnenden Blick zuwarf. Ein gefalteter Zettel mit goldenem Muster und geschwungenen Initialen lag unter dem Teller und lugte zur Hälfte hervor. Ohne noch länger zu zögern, griff Gisela nach dem edlen Papier und öffnete es.

Verehrtes Fräulein Gisela,
dass Sie hungrig auf Ihrem Stuhl sitzen, kann ich nicht verantworten. Ich habe nachgerechnet und den Fehler behoben. Sie haben mehr verdient als eine einzige Stulle. –
Eine kleine Draufgabe des Hauses.
Anton von Siebenthal
PS: Versuchungen sollte man nachgeben. Wer weiß, ob sie wiederkommen.

Das Kribbeln zog durch Giselas Körper wie ein Leuchtkörper und schien auch die dunkelste Ecke darin zu erhellen. Lächelnd schielte sie auf das Brot mit der italienischen Salami, das in der Mitte des Tellers platziert war. Eine köstliche Versuchung, das musste man ihm lassen. Hanni, die einen knappen Blick auf den Brief erhaschen konnte, ehe ihn Gisela hastig wieder zusammenfaltete und in ihre Rocktasche schob, grinste. »Es war also der Zahlen-Metzger.«

Gisela riss sich von dem Anblick los. »Meine Damen! Wer hätte gern ein leckeres Frühstück?«, rief sie in die Runde, nahm sich das Salamibrot und reichte den Teller an Hanni weiter. Für jede Telefonistin lag eine Stulle darauf.

Zufall oder Berechnung? Zweifelsohne Letzteres, immerhin ging die Draufgabe auf den Finanzchef des Hauses. Das bestätigte zumindest, dass von Siebenthal addieren konnte. Beherzt biss Gisela in die Stulle mit feinster italienischer Salami. *Köstlich.*
Anton von Siebenthal hatte das Risiko richtig kalkuliert. Die Verlockung war es wert, sich auf das kleine, unbekannte Wagnis einzulassen.

* * *

»Darling, doch nicht so! Das liest sich jetzt wie Klopapier! Konzentration bitte! Was lenkt dich denn heute so ab? Du siehst ja aus, als hättest du eine dreistöckige Buttercremetorte vom Reichard gewonnen.«

»So ähnlich«, sagte Gisela mit einem geheimnisvollen Lächeln. Verwirrt kniff Erna die Augen zusammen.

»Noch viel besser, Erna«, ergänzte Hanni, die ihre Mittagspause ebenso am Empfang verbrachte, weil der Böck außer Haus war und somit niemanden maßregeln konnte. Ernas Blick forderte eine vollkommene Offenlegung von Giselas Herzensangelegenheiten. Aber Hanni verriet nichts, zuckte stattdessen nur mit den Schultern und blickte wieder auf das Blatt Papier, das mit Stenokürzeln übersät war.

»Meinetwegen, dann schweigst du eben ... K-o-o-r-d-i-n-a-t-i-o-n, Gisi! Noch einmal von vorn, und jetzt aber richtig! Sonst kannst du als Putzfrau im Haus Karriere machen.«

Gisela lachte, obwohl ihr das Lachen gleich wieder verging, denn schon in fünf Tagen würde das Auswahlseminar für den neuen Sekretärinnenposten stattfinden. Und nun schrieb sie Klopapier statt Koordination. Die besten Voraussetzungen, um demnächst die Toiletten in der Garderobe zu schrubben.

Hanni sah von der Kleiderskizze auf, die sie für Erna angefertigt hatte. Sie durften sich heute eine längere Pause gönnen, da Gisela und Hanni einen auf zwei Tageshälften geteilten Dienst hatten. Belustigt schielte sie auf Giselas Stenoübungen. Ihr Kopfschütteln bestätigte, dass sie darin nur unleserliche Hieroglyphen erkannte. Konzentriert richtete sie ihren Blick wieder auf das karminrote Etuikleid, das sie sich für Erna ausgedacht hatte. Das Schnittmuster darauf unterhielt sich in einer Sprache mit ihr, die nur sie verstand.

»Nicht böse sein, Leevje, aber bei dem üppigen Dekolleté würde selbst der Böck auf meinen alten Busen starren! Und das wollen wir doch tunlichst vermeiden. Nur keine unnötige Aufmerksamkeit des Generaldirektors auf uns ziehen!«

»Und der Franz?«, bemerkte Hanni, und ihr Lächeln versuchte Erna zu überreden. »Möchtest du ihn damit nicht bezirzen?«

»Da würde er bestimmt all seine *Koordination* verlieren, wenn er dich darin sehen würde«, kommentierte Gisela.

»Und sabbern. Aus purer Lust.« Ernas Seufzen ging in einen lustvollen Laut über. Sie rieb sich die Hände, als könne sie das Feuer, das in ihrem Inneren entfacht war, weiter zündeln. »Wirklich eine schöne Vorstellung. Aber woher die Brüste nehmen und nicht stehlen?«

»In der *Freundin* stand erst kürzlich was von Bonbons, mit denen man fünfzehn Pfund in wenigen Wochen zunehmen soll. F-ü-n-f-z-e-h-n Pfund! Stell sich das mal einer vor!«

»So ein Quatsch. Dann wären wir ja alle rund und fett,

und niemand müsste mehr seinen knochigen Hintern zur Schau stellen.« Gisela legte den Stift weg und betrachtete zufrieden das geschriebene Wort.

»Na siehste, jeht doch. Du musst dich nur ein bisschen zusammenreißen. Konzentration ist schließlich alles, Honey!«

»*Honey?*« Hanni blickte von ihrer Skizze auf, an der sie das üppige Dekolleté weiter vergrößert hatte.

»Auch ich lerne noch«, sagte Erna ein wenig schnippisch und tippte dann mit dem Zeigefinger auf Hannis Zeichnung. »Unmöglich! Mach das kleiner! Viel kleiner! Wie das aussieht. Ich will ja nicht als Empfangsdame im nächsten Freudenhaus anfangen. Wir verkaufen hier staubtrockene Versicherungspolicen und keine lustvollen Momente mit unseren Angestellten.«

»Da wäre ich mir nicht so sicher.« Hannis Augenbrauen wanderten herausfordernd nach oben. Dann gab sie klein bei und schrumpfte das Dekolleté auf ein Mindestmaß, indem sie einen Teil des Oberkörpers ausradierte und ihn neu zeichnete. »Ein Körbchen größer muss es aber sein. Vertrau mir, Erna, das verträgst du. Da tricksen wir ein wenig. Überlass das mal mir. Ich werde dir an den passenden Stellen etwas einnähen. Und dann gehst du mit uns – und deinem prächtigen neuen Busen – zum Tanzen ins Heaven!«

»Um Himmels willen!«, stieß Erna aus und wäre vermutlich vom Stuhl gefallen, hätte sie auf einem gesessen. »In diesen American-Dance-Heaven etwa?«, fragte sie in einem Ton, als würde sie damit eher an die Hölle denken als an einen blauen Himmel. »Da sind doch nur Besatzerliebchen unterwegs. Und meine Rita Paul, die spielen sie dort auch nicht. Was sollte ich in so einem Schuppen machen? Tanzen? Mit einem von den Alliierten? Um Him-

mels willen … und erst der Franz! Wenn der davon erfahren würde, tät er mich gleich rausschmeißen … Da bringen mich keine zehn Pferde hin! Und ihr zwei, ihr lasst schön die Finger von diesen Tommys!«
»Aber da könntest du dein Englisch in Windeseile verbessern, *Honey*«, bemerkte Gisela.
»In ein paar Jahren sprechen wir alle nur noch Englisch. Die Alliierten, die bleiben uns. Was aber nicht heißt, dass wir uns mit ihnen hemmungslos vermehren sollen«, sagte Erna, schien aber weiterhin über die Einladung zum Englischlernen nachzudenken. Ob die Sprache Grund genug für sie wäre, um mit ihnen ins teuflische Heaven zu gehen?
»Donnerwetter noch mal, jetzt verstehe ich erst die ganze Dramatik dahinter!« Gisela senkte den Bleistift. »Englische Begriffe in Stenoschrift? Da kann ich mich ja gleich aufhängen. Das wäre mein Untergang! Englische Kurzschrift. *Die Gisela, die hat zwar beide Kriege überlebt, ist letzten Endes aber an der englischen Stenografie verreckt.* Das würde dann auf meinem Grabstein stehen!«

Hanni lachte, was Gisela frustrierend fand, und sie zog die Mundwinkel herunter. Es genügte ihr schon, dass sie gestern Abend stundenlang im schwachen Licht an ihrem Tisch in der Küche gesessen hatte und erst aufgestanden war, als das weiße Blatt mit einwandfreien Kürzeln vollgeschrieben war. Sie hatte sechs Mal neu beginnen müssen … Peter hatte vorsorglich nach dem Abendbrot die Flucht ergriffen und war zu Ursula gegangen, um mit Albrecht Karten zu spielen.

Heute Morgen dann hatte Gisela Erna voller Erleichterung die Aufgabe überreicht. Erna hatte erfreut die Hände aneinandergerieben, sich sogleich mit einem Rotstift über das Blatt Papier hergemacht und es mit unzähligen Bemerkungen verwüstet. »Wir stehen noch am Anfang, Darling«, hatte sie zu Gisela gesagt, als sie ihr die Korrekturen zurückgegeben und sich ihre Brille zurechtgestupst hatte. Wie gut, dass Erna keine Lehrerin war, denn sie würde den Kindern auch im Sinkflug die Flügel stutzen.

Klappernde Schritte auf dem Terrazzoboden ließen Gisela beim Schreiben des nächsten Begriffs innehalten. Neugierig sah sie auf. Erna, die auf der Stenografietafel auf das Wort *Versicherungsnehmer* getippt hatte, folgte Giselas Blick.

Eine junge Frau mit einem dunkelbraunen Pagenschnitt und einem eng anliegenden Etuikleid blieb mitten in der Eingangshalle stehen. Sie trug Perlonstrümpfe, deren seidiger Glanz nicht zu übersehen war. Unnötig bei dem warmen Wetter, das draußen herrschte, aber passend, um zu demonstrieren, dass man sich diesen Luxus selbst im Sommer leisten konnte. Mit einem geblümten Stofftaschentuch tupfte sich die Frau die Stirn ab. Darauf folgte ein dezentes Seufzen, während sie sich gelangweilt in der Eingangshalle umsah. Als sie das Tuch um ihren Hals lockerte, kam eine goldene Kette an ihrem Dekolleté zum Vorschein.

»Pariser Schmuck«, flüsterte Hanni, die zu Gisela aufgerückt war und nun dicht neben ihr stand.

»Kenn ich nicht«, bemerkte Erna, sodass es nur Gisela und Hanni hören konnten.

»Die Kette?«, fragte Hanni.

»Die neue Kundin.«

Graziös schlenderte die junge Frau auf den Empfangstresen zu. Dabei schwang ihre elegante Handtasche im Gleichklang mit.

»Wie Hedy Lamarr. Sie hat genau dieselbe Klasse. Findet ihr nicht?« Hanni schien hin und weg von ihrer Erscheinung zu sein.

Die Besucherin schwebte beinahe über den Terrazzoboden, sodass nur ein dezentes Klackern ihrer hohen Schuhe zu hören war. Sie räusperte sich genauso vornehm, wie sie ging. Kaum, dass sie beim Empfang angekommen war, fixierte sie als Erstes Gisela.

»Wo finde ich Anton von Siebenthal?«, fragte sie und stellte ihre Handtasche fest auf dem Empfangstresen ab. Das gab Hanni Gelegenheit, die vergoldete Brosche, die als Verschließknopf diente, mit ihrem Blick zu liebkosen.

»Dior. Haute Couture. Aus Paris«, bemerkte die Kundin, die Hannis Interesse bemerkt hatte. Sie griff sich an die Goldkette um ihren Hals. »Bevor Sie fragen: Der Schmuck stammt auch aus Paris. Von Cartier. In der Rue de la Paix.«

»Haute Couture«, hauchte Hanni ergriffen, denn diese Luxusmode würde sie sich in hundert sparsamen Leben nicht leisten können.

»Von Siebenthal? *Anton?*«, fragte Gisela. Bei der Nennung seines Namens war ihr schier das Herz stehen geblieben.

»Willkommen in der Versicherung Pering!«, sagte Erna schließlich, die zu lange auf die rot lackierten Fingernägel der jungen Frau gestarrt hatte. »Bei uns ist alles in schöner ... hoppla, in sicherer Hand ...« Rasch drängte sie sich vor Gisela, um zu zeigen, wer die Chefin am Empfang war.

»Unnötig diesen einfallslosen Spruch zu erwähnen! Er ist mir geläufig. Immerhin steht er in jeder Tageszeitung und auf jeder Reklametafel ... bedauerlicherweise.«

»Wen darf ich anmelden?«, fragte Erna und lächelte freundlich, obwohl sie es hasste, wenn ihr das Wort abgeschnitten wurde.

»Charlotte. Charlotte *von Siebenthal.*« Die Frau zog ihre Handschuhe aus und verstaute sie in ihrer Tasche. Die vergoldete Brosche glänzte im Lichtschein des Kronleuchters.

»Ich bin ein bisschen zu spät. Aber ich werde bestimmt noch sehnsüchtig erwartet.«

Der Bleistift, der eben noch in Giselas Hand gelegen hatte, purzelte klackernd zu Boden, sodass das Geräusch in der Halle ein Echo fand. Überrascht starrte Gisela die Frau an und musterte sie noch einmal von oben bis unten.

Hanni bückte sich, hob Giselas Stift auf, sah sie von der Seite an und fasste ihre Hand.

Mit einem professionellen Blick sondierte Erna die Terminliste. Ihr Zeigefinger flog suchend über das Papier. Von links nach rechts. Von rechts nach links. Rauf und runter. Dann diagonal. So verwirrt hatte man Erna selten gesehen.

»Natürlich finden Sie dazu keinen Eintrag.« Charlotte lachte. Und dann setzte sie etwas nach, das wie *Sie Dummerchen* klang. Gisela hätte schwören können, dass sie das Wort Dummerchen gehört hatte.

»Charlotte, na endlich, da bist du ja!«, ertönte von Siebenthals Stimme, der auf der Mitte der Treppe erschienen war. Mit einem breiten Lächeln kam er die restlichen Stufen hinunter und ging auf die junge Frau zu. Kaum, dass er sie erreicht hatte, griff er nach ihrer Hand und drehte sie halb im Kreis. »Wie gut du aussiehst, Liebes! Der Aufenthalt an der Riviera hat dir gutgetan! Wie war die Reise?«

»Beschwerlich. Wie du dir bestimmt vorstellen kannst. Und immer nur das Meer vor Augen zu haben langweilt einem spätestens am fünften Tag. Und erst diese Hitze!« Sie stöhnte und fächelte sich mit der Hand Luft zu, als wäre die Erinnerung an einen Sommertag so grausam wie ein Bad in heißem Öl. »Viel zu schwül. Es hatte um die dreißig Grad. Und das täglich. Kannst du dir das vorstellen? Da lobe ich mir doch das milde Wetter in Cologne.«

Cologne, dachte Gisela. Wie vornehm.

»Lass uns erst mal in mein Büro gehen. Wir trinken in aller Ruhe einen Kaffee und dann kannst du mir alles von deiner Reise erzählen. Konnte dein Vater alles erledigen?« Zwischen von Siebenthals Augen erschien die steile Falte, die sich zeigte, wenn er in Gedanken versank.

»Nur bedingt«, antwortete Charlotte von Siebenthal kühl und nahm ihre Handtasche vom Empfangstresen, was Hanni ein schmerzvolles Stöhnen entlockte. »Er reist in den nächsten Tagen nach Argentinien ab. Auf unbestimmte Zeit.«

Von Siebenthals Stirnfalte grub sich tiefer in seine Haut, als wäre es kein Rätsel mehr, über das er nachdachte, sondern eine unlösbare Aufgabe, mit der er sich konfrontiert sah. »Es ist anders gelaufen, als ich erwartet hatte.« Er schwieg einen Moment. Dann strich er der Frau voller Mitgefühl über den Oberarm. »Das tut mir leid zu hören, Kleines. Das muss schlimm für dich und deine Mutter sein.« Weil sie darauf nur einen Mundwinkel nach oben zog, als wolle sie sich nicht weiter damit beschäftigen, fasste er sie an der Schulter. »Lass uns in mein Büro gehen. Dann können wir in aller Ruhe und ungestört reden.«

Ungestört. Gisela presste die Hände gegen die Brust, um ihr Herz festzuhalten.

Die von Siebenthals wandten sich vom Empfang ab. Auf dem Treppenabsatz drehte sich der Finanzchef noch einmal kurz um. »Ich möchte nicht gestört werden. Keine Termine, Frau Schmitz, und keine Telefonate. Hören Sie?« Gisela, Hanni und Erna nickten, doch das beachtete er nicht weiter. Er sah auch Gisela nicht an, der er ansonsten gern ein Lächeln als Draufgabe schenkte. Aber heute galt sein Interesse allein dieser Frau. Behutsam legte er seinen Arm an ihren Rücken und dirigierte sie zum Treppenaufgang.

»Und mich nennt er Fräulein«, bemerkte Gisela, als sie nach oben verschwunden waren, und versuchte zu lachen, aber das Lächeln zupfte noch nicht mal an ihren Mundwinkeln.

»Habt ihr ihre Kette gesehen? Du liebe Güte, *Cartier!* Und was für eine Handtasche!«, sagte Hanni. Sie klang noch immer fassungslos. »Ich hätte fast nach der Tasche gegriffen und wäre damit davongerannt. Bis an die Italienische Riviera, wenn's sein muss.«

»Hättste ruhig machen können. Die hat nicht nur eine, Darling!«, brummte Erna. »Das ist bestimmt die Frau vom Siebenthal. Die hat wahrscheinlich einen ganzen Keller davon und mehrere von diesen französischen Klunkern ... von denen du dich ja schon hast blenden lassen!«

»Wie ungerecht! Warum bekomme ich vom Schicksal nur prächtige Ohrfeigen ausgeteilt?« Hanni zog ein Gesicht, als würden dreihundert Tage Stoffknappheit auf sie warten.

Charlotte von Siebenthal schrieb Erna auf ihre Terminliste und blockierte vorausschauend ein großes Zeitfenster im Terminkalender des Finanzchefs. »Zwei Stunden brauchen die mindestens. Wer weiß, was die da oben so treiben.«

Gisela spürte, wie sie dem Herzinfarkt immer näherkam.

»Italienische Riviera. Muss wunderschön sein.« Erna krempelte ihre Blusenärmel hoch, als könne sie die entfernten Sonnenstrahlen des Südens mit ihrer bleichen Haut einfangen. »Ich würd mich ja gern wie ein Hühnchen in der Sonne braten lassen, bis meine Haut knusprig braun ist. *Holidays* eben! Stellt euch vor ... Wir drei, jede auf einer Sonnenliege, an der Adria. Mit bunten Cocktails. Das wär doch was, nicht wahr, Darlings?«

»Und das im Bikini! Stellt euch *das* mal vor!«, fügte

Hanni hinzu und faltete ihre Hände andächtig vor der Brust.

»Ist das ein neuer Cocktail?« Ernas Blick flackerte.

»Für den Mann ist es ein attraktiver Aperitif. Aber nur zum Angucken. *Honey*, das ist der neue Zweiteiler, den man jetzt im Urlaub trägt. Noch nie was davon gehört? Stand das denn nicht in deiner *Klugen Hausfrau*?«

Erna schüttelte den Kopf. »Ich bedaure, so modern ist die Zeitung tatsächlich nicht.«

»Tja, wenn die Anna aus der Verwaltung ihn getragen hätte, wüsstest du längst, wie so ein Bikini aussieht.« Hanni griff nach ihrem Bleistift und einem leeren Blatt Papier. Erna brummte zustimmend.

»Der Bikini kommt jetzt groß in Mode«, fuhr Hanni fort. »Den trägt man ... falls man sich traut. Das braucht ganz schön Mut. Bisher hat sich nur Micheline Bernardini, die Nackttänzerin, offiziell darin ablichten lassen.« Kurzerhand fertigte Hanni eine Skizze eines Frauenkörpers in einem Bikini an und tippte darauf.

»Himmel, das ist ja fast nackt!«, entfuhr es Gisela. »Man trägt jetzt Unterwäsche am Badestrand?«

»Oho, das würde meinem Franz aber gefallen! Noch besser als das üppige Dekolleté, das du mir vorhin gezeichnet hast.« Erna sah auf ihre Figur hinunter, als könnte sie mit einem Blick eruieren, ob ihr dieser knappe Zweiteiler stehen würde. »Wie alt darf man dafür sein, um nicht schändlich darin aufzufallen?«

»Hm. Da zählt das Selbstbewusstsein, nicht das Alter. Aktuell tragen aber nicht mal die Schaufensterpuppen im Falkenberg die neue Bademode. Sie ist noch nicht bei uns angekommen.«

Von dem weiteren Gespräch von Hanni, in dem sie über

einen Strandurlaub sprachen, bekam Gisela nichts mehr mit. Ihr war gerade nicht danach, sich einen azurblauen Himmel, das tiefblaue Meer und die im Wind wiegenden Zypressen an der Italienischen Riviera vorzustellen. Aber sie konnte sich bei Gott lebhaft vorstellen, was von Siebenthal gerade mit seiner Ehefrau in seinem Büro *in aller Ruhe* trieb ... Himmel, bestimmt war er beim Liebesakt leidenschaftlich. Fordernd. Gebieterisch. Und ja, auch zärtlich ... Er war alles und nichts in ihrer Vorstellung. Und das zerriss sie innerlich.

»Ich wusste gar nicht, dass er eine so hübsche Frau hat«, sagte Erna und sah dabei Gisela an, um ihr endgültig zu verdeutlichen, dass es Zeit war, sich auf die eine Person aus ihrer Vergangenheit zu konzentrieren, die weit entfernt noch einen Platz in ihrem Herzen hatte.

»Jung. Eine hübsche junge Frau«, stellte Gisela klar und spürte, wie ihr Magen sich zusammenzog. »Die ist ungefähr so alt wie Hanni.« *Ach, sie gönnte es dieser Charlotte einfach nicht ...*

»Ich hab mich ja immer gefragt, warum der von Siebenthal noch keine Kinder hat. Das erklärt es jetzt. Ich meine, natürlich wusste ich, dass er verheiratet ist und dass sie um einige Jahre jünger ist als er. Aber so eine frische Augenweide hatte ich bei Gott nicht erwartet. Die hat ja noch etliche Jahre Zeit, ehe sie die Villa und die drei Kinder hüten muss, die sie ihm eines Tages gebären wird«, sagte Erna. »Und wenn sie erst mal diesen modernen Bikini an der Italienischen Riviera trägt, wird ihr bestimmt nicht mehr heiß werden.« Ernas Kichern, das folgte, war der Todesstoß für Giselas verbliebene Hoffnung. Sie merkte, wie die Worte eine Schlinge um ihr Herz zogen.

»Nun, da wir jetzt wissen, wer von Siebenthals Frau ist«,

fuhr Erna mit nüchterner Präzision fort, als hätte sie eine wissenschaftliche These zur Fortpflanzung der Königskobras beendet, »können wir uns wieder Giselas Karriere im Haus widmen. Konzentration bitte, damit du es noch weit bringst!« Kurzerhand schob sie Gisela das Blatt Papier zu. »Für die schönste Zukunft, die du dir ausmalen kannst, Darling!«, sagte sie und tippte auf den Begriff in der ersten Zeile.

Für eine Zukunft, die plötzlich wieder unendlich öde ist, dachte Gisela und schrieb versehentlich gleich wieder das Wort Klopapier auf den Zettel.

Ihre Träume waren einfach zu groß für die bescheidene Welt, die ihr geblieben war.

KAPITEL ELF

Mañana, mañana, mañana is soon enough for me ... Fröhlich sang Hanni die Melodie von Peggy Lee mit, die aus dem Röhrenradio in dem kleinen Kelleratelier drang. Nur eine Ratte hörte zu, und die vertrieb sie vorsorglich mit dem schrägen Gesang gleich wieder. Hanni konnte fabelhaft nähen und häkeln, doch die Kunst, die richtigen Töne zu treffen, war ihr nicht in die Wiege gelegt worden.

My pocket needs some money, so I can't go into town ... Sie stellte den Radioempfänger lauter, sodass er knirschte, was dem schlechten Empfang im Keller geschuldet war. Die ganze Nacht über war Hanni mit Häkeln beschäftigt gewesen. Im Lichtschein von zwei Kerzen hatte sie auf ihrem Stuhl gesessen. Sie ignorierte die Rückenschmerzen, die von der krummen Haltung herrührten. Und nun läutete Peggy Lee mit ihrer selbstbewussten Stimme den Endspurt ein.

Durch das kleine Fenster fanden einzelne Strahlen der Morgensonne ihren Weg in Hannis Atelier. An manchen Stellen auf dem dunklen Boden erglommen goldene Lichtfäden. Hanni rieb sich die Müdigkeit aus den Augen und betrachtete die cremefarbenen und schwarzen Spitzenhandschuhe mit den zarten Blumenmustern, die sie in Rekordzeit angefertigt hatte.

Vor zwei Tagen war sie durch die Innenstadt spaziert und hatte sich wieder einmal beim Kaufhaus Falkenberg die Nase am Schaufenster platt gedrückt. Ein bauschiger Rock mit einem üppigen Blumenmuster und einem Petticoat darunter hatte ihre Aufmerksamkeit erregt. Da war ihr die Idee gekommen, dezente Blütenkelche an die Oberseite der Handschuhe einzufügen. Ein gelungener Einfall, wie sie nun feststellte.

Zufrieden blickte sie auf das Ergebnis ihrer Häkelarbeit. Die Umsetzung war ihr einwandfrei gelungen. Sie würden sogar gut zum Rock im Schaufenster des Kaufhauses passen und das modische Ensemble komplettieren. Vielleicht sollte sie der Schaufensterpuppe in einem unbeachteten Moment die Handschuhe überziehen, in der Hoffnung, dass sich die Kundinnen danach erkundigen würden. Aber dazu fehlte Hanni der Mut. Sie selbst hatte das Kaufhaus noch nie von innen gesehen, weil sie sich mit ihrem schmalen Portemonnaie nicht hineingetraut hatte.

Glücklich strich sie mit ihren Fingern über die roten Mohnblumenblätter, die sie in die cremefarbenen Spitzenhandschuhe eingehäkelt hatte. Mohnblumen waren Hannis Lieblingsblumen, denn die Blume galt in manchen Ländern als Symbol für die Liebe. Mit ihren intensiven Farbpunkten an Wegesrändern und Getreidefeldern stand die Pflanze als Sinnenfreude für den Sommer. Passende Attribute für eine Frau, die die *Angersbacher Handschuhe* in dieser Jahreszeit trug.

Vorsichtig öffnete Hanni die Holzkassette, in der acht obsidianschwarze Kunstperlen lagen – vier für jeden Handschuh eines Paares. Lächelnd nahm sie sie heraus. Die freundliche Inhaberin des Nähzubehörgeschäfts in der Riehler Straße hatte vor längerer Zeit die Dekorperlen für sie zur Seite gelegt, damit sie sie mit der nächsten Lohnzahlung kaufen konnte. Dass es dank der Türgeschäfte so schnell gegangen war, hatte nicht nur Hanni, sondern auch die Eigentümerin des Ladens überrascht.

Mit sorgfältigen kleinen Stichen nähte sie die Perlen am oberen Rand der Handschuhe an. In exakten Abständen, damit es ein harmonisches Muster ergab. *Mariandl-andl-andl. Du hast mein Herz am Bandl-Bandl. Du hältst es fest und lässt es nie mehr wieder frei,* erklang aus dem Radio. Hanni pfiff nur leise mit, aus Angst, der sanfte Windstoß, der das Pfeifen aus ihrem Mund begleitete, könnte die Perlen aus ihrer Position lösen. Mit ruhiger Hand befestigte sie die letzte glänzende Kostbarkeit am äußeren Rand des Saums und betrachtete stolz ihr Werk.

Aufregend waren ihre Handschuhkreationen, die ihr großen Einfallsreichtum und säuberliche Feinarbeit abforderten. Und endlich war Hanni bereit, sie der Welt zu zeigen.

Sie wickelte die Spitzenhandschuhe in ein weißes Tuch und blickte auf die Uhr. Ihr Dienst in der Telefonzentrale würde zwar erst mittags beginnen, aber sie wollte Marie und Christa in die Schule verabschieden, ehe sie sich für ein oder zwei Stunden aufs Ohr legte, um den fehlenden Schlaf nachzuholen, der sie ansonsten später in die Knie zwingen würde.

Sorgfältig verstaute sie das kleine Päckchen im hintersten Winkel des Schrankes, damit sie niemand mit freiem Auge erblicken konnte. Mit Ella Fitzgeralds *My Happiness* im Kopf stieg sie die Treppe nach oben, verschloss fest die Kellertür hinter sich und trat für einen Moment hinaus auf die Straße.

Gierig sog Hanni die warme Luft des Julimorgens ein, der von Vogelgezwitscher erfüllt war. Eine Schwalbe glitt über sie hinweg und ließ sich ohne einen Flügelschlag an einer unsichtbaren Linie hinabfallen, ehe sie wieder schwungvoll nach oben zog. Der intensive, ein wenig saure Duft nach frisch gebackenem Schwarzbrot zog durch die Straße. Hanni atmete tief ein, als könnte sie allein von dem Geruch satt werden.

Der Brotgeruch drang aus der Backstube Helinger nur ein paar Häuser weiter. Nun lagen hier wieder schmackhafte Backwaren aus. Es war nicht lange her, da hatte der Bäckermeister die Teige mit Kartoffeln, Maismehl und Hafer strecken müssen. Endlich konnte er seiner Kundschaft wieder die knusprigen Roggenbrote anbieten, für die er im Veedel bekannt war.

Der Morgen lud zu einem kleinen Spaziergang ein, und Hanni konnte nicht widerstehen, sich die vom langen Sitzen schwer gewordenen Beine zu vertreten. Etwas Zeit blieb noch, ehe Marie und Christa aufbrechen mussten.

Sie spazierte an der Agneskirche vorbei, die im Krieg schwer zerstört worden war, flanierte ein Stück die Neusser Straße entlang und schaute um sich. Froh und erleichtert nahm sie die Veränderungen wahr, die sich in den vergangenen Wochen ohne großes Tamtam vollzogen hatten.

Ihr Blick glitt über die Häuser, die ehemals unterschiedlich stark beschädigt worden waren. Manche hatten nun ein paar Stockwerke mehr und präsentierten sich mit ihren neuen Kopfbedeckungen – den wetterfesten Dächern –, die man ihnen übergestülpt hatte. Bei den anderen gab es nun statt der Löcher Fenster oder Türen, sodass sie einluden, in den Häusern zu wohnen. Es war, als würde das Agnesviertel endlich die Schuttmassen abstoßen, mit denen es sich in den letzten Jahren arrangiert hatte.

An einigen Stellen hatte das Viertel seine Kontur und Farbe zurückgewonnen. Ein paar frisch gepflanzte Bäume und Blumenstöcke säumten Hannis Weg und ließen in ihrem Kopf das Bild einer dichten Allee entstehen.

Kurz wurde ihr das Herz schwer, als sie daran dachte, dass sie früher mit ihrer Familie in dem Kellerloch gehaust hatte, in dem sie nun ihre Schneiderarbeit verrichtete. Damals waren sie froh gewesen, überhaupt ein Dach über dem Kopf zu haben, obwohl es zu eng und kalt für fünf Personen gewesen war. Wenn Hanni nachts nicht in den Schlaf gefunden hatte, weil das Schnarchen des Vaters den Raum ausfüllte und sie darin keinen Platz zum Entspannen fand, hatte sie oft das Gefühl gehabt, dass die Zeit nach dem Krieg um einiges schlimmer war. Während der Schlacht um Köln 1942 hatten sie wenigstens eine Wohnung gehabt, ehe ein Bombenhagel sie 1944 dem Erdboden gleichgemacht hatte.

Erst in diesem Frühjahr hatte der Vater, nachdem er etliche Male vergeblich beim Wohnungsamt vorgesprochen hatte, eine neue Wohnung zugeteilt bekommen. Aus alten Stoffen hatte Hanni Vorhänge genäht und mit Lumpen Teppiche hergestellt – um für Marie und Christa wenigstens ein gemütliches Zuhause zu schaffen – während es doch an elterlicher Wärme fehlte.

»Guten Morgen!«, rief Hanni in die Küche, als sie die Wohnung betrat. Leise schloss sie hinter sich die Tür. Bestimmt schlief ihr Vater noch. Er frühstückte nicht und schaffte es auch nur selten, gemeinsam mit der Familie zu Abend zu essen.

»Wo bist du denn gewesen, Hanni? In aller Herrgottsfrühe? Hast du wieder die ganze Nacht in diesem Loch verbracht?«, fragte ihre Mutter, die dabei war, das Geschirr vom Vorabend zu spülen.

Hanni nickte und fühlte sich schuldig.

Marie und Christa saßen am Tisch und beobachteten ihre Mutter und die älteste Schwester, während sie ihr Frühstück einnahmen.

»Es gibt frische Milch. Setz dich zu Christa«, sagte Käthe, griff nach dem Topf, der auf dem Ofen stand, und schenkte Hanni einen Becher davon ein.

»Hast du mir denn was Hübsches genäht?«, fragte die dreizehnjährige Christa und und riss erwartungsvoll die Augen auf. Sie liebte Hannis Kleider und präsentierte sich damit gerne in der Schule. Christa tat oft so, als wären sie reich. In den letzten Wochen hatte sie ihr Auftreten weiter perfektioniert, indem sie eine dazu passende Gestik und Mimik einstudiert hatte, die sie in ihrer Fantasie einer gut situierten Dame zusprach. Es machte ihr Spaß, den Leuten falsche Tatsachen vorzuspiegeln. In dieser Hinsicht ähnelte sie sehr ihrem Vater.

»Gehäkelt, Liebelein. Aber leider nicht für dich. Ein andermal wieder. Ich versprech's.« Hanni ging an ihrer jüngsten Schwester vorbei und strich ihr sanft über die Schulter, ehe sie sich zu ihr auf die Holzbank setzte.

»Dass du damit immer deine Zeit auf'n Kopp haust! Als hättste zu viel davon.« Käthe stellte Hanni den halb vollen Becher Milch hin und deutete mit einem Nicken zu den zwei Brotscheiben, die auf einem Holzbrett in der Mitte lagen.

»Das Brot ist steinhart!«, sagte Hanni. Das sah sie auf den ersten Blick.

Käthe runzelte die Stirn. »Kannst froh sein, dass überhaupt noch was übrig ist.«

»Was hast du denn gehäkelt?«, fragte Christa und stippte das trockene Brot in die Milch.

»Handschuhe. Spitzenhandschuhe mit Blüten.« Hanni konnte ihr stolzes Lächeln nicht verbergen.

»*Handschuhe*«, schnaubte Käthe verächtlich. »Wat für'n Quatsch! Wat dir immer einfällt, Hanni! Wer braucht denn im Sommer Handschuhe?« Sie stemmte die Arme in die Hüften und sah Hanni an, die sofort wusste, dass ihre Hoffnung auf ein Lob oder ein Wort der Bewunderung vergeblich war. »Flick lieber die Bettwäsche. Halt dich ran, und mach dich endlich mal im Haushalt nützlich! Handschuhe ... *im Sommer!*«

»Wo ist denn die Margarine?«, fragte Hanni, während sie sich eine Scheibe Brot nahm und nach der weichsten Stelle tastete. Vielleicht sollte sie das Frühstück ausfallen lassen. Aber sie hatte seit gut fünfzehn Stunden nichts mehr gegessen.

»Im Tante-Emma-Laden ... Bei uns ist sie wie immer alle.« Christa schenkte Hanni einen ihrer üblichen betrübten Blicke, der sogleich wieder verflog.

»Aber es ist doch genug Geld da. Das würde sogar für ein Stück Butter reichen.«

Käthe presste die Lippen zusammen und schaute an ihren Töchtern vorbei aus dem geöffneten Fenster, als könnte sie ihre Schuld davonziehen lassen. Die Blätter des Ahornbaumes vor dem Haus raschelten im Wind und vertrieben die Stille, die durch das Schweigen der Mutter entstanden war. Damit hatte Hanni ihre Antwort. Käthe ließ wie immer alles ungesagt.

Nichts war mehr von dem Kopfgeld in der Teekanne,

das sie ihrem Vater vor drei Tagen gegeben hatte. Und Hanni war so dumm gewesen, es sich von Gisi zu leihen. Besser, ihr Vater hätte ihr auch auf das andere Ohr geschlagen, denn dann müsste sie nicht mehr darauf hoffen, eines Tages zu hören, wie ihre Mutter die Stimme gegen ihn erhob.

Wütend ballte Hanni die Fäuste, bis sich ihre Nägel in ihre Handflächen bohrten. Marie, die vor ein paar Tagen sechzehn Jahre alt geworden war, strich ihr über den Oberarm. »Lass es, Hanni. Ärger dich nicht, hilft ja nichts.«

»Du musst heute im Büdchen aushelfen, Hanni, der Vater ist krank. Mittags kannst du zumachen und dann zum Pering gehen.« Ohne eine Reaktion abzuwarten, widmete sich Käthe dem restlichen Abwasch.

»Wieder mal«, zischte Hanni, denn in letzter Zeit war es häufig vorgekommen, dass sie anstelle ihres Vaters hinter der Kiosktheke stand. »War er die ganze Nacht schlafwandeln? *Schon wieder?*«, bemerkte sie, woraufhin Christa kicherte.

Käthe wirbelte herum und warf Hanni einen kalten Blick zu. »Nicht in diesem Ton, Fräuleinchen! Euer Vater hat Fieber! ... Und du Christa, hör auf, so hämisch zu lachen! Das verbiete ich dir! Er arbeitet so hart für euch! Ohne ihn hätten wir diese Wohnung nicht!«

»Und ohne Hanni hätten wir niemanden, der die Wohnung bezahlt«, sagte Marie und schlug das Buch auf, das vor ihr lag.

Käthe sog scharf Luft ein und presste erneut ihre Lippen zusammen. Schweigen war ihr Allheilmittel, das ihr half, ihren trostlosen Alltag, den nur ihre Töchter als solchen ansahen, besser zu ignorieren. Seufzend biss Hanni in das Brot und hatte Mühe, es zu kauen. Sie riss ein Stück davon ab und machte es Christa nach, die die Kanten in die Milch tunkte.

»Um was geht's heute in der Schule, Marie?«, fragte Hanni, um sich von den dunklen Zukunftsaussichten, die sich vor ihrem inneren Auge abgezeichnet hatten, abzulenken. Es interessierte sie tatsächlich, denn sie selbst hatte in ihrem Leben nur für kurze Zeit die Schule besuchen können.

»Nichts. Wir werden wie immer vor Langeweile sterben. Zum Glück sind bald Ferien!« Marie klappte ihr Buch zu. Christa kicherte wieder, ließ ein Brotstück in die Milch fallen und tauchte mit dem Zeigefinger und dem Daumen danach, um es herauszufischen.

»Man spielt nicht mit dem Essen«, ermahnte Käthe ihre Jüngste. »Benimm dich!« Doch Christa ließ sich davon nicht beirren und ersäufte erneut ein Stück Brot in der Milch. Bald schwamm ein weicher Brei in dem Becher. Christa nahm einen Schluck von der Breisuppe und leckte sich genüsslich über den Milchbart.

»Wir vergeuden nur unsere Zeit in diesem Kasten, der sich Schule nennt«, schimpfte Marie.

Hanni warf ihr einen so grimmigen Blick zu, dass sie schon fürchtete, die Schwester würde das Buch heben und hinter dem dicken Einband in Deckung gehen. Marie fühlte sich in der Schule unterfordert und sah es als Zeitverschwendung an, hingehen zu müssen. Kein Wunder, sie war sehr intelligent, und das konnte sie weder von ihrem Vater noch von ihrer Mutter haben. Auch an Hanni war dieses Erbe spurlos vorübergegangen, ebenso an Christa.

Hanni sah auf die Uhr, die an der Küchenwand hing. Am Nachmittag waren Marie und Christa an der Reihe, die Schule zu besuchen. Unterrichtet wurde in zwei Schichten:

vormittags und nachmittags. Marie hatte erzählt, dass beim Eintreffen im Klassenzimmer immer ein Gedrängel und Geschubse herrsche und dass erst Ruhe einsetzte, wenn die Lehrerin mit ihrem Rohrstock das Zimmer betrat. Die Räume in der Schule waren überfüllt und jeder Zentimeter von Kindern besetzt. Dadurch bekamen sie nur einen Bruchteil der Bildung ab, die laut Marie notwendig gewesen wäre, um das Land wiederaufzubauen. Das hatte sie in einer Diskussion mit ihrem Nachbarn, Herrn Lambert, gelernt, von dem sich Marie immer Bücher auslieh.

Maries umfangreiche Allgemeinbildung war auch ihrer Lehrerin nicht entgangen, weshalb sie ihr öfter als Unterstützung zur Hand gehen und die Aufsätze ihrer Mitschüler korrigieren musste, denn sie hatte ein gutes Auge für Rechtschreibung. Zur Belohnung gab es eine zusätzliche Kelle Eintopf bei der Essensausgabe, die sie mit nach Hause nehmen durfte. »Ich werde schlechter entlohnt als ein Polacke«, hatte Marie einmal in Gegenwart der Klassenlehrerin und der Direktorin, Frau Wagner, bemängelt und dafür eine Ohrfeige von der Wagner höchstpersönlich kassiert. Seitdem wagte sie es nicht mehr, gegen ihre Arbeitsverpflichtung aufzubegehren.

Am liebsten verbrachte Marie ihre Zeit zu Hause, und zwar, wenn der Vater im Büdchen war. Dann verkroch sie sich in der Schlafkammer und las die Bücher, die sie sich von Herrn Lambert geliehen hatte. Er besaß eine beachtliche Bibliothek. Es war ihm gelungen, die Bücher vor den Nazis zu verstecken – er hatte sie in einer Truhe auf dem Friedhof unter einer Platane vergraben.

Marie hatte ein Faible für die Mathematik, was Hanni verwunderte, denn sie konnte damit überhaupt nichts anfangen. Auch wusste sie nicht, woher Marie diese sonderbare Leidenschaft hatte. Immerhin war niemand aus der Familie belesen. Ihr Vater hatte Mühe, das Kassenbuch ordentlich zu führen, und die Mutter tat sich schon schwer, die Uhr zu entziffern. Doch Marie las. Tagein. Tagaus. Ernst Lambert hatte es ihr im Luftschutzbunker beigebracht und ihr damit die Liebe zu Büchern vermittelt. Während der Bombenhagel über Köln niedergegangen war, hatte sie sich in eine Decke gehüllt und die *Buddenbrooks* verschlungen. Statt dem Niedergang der Welt zu lauschen, las sie über den Untergang einer Familie und empfand eine Art von Zufriedenheit, die sie nur beim Lesen erfahren durfte. Thomas Mann war ihr Lieblingsautor. Seit er während der Nazizeit erst in die Schweiz, dann in die Vereinigten Staaten emigriert war, gab es keine Neuerscheinung mehr von ihm zu kaufen, was Marie zutiefst bedauerte.

Eines Tages hatte sie Hanni in die Welt der Bücher einführen wollen, damit sie, wie sie sagte, endlich die Art von Leichtigkeit erfahren lassen wollte, von der Marie nicht genug bekommen konnte. Mutig hatte sich Hanni durch die ersten Seiten der *Buddenbrooks* gekämpft, aber schon bald wieder aufgegeben, da sie den langen Sätzen nicht folgen konnte. Anders als Christa, die dank Marie mittlerweile ganz passabel lesen konnte, hatte Hanni es nie ordentlich gelernt. Sie war die handwerklich Begabte, die Kreative. Und dabei erfuhr *sie* ihre Art von Leichtigkeit, die ihr half, dem Alltag zu Hause die vernichtende Kraft zu nehmen. Marie war die Belesene, die abends in ein Buch hineinkroch und sich in eine Decke aus Wörtern hüllte, um in einer anderen Welt zu erwachen. Und Christa die Schauspielerin, die nie um ein Lächeln verlegen war und sich stundenlang mit dem älteren Nachbarsjungen Klausi herumtrieb.

Letzteres missfiel Hanni, denn Klaus zog mit seinen

sechzehn Jahren die Schwierigkeiten an wie Hanni die glühenden Lämpchen in der Telefonzentrale. Und ihr war nicht entgangen, wie Christa Klausi mit ihren dreizehn Jahren ansah. Ihre Schwester war noch ein Kind und viel zu leichtgläubig für die Versprechungen, die Klausi ihr machte. Der Junge erinnerte Hanni an ihren Vater, und sie wollte nicht zulassen, dass Christas Glück eines Tages mit dem Eheversprechen endete. Denn nicht der Krieg hatte Käthe den Frohsinn genommen, sondern Herbert, ihr Ehemann und Vater ihrer drei Kinder. Und obwohl Käthe darüber schwieg, konnte sie ihr Unglück vor ihren Töchtern nicht verbergen. Die Wohnung war zu winzig, um die Gefühle nicht zu spüren, die es dort gab.

»Nun mach, dass du fertig isst, Hanni! Trink deine Milch aus! Das Büdchen muss aufgemacht werden. Der Küppers kriecht bestimmt gleich um die Ecke, um seine Zigaretten abzuholen. Und der hat so viel Geduld wie ein hungriger Bär.«

Hanni nickte und machte sich eilig daran, das Glas Milch auszutrinken. Sie wollte sich dem Küppers sicher nicht zum Fraß vorwerfen.

Rasch stand sie auf, stellte den Becher in die Spüle und ging zu dem kleinen Spiegel, der neben dem Waschbecken hing. Mit einem Kamm frisierte sie ihre Locken, sodass sie weich über ihre Schultern fielen. Dabei überlegte sie, den neuen Lippenstift aufzulegen, tat es aber dann doch nicht. Sie wollte keine Diskussion darüber heraufbeschwören. Dennoch zog sie die neuen cremefarbenen Handschuhe mit den roten Mohnblumen an. Ein farblicher Akzent musste sein.

»Die sind ja wunderschön geworden! Und du hast keine für mich gehäkelt? Wie konntest du nur?«, rief Christa und sprang auf, um Hannis Hände zu bewundern. Sie strich einmal vorsichtig über die Blütenkelche und wollte ihr die Handschuhe abziehen.

Hanni versteckte ihre Arme hinter dem Rücken. »Das sind ausnahmsweise mal meine!« Christa machte ein untröstliches Gesicht. »Aber ich verspreche dir, dass du bald ein Paar vornehme *Angersbacher Spitzenhandschuhe* bekommst, und zwar dann, wenn ich finde, dass du sie dir verdient hast«, sagte Hanni lachend.

»Und wie kann ich sie mir verdienen?«

»Indem du fleißig in der Schule lernst und dich von Klausi fernhältst!«

Christa zog eine beleidigte Schnute. »Eher erfriere ich im Sommer!«

Als Erstes legte Hanni die Zeitschriften in die erste Reihe auf der Kiosktheke. Als sie alles so sortiert hatte, wie es ihr sinnvoll erschien, verschaffte sie sich einen Überblick über die Zigaretten und Süßwaren im Lager. Ihr Vater hatte den Schnupftabak noch nicht verkauft. Nachdenklich betrachtete sie die Dose. Jüngst hatte Julia ihr bei den Türgeschäften erklärt, dass man Waren, die man verkaufen wolle, ordentlich anpreisen und präsentieren musste. Also nahm Hanni die Schnupftabakdose in die Hand und wischte mit einem Tuch den Staub von der Oberfläche. Danach platzierte sie die Dose mittig auf der Regalfläche, sodass sie den Kunden sofort ins Auge fallen musste. Auf einen Pappkarton, den sie in der Mitte einmal faltete, schrieb sie in ihrer schönsten Schreibschrift: *Erlesener Schnupftabak aus Argentinien. Mit feinstem Doppelaroma!*

Ob der Tabak wirklich aus Südamerika stammte, wusste Hanni nicht. Vermutlich nicht. Genauso wenig, wie das französische Garn, das sie laut Julia in ihren Handschuhen verarbeitete. Aber wenn sich der Tabak so verkaufen ließe, sollte ihr die Lüge recht sein. Sie zuckte mit den Schultern, ging nach draußen und begutachtete die Warenpräsentation.

Die gut gefüllte Kiosktheke mit den bunten Magazinen und dem umfangreichen Zeitungsangebot sah einladend aus. Die Schnupftabakdose stach mit ihrem glänzenden Deckel zwischen den Zigarettenpäckchen hervor. Hanni nickte zufrieden, zog ihre Handschuhe nach oben, weil sie ein Stückchen verrutscht waren, und überlegte, ein Gummiband einzuziehen, damit sie selbst an schmalen Handgelenken wie angegossen saßen.

»Morje, Fräulein Angersbach. Wo steckt denn der Herbert? Isser heute unpässlich?«, rief der Küppers schon von Weitem und kam mit rotem Kopf langsamen Schrittes auf sie zu. Selbst ein kurzer Spaziergang strengte ihn an.

Nach einer kleinen Verschnaufpause hatte er das Büdchen erreicht.

Hanni grüßte und trat zurück in den Kiosk. »Er wird vermutlich morgen wieder da sein. Einmal Overstolz, wie immer?« Sie griff schon nach der Packung, ehe der Küppers bejahen konnte. »Darf's heute vielleicht ausnahmsweise auch eine Dose Schnupftabak sein? Feinstes Aroma aus Südamerika. Der wird Ihnen wohl bekommen!« Mit einer ausschweifenden Handbewegung, die sie einer Vorführdame aus einer Werbeanzeige in der *Constanze* abgeschaut hatte, deutete sie auf den »erlesenen« Tabak. Sie hörte bereits die Kasse klingeln.

»Mädsche, wenn ich der nächste Bürgermeister von Kölle werde, dann fragste mich dat noch mal. Verstehste?« Er schüttelte den Kopf, als hätte Hanni nicht alle Tassen im

Schrank. »Gib mir lieber 'n paar Hustenpastillen. Seit Tagen hab ich Halskratzen. Das ist ja nicht auszuhalten, dieses Jucken!«, brummte er.

Hanni unterdrückte ein Grinsen, weil sie sich an einen Spruch ihres Vaters erinnerte: Jöck is schlimmer als Ping – Jucken ist schlimmer als Pein.

»Das liegt am Sommer, Herr Küppers, weil alles blüht. Aber das vergeht wieder. Spätestens, wenn der Winter kommt.«

»Das sind ja rosige Aussichten. Als ob ich den Winter genießen würde.«

Sie genießen bestimmt keine der vier Jahreszeiten, hätte Hanni am liebsten gesagt. Stattdessen zuckte sie mit den Schultern und sah ihn fröhlich an. »Vielleicht würde der Schnupftabak Abhilfe schaffen.«

»Nur die Hustenpastillen, Hanni!«, erwiderte er entschieden und runzelte die Stirn.

Nun ja, wenigstens hatte sie es probiert.

Hanni zählte fünf Pastillen ab und gab sie in ein Papiertütchen. Dann rechnete sie den Betrag im Kopf zusammen, verrechnete sich einmal, weil ihre Gedanken zu seinen unvorteilhaft sitzenden Hosen und den abgewetzten Hosenträgern geschweift waren, und hatte erst beim zweiten Anlauf den Geldbetrag korrekt ermittelt. Sie übergab ihm das Tütchen und nannte die Summe.

Als er nach den Münzen kramte, musste Küppers niesen. Er fluchte, und Hanni wich vorsichtshalber ein paar Schritte zurück. Nicht dass so eine Allergie auch noch ansteckend war. Schließlich hatte *sie* vor, den Sommer zu genießen.

Nach ihm erschienen zwei weitere Kunden am Kioskfenster und erstanden die druckfrische *Kölnische Rundschau*.

Hanni rückte die verbliebenen Tageszeitungen zurecht, ließ ihren Blick über die *Constanze* und *Ihre Freundin* schweifen, und erschrak, als eine Männerhand über dem Titelbild der *Constanze* schwebte.

Sie sah auf und erstarrte fasziniert beim Anblick der lebendigen blauen Augen. Ein kleiner brauner Fleck, der die Form eines Ahornblattes hatte, tanzte in der linken Iris des Mannes.

Hanni wandte sich verlegen ab und straffte die Schultern.

»Ja bitte, Sie wünschen?«, fragte sie und strich sich eine Locke hinters Ohr. Verwirrt sah sie auf die Tageszeitungen, nach der seine Hand hatte greifen wollen. Dann schaute sie wieder auf und nahm seine gesamte Gestalt wahr.

Ein Tommy. Ein verdammter Tommy!

Ebenso überrascht von ihrem Anblick hatte der britische Soldat seinen Arm zurückgezogen und musterte sie auf eine Weise, die ihr Unbehagen bereitete. Als hätte er das, was er hinter der Ladentheke erspähte, nicht erwartet. Sein Blick glitt über ihre Hände mit den Spitzenhandschuhen.

Mit den Fingern fuhr Hanni über die Zeitungen, nicht sicher, welche er davon hatte wählen wollen. Er verfolgte ihre Bewegungen und erwiderte ihr Lächeln.

Schüchtern senkte sie ihren Kopf, und ein seltsam angenehmer Schauer überlief sie.

Der Brite nahm seine Kappe ab.

Sein begehrlicher Blick, für den sie ihn am liebsten nicht nur vom Büdchen, sondern aus dem ganzen Viertel verbannt hätte, brannte in ihrer Brust. Und doch wagte sie nicht, sich zu rühren und sich davon zu befreien.

Denn das wollte sie nicht.

Ganz und gar nicht.

Sie wollte, dass er sie weiter so ansah. So voller Neugier. Voller Begehren.

»Nun, Sie wünschen?«, fragte sie schroff, als sie es endlich geschafft hatte, sich aus seinem Zauber loszureißen.

»Die *Frankfurter Rundschau*, Frollein. *Please*«, setzte er nach, und als sie sich nicht rührte, sondern nur stumm auf den Boden sah, fragte er: »*Is everyhting okay with you, Miss?*«

Hanni schüttelte sich aus ihrer verträumten Haltung, schenkte ihm ein Lächeln und griff nach der Zeitung. Vorsichtig rollte sie diese zusammen. Sie musste das Gefühl, das in ihr aufgekommen war, loslassen.

Er war ein Tommy. Ein verdammter Tommy!

Hanni streckte dem Briten die gerollte Zeitung entgegen. Dabei achtete sie darauf, dass sich ihre Hände nicht berührten.

»*Where is Mister Angersbach today?*«, wollte er wissen, doch Hanni bezweifelte, dass es ihn interessierte, wo ihr Vater steckte. Vielmehr schien er sie noch länger ansehen zu wollen.

»Krank.« Sie verschränkte die Arme vor der Brust.

»*Ill? Oh, I hope, he gets well soon*«, sagte er und bemerkte, dass Hanni ihn nicht verstand. »Hoffentlich er wird bald gesund.«

»Das hoffe ich auch«, erwiderte sie, und daran, wie sie es gesagt hatte, musste er erkannt haben, dass es kein Wunsch, sondern nur eine bedeutungslose Floskel war. *Ihr Vater sei oft krank. Weil er nicht schlief. Weil er sich nächtens herumtreibe und sie die Last der Familie auf ihren Schultern trage,* hätte sie ihm am liebsten gesagt und die Bürde mit dem nächsten Ausatmen mit ihm geteilt. Doch sie kannte ihn nicht ... Wer war er? Was war er ... *für sie?*

»*Obviously it's my luck, that you are here.*« Er lächelte auf eine Weise, die das Ahornblatt in seiner Iris tanzen ließ. Das Funkeln in seinen Augen fing sie ein. »Mein Glück, dass Sie da sind, Frollein. Mister Angersbach *is always* ... *oh my goodness*, er findet immer *discussion* mit mir.« Seine Grübchen tändelten mit Hanni.

Aber darauf wollte sie sich nicht einlassen. Diese Genugtuung gab sie einem Briten nicht. »Er ist kein Menschenfreund«, sagte sie. »Zu Recht ... bei *Tommys* wie Ihnen«, stieß sie hervor, als könnte sie mit dem Satz die Anziehung loswerden, die er auf sie ausübte. Aber sie war eine schlechte Lügnerin sich selbst gegenüber. Eine grottenschlechte ...

Er sah sie fragend an, während Hanni schweigend die Zeitungen umsortierte. Sie wollte sich nicht weiter erklären. Warum denn auch? Sie war ihm nichts schuldig.

Der Soldat stutzte und schien über ihre Worte nachzudenken. Er öffnete die Lippen, als wolle er etwas sagen. Stattdessen machte er den Mund wieder zu und grinste. Einen Augenblick lang beobachtete er Hanni dabei, wie sie geschäftig die Zeitschriften hin und her schob. Dann griff er in seine Jackentasche, zog ein paar Münzen heraus und legte sie auf die Zeitungen.

Ob er gemerkt hat, dass ich ihn nicht berühren will, überlegte Hanni. Sie atmete tief ein und sah ihn eindringlich an. Genauso unverschämt, wie er sie am Anfang gemustert hatte.

Das schien ihn zu irritieren, denn er kratzte sich am Hals.

Seine Uniform stand ihm gut, das musste Hanni zugeben. Sie saß wie angegossen. Hatte nicht die Flecken und Risse, die der Krieg mit sich gebracht hätte, sondern erzählte von Neubeginn und Wiederaufbau. Sie repräsentierte den Freund und nicht den Feind, den so viele noch in den Besatzern sahen. Was sie selbst von den Alliierten hielt, wusste Hanni nicht. Sie hatte nie darüber nachgedacht. Sie waren da. Gehörten zum neuen Stadtbild von Köln. Erst hatten sie die Stadt zerstört, mit einer Präzision, die auch sie fast umgebracht hätte, und nun waren sie die Helden, die darum bemüht waren, alles wiederaufzubauen.

Im Herzen müsste sie sie hassen, und doch empfand sie ein Stück weit Dankbarkeit, dass sie geblieben waren.

Und nun stand einer von ihnen vor ihr, und alles, was sie wollte, war, das Ahornblatt in seinem Auge tanzen zu sehen. Sie hätte ihn gern gefragt, warum er ausgerechnet die *Frankfurter Rundschau* las oder ob er die Songs von Peggy Lee mochte … Und ob er den Frühling oder den Sommer vorzog. Und …

Der Tommy setzte sich die Kappe auf.

Stille breitete sich aus.

Er nickte.

Hanni nickte.

Sich zu verabschieden fiel Hanni schwer. Aber auf ein Techtelmechtel wollte sie sich nicht einlassen. Sie würde kein Besatzerliebchen werden. Niemals! Besser, er würde gleich wieder verschwinden … zurück auf seine Insel. Weit weg von hier. *Von ihr.*

Er rückte die Kappe zurecht und sah Hanni an.

Dann nickte er wieder und wandte sich zum Gehen.

Hanni holte tief Luft. Füllte die aufgekommene Leere, die wie eine Welle über sie gekommen war, und schluckte die Enttäuschung hinunter, für die sie selbst verantwortlich war. Und just in dem Moment, in dem sie in Gedanken *Warte* rief, hielt er mitten in der Bewegung inne.

Noch einmal drehte er sich zu Hanni um.

Verstohlen blickte er auf ihre Hände. Da begann das Ahornblatt in seiner linken Iris zu tanzen. »*Beautiful gloves, Miss.* Wunderschöne Handschuhe«, sagte er, und das Kompliment traf Hanni wie ein Blütenregen mitten in ihr Herz. Das zarte Gefühl, das mit seinem Erscheinen in ihr erwacht war, durchströmte sie wieder. Die Schmeichelei erweckte einen schlafenden Teil in ihr, von dem sie nicht einmal geahnt hatte, dass es ihn gab. Er fühlte sich so gewaltig und unbeherrschbar an, dass sie Angst bekam und ein Stück zurückwich.

Doch der Brite wollte offenbar die Distanz zwischen ihnen nicht gelten lassen. Er machte einen Schritt auf das Büdchen zu und wischte mit einem Blick ihre Unsicherheit weg. Er gab Hanni etwas, was noch kein Mann ihr zuvor vermittelt hatte – Sicherheit.

Und so trat sie wieder vor.

Sie blinzelte ihn an und sah provokant auf seine Abzeichen. »*Thanks,* Tommy«, sagte sie im vollen Bewusstsein, dass sie ihn damit auch ein Stück weit beleidigte.

Aber er ging über ihre Herausforderung einfach hinweg. »*Better you call me* Dean. Dean Wright.«

Dean, wiederholte sie in Gedanken und befand, dass ihm auch der Name stand.

»Und Sie, Frollein? *What's your name?*«

Sie lächelte. »Das verrate ich Ihnen ein anderes Mal, Mr. Wright«, sagte sie, und beim tanzenden Ahornblatt in seiner linken Iris spürte sie, wie die Mohnblumen auf ihren Handrücken zu glühen begannen.

KAPITEL ZWÖLF

Voller Nervosität saß Gisela an einem der Schreibtische und wagte es nicht, aufzublicken und sich die Konkurrenz anzusehen. Zu einschüchternd waren die Fräuleins, die für die Sekretariatsauswahl gekommen waren. Auf die Stellenausschreibung in der *Kölnischen Rundschau* hatte sich eine Vielzahl an Damen gemeldet.

Behutsam strich Gisela über den Rahmen der schwarz glänzenden Adler-Schreibmaschine und legte die Finger auf die Tastenknöpfe. Im Geist vernahm sie schon die Anschläge auf dem Papier, die ihr eine rhythmische Melodie in Erinnerung riefen. Eine, die sie früher selbst gespielt hatte.

Um zu üben, hatte sie sich in den letzten Tagen heimlich, wenn alle gegangen waren, in das Büro der Rechtsanwälte geschlichen. Dort hatte sie an einem der Sekretariatstische Platz genommen, um sich das Zehnfingersystem ins Gedächtnis zu rufen. Das Gefühl der Tasten unter ihren Fingerkuppen war ihr fremd geworden. Dabei hatte sie früher täglich Texte und Diktate abgetippt.

Bedächtig spannte Gisela das leere Blatt Papier in die Walze ein und sah auf, als eine bekannte Stimme erklang.

»Herzlich willkommen in der Versicherungsanstalt Pering! Ich freue mich, dass Sie so zahlreich zur Aufnahmeprüfung für den Sekretariatsposten erschienen sind. Bei uns ist alles in sicherer Hand, wie Sie bereits wissen, und ich verlange von einer Sekretärin, dass auch die Schreibarbeiten in bester Hand sind. Aus diesem Grund werden wir heute eine erste Vorauswahl treffen«, sagte Pering, formte mit seinen Fingern ein Dreieck und hielt einen kurzen Moment inne. Mit einem Schmunzeln blickte er zu den Bewerberinnen. »Ich darf nun voller Freude verkünden, dass wir nicht nur eine, sondern zwei Damen auswählen werden, die zukünftig als Sekretärinnen den Dienst im Hause verrichten werden.«

Ein erstauntes Raunen ging durch den Saal, das Walter Pering ein zufriedenes Nicken entlockte. Er mochte Überraschungsmomente, das hatte Gisela schon öfter beobachten können, wenn er vor versammelter Kollegenschaft eine Rede hielt und stets eine unerwartete Verkündung in petto hatte, mit der er alle zum Staunen bringen konnte. »Wir werden eine Dame von Ihnen auswählen, die in der Rechtsabteilung arbeiten wird und …«, er machte eine Pause, in der durch die Stille, die nun im Raum herrschte, die Spannung stieg, »… eine von Ihnen wird zukünftig den ehrenwerten Posten der Chefsekretärin bekleiden dürfen.«

Lautes Gemurmel war zu hören. *Eine neue Chefsekretärin?* Das war der höchste Rang, den eine Sekretärin in der Versicherungsanstalt erlangen konnte. Aber für wen von den drei Herren suchten sie eine Neue? Für Böck? Nein, unmöglich, der brauchte keine mehr. Der ging in ein paar Tagen in den Ruhestand. Für Pering? Unwahrscheinlich. Der würde seine verlässliche Carla nicht ziehen lassen. Es konnte sich nur um von Siebenthals Sekretärin handeln. Immerhin hatte man die bisherige in letzter Zeit kaum gesehen. Um Himmels willen, ich könnte niemals für Anton von Siebenthal arbeiten, schoss es Gisela durch den Kopf.

»Es sind zwei Termine vorgesehen, an denen Sie uns Ihr Wissen und Ihre Fertigkeiten unter Beweis stellen können. Carla, meine rechte Hand, wird Ihnen die erste Aufgabe ansagen. Ein Diktat, das Sie mit der Schreibmaschine tippen werden. Und nun, meine Damen, wünsche ich Ihnen frohes Schaffen und gutes Gelingen!«

Die Chefsekretärin schritt in die Mitte des Raums, während Walter Pering diesen verließ. Kerzengerade stand Carla da, wie eine Soldatin, die Befehle erteilen wollte. In ihren Händen hielt sie ein schmales Buch. Ihr rotes Tuch, das sie um den Hals trug, war ebenso verknotet wie ihre Miene. »Geehrte Bewerberinnen, legen Sie sich bitte den Blindschreibdeckel an.«

Gisela griff nach dem Pappkarton, an dem eine Schnur befestigt war. Sie hängte sich den Karton um den Hals, wodurch sie die Tasten nicht mehr sehen konnte.

»Ich werde Ihnen nun den Text diktieren. Einen, der aus dem Versicherungsalltag stammt. Achtung, alle gut hinhören!« Carla erhob einen Zeigefinger und sah über die Köpfe hinweg, als streife sie diese mit ihrem spitzen Kinn.

»Schreiben Sie bitte Ihren vollen Namen auf das Blatt Papier. In die erste Zeile.« Carla hörte auf den Klang der Tastenanschläge und wartete, bis das Geräusch wieder verebbt war. Dann schlug sie ihr Buch auf und las vor: »*In der Versicherungsvereinbarung sind die folgenden, vertraglich vereinbarten Obliegenheiten geregelt, die nach Eintritt eines Versicherungsfalles zu erfüllen sind.*« Pause. Sie wiederholte den Satz. »*Erstens*«, fuhr sie fort. »*Dem Versicherer und der Polizei ist unverzüglich ein Verzeichnis der abhandengekommenen Sachen einzureichen* ...«

Obliegenheiten? Gisela stutzte bei dem Wort. Sie brauchte einen Moment, ehe sie sich an die richtige Schreibweise erinnern konnte. Dann tippte sie. Ob sie dabei einen Fehler machte, konnte sie nicht sagen, da sie keine Sicht auf das Papier hatte. Aber sie bemühte sich, das Tastenfeld nicht vor ihrem geistigen Auge zu verlieren.

»*Zweitens: Das Schadensbild ist so lange unverändert zu lassen, bis die Schadensstelle oder die beschädigten Sachen durch den Versicherer freigegeben worden sind.*« Pause. »*Verletzt der Versicherte eine Obliegenheit nach Ziffer 25.1 vorsätzlich, so ist der Versicherer von der Verpflichtung zur Leistung frei ...*«

Gisela seufzte in die Geräuschkulisse des emsigen Tippens hinein, denn wieder war sie wegen des Wortes Obliegenheit ins Stocken geraten. Sie holte auf und schrieb den Text nieder, der folgte.

Als das Diktat zu Ende war, durfte Gisela den Pappdeckel abnehmen. Der erste Teil war geschafft. Erleichtert öffnete sie die Walze und nahm das Blatt Papier heraus. Sie hatte keine Gelegenheit, den Text auf seine Richtigkeit zu prüfen, denn da wurde er schon eingesammelt.

»Und nun öffnen Sie die Mappe, die vor Ihnen liegt. Darin sind etliche, für den Versicherungsalltag relevante Aufgaben gestellt. Denkaufgaben und Rechenaufgaben. Eine Sekretärin muss schließlich eine gute Allgemeinbildung aufweisen, damit sie ihren Dienst fehlerfrei und vorbildlich verrichten kann.«

Denkaufgaben? Rechenaufgaben? Carla selbst war so schlecht im Rechnen, dass sie, wenn es um Zahlenbeträge ging, immer von Siebenthals Sekretärin dazuholen musste. Meist mit einem forschen »Mach du das! Ich hab jetzt keine Zeit dafür!«

Mit ihrem Zeigefinger fuhr Gisela über die Angabe. In der Buchdruckerei ihres Vaters, in der sie als seine rechte Hand gearbeitet hatte, hatte sie das Kassenbuch geführt. Stets versiert und genau. Sie hätte eines Tages das Geschäft vom Vater übernehmen sollen, aber er hatte die Druckerei zu Beginn der Weltwirtschaftskrise 1929 verloren.

Gisela runzelte die Stirn und nahm den Bleistift zur Hand. Dann verschaffte sie sich einen Überblick über die Aufgabenstellungen. Die Additionsbeispiele löste sie spielend. Anschließend widmete sie sich den Subtraktionen. Auch die Multiplikationen gingen ihr gut von der Hand. Doch bei den Divisionen stockte sie. Wie rechnet man das noch mal?, überlegte sie. Dividiert man die erste Ziffer der linken Zahl durch die rechte? ... Oder ist es umgekehrt? Vorsichtig hob sie den Kopf und sah zu ihrer Nachbarin hinüber, um einen Blick auf deren Ergebnisse zu erhaschen. Aber die hatte das Rechenblatt hinter ihrem Arm verbarrikadiert, als wollte sie es vor Spionageblicken schützen. Gisela sah nach links zu der anderen Bewerberin. Die saß zu weit weg von ihr. In einem unbemerkten Moment, als Carla gerade ein Hustenbonbon aus ihrer Tasche nahm, wagte sie es, sich umzudrehen ... Da entdeckte sie Gudrun, die eine Reihe hinter ihr saß und eifrig rechnete.

* * *

Ein schwarzer Steinberg-Flügel glänzte in der Mitte der Halle. Gisela hatte das Piano schon einmal in Perings Wohnzimmer bewundert, in das sie damals aus weniger freundlichen Gründen geladen gewesen war. Und nun stand das Klavier hier und würde in den nächsten Minuten mit seinen Klängen die Eingangshalle erfüllen. Auf Einladung Böcks war die Belegschaft zusammengekommen, um seinen Abschied aus der Versicherung zu feiern ... oder mehr zu betrauern, wie er beim Überreichen der Einladungskarte angemerkt hatte. Das Kollegium hatte sich im Halbkreis aufgestellt, sodass jeder von ihnen die Gelegenheit bekam, dem Generaldirektor ein letztes Mal die Hand zu schütteln. Böck hatte einige Schreibtische aus den Büros in die Halle schaffen und sie mit Tischdecken und Blumenarrangements schmücken lassen, damit das Ambiente seines Abschieds würdig war. Passend dazu fiel das Abendlicht, das durch die Verglasungen drang, golden auf den Terrazzoboden.

»Kein Wunder, dass der Böck ein Gesicht macht, als würden ihn zu Hause nun die Dürrejahre erwarten. Mit welchem jungen Ding soll er sich nach diesen rentablen Versicherungsjahren wohl noch vergnügen?« Erna betrachtete mit schräg gelegtem Kopf, wie der Generaldirektor seine Verabschiedungsrunde begann.

Währenddessen nahm das Trio, das aus einem Pianisten, einem Violinisten und einem Cellisten bestand, auf den Stühlen Platz. An der linken Seite der Halle stand ein kleines Buffet bereit, das nach den Reden eröffnet werden würde.

»Wo stecken denn die beiden?«, fragte Gisela und sah sich nach Hanni und Julia um, die immer noch nicht in der Halle zu sehen waren.

»Hanni ist bestimmt in der Garderobe, sich hübsch machen.« Erna zuckte mit den Schultern. »Ich hab ja noch nicht rausgefunden, wer die ganze Chose bezahlt. Aber, Darling, wenn du demnächst von Siebenthals neue Sekretärin bist, dann kannst du's mir direktemang berichten. Die Unterlagen dazu liegen bestimmt alle auf seinem Schreibtisch.«

»Mit Sicherheit«, gluckste Gisela. »Das wird das Erste sein, um das ich mich dann kümmere!«

Erna nickte zufrieden.

Gisela seufzte, denn nach der heutigen Auswahlprozedur würde sie nicht die erste Wahl sein … Während ihr Sekretärinnentraum in weite Ferne rückte, kam Böck näher. Gisela strich über den dunkelgrünen Samtstoff ihres Kleides, das an der Höhe der Brust gerafft war. Sie hatte früher einmal ein ähnliches Abendkleid besessen, damals in den Zwanzigerjahren. Es war ein Geschenk von ihrer Großmutter gewesen. Mit dem Kleid war sie vom Mädchen zur Frau getanzt. So hatte sich der Abend für Gisela angefühlt, als sie leichtfüßig beim Frühlingsball im Dom-Hotel in der Altstadt über das Parkett glitt. Vor einigen Wochen hatte sie Hanni davon erzählt und ihr das Kleid genau beschrieben. Hanni hatte es heimlich nachgenäht und Gisela damit am Vorabend überrascht. Es ist ein bisschen so, als wäre die Leichtigkeit aus meiner Jugend zurückgekehrt, dachte Gisela und strich noch einmal über den Samt. Zumindest für diesen einen Abend.

»Vermissen wird den auch niemand.« Erna rümpfte die Nase in Richtung des Direktors, der nur noch wenige Meter von ihnen entfernt Hände schüttelte.

»Da hast du recht. Es ist an der Zeit, dass ein frischer Wind kommt«, erwiderte Gisela abwesend und blickte zu von Siebenthal, der bei seiner Frau stand. Das schwarze A-Linien-Kleid, das sie trug, hatte einen Trapezausschnitt, um den ein Perlenmuster eingestickt war. Ein Samtband knapp über ihrer Taille brachte ihre Kurven zur Geltung.

»Gerade noch rechtzeitig! Zum Glück!« Hanni drängte sich atemlos neben Gisela.

»Viel zu spät, Darling!«, murrte Erna.

»Ach was. Der feuchte Händedruck ist mir doch noch nicht entgangen, oder?«

»Und wo ist Julia?«, fragte Gisela und sah an Hanni vorbei.

»Keine Ahnung, hab sie nicht gesehen. Ich hatte eine kleine Auseinandersetzung mit dem Lippenstift. Er ist wegen der Hitze viel zu weich geworden. Aber jetzt passt wieder alles. Die Farbe sitzt. Der Böck verabschiedet sich endgültig. Was will man mehr im Leben?«

Gisela lachte. »Und, was sagst du?« Mit einem knappen Nicken deutete sie in von Siebenthals Richtung, zu Charlotte.

»Schick! Schick sieht ihr Kleid aus. Aber mehr noch der Schmuck. Der ist außergewöhnlich. Den würde ich zu gerne tragen.«

Und ich ihren Ring, dachte Gisela und erschrak über den Gedanken.

»Herr Generaldirektor, wir werden Sie vermissen!«, flötete Erna, denn Böck war zu ihnen aufgerückt und reichte ihr die Hand.

»Ich weiß, Frau Schmitz. Aber alles Gute hat mal ein Ende.«

»Wie sehr ich bedaure, dass Sie uns verlassen.« Erna sah den Direktor mit gespielter Bestürzung an und schüttelte seine Hand. »Ich wünschte, Sie würden weiterhin unsere Stütze und Säule im Haus bleiben. Ohne Sie wird nichts mehr so reibungslos ablaufen, wie wir es gewohnt sind. Wir haben sie immer sehr geschätzt und geachtet, für alles, was Sie für uns und die Versicherung getan haben.«

»Ich weiß, Frau Schmitz. Aber auch die Beständigkeit hat mal ihr Ende … Auf mich wartet eine neue Herausforderung: der Ruhestand. Sosehr es mir für alle hier leidtut, aber ich werde mich in den kommenden Jahren dem wohlverdienten Müßiggang widmen.« Er klopfte sich auf seinen Bauch, der in den letzten Wochen an Umfang zugenommen hatte.

»Das haben Sie sich redlich verdient, Herr Direktor!« Erna knickste aus Respekt vor ihm, was er wohlwollend quittierte. Als sie wieder aufsah, schenkte sie ihm erneut einen Blick des Bedauerns, der so gut geschauspielert war, dass es selbst Gisela schmerzte.

»Und Sie, Frau Eder? Wie man hört, haben Sie sich heute ganz passabel bei der Aufnahmeprüfung geschlagen. Wer weiß, was aus Ihnen noch werden wird?«

»Eine verlässliche Sekretärin, so hoffe ich doch.« Gisela lächelte ihre Zweifel daran weg. Während sie einander die Hände schüttelten, starrte sie wieder einmal auf seine Nase, die sie hoffentlich ein letztes Mal an den Südturm erinnern würde.

»Mag sein, Frau Eder. Mag sein. Aber freuen Sie sich nicht zu früh! Es gibt viel Konkurrenz, die vortreffliche Ergebnisse vorweisen kann. Die Feinde, die man fürchten muss, befinden sich immer in den eigenen Reihen. Lassen Sie sich das gesagt sein. Noch ist die Schlacht nicht geschlagen!«

Gisela nickte. Fünf Damen waren an diesem Vormittag ausgeschieden. Sie ... und auch Gudrun waren weitergekommen.

»Ich werde mir Ihre Worte immer wieder ins Gedächtnis rufen, Herr Direktor.«

»Machen Sie das, Frau Eder. Ich kann Sie mir durchaus als Sekretärin in der Rechtsabteilung vorstellen. Ja, das könnte mit ein wenig Übung für Sie passen.«

»Nur nicht die der Chefsekretärin, hätte er am liebsten gesagt«, raunte Gisela Hanni zu, als er weitergegangen war.

»Hab ich was verpasst?« Julia war mit geducktem Kopf hinter Hanni erschienen und stellte sich an ihre Seite.

»Das Händeschütteln, Darling. Den Schlussakkord einer jahrzehntelangen Ära im Haus.«

»Wie schade! Das werde ich wohl mein Leben lang bereuen ... Aber ich hatte nichts Abendtaugliches anzuziehen und musste mich deshalb wieder umziehen.« Julia stand als Einzige in der Belegschaft in ihrer Uniform da.

»Hättest du was gesagt! Da hast du einmal einen Anlass, um dich hübsch zu machen, und dann lässt du die Gelegenheit einfach sausen«, sagte Hanni und sah sie bestürzt an.

»Ach was. Ich hasse lange Kleider und aufgesteckte Frisuren. Das alles passt nicht zu mir. Und welche Schuhe sollte ich zu so einem Kleid bloß tragen? Dann lieber meine Uniform. Darin wirke ich wenigstens sehr korrekt. Als würde ich mich ständig um die Arbeit bemühen.«

»Vorspiegelung falscher Tatsachen nennt man das, Darling.«

»Sagst ausgerechnet du.«

»Ich liebe es ja, mich für einen Abend rauszuputzen, als würde mir das ganze Königreich vom Pering gehören«, erklärte Hanni. »Das machen wir sonst nur, wenn wir ins Heaven gehen. Ach, ich wünschte, es gäbe mehrere solche Anlässe.« Sie seufzte.

Als Böck seine Runde beendet hatte, stand der Pianist auf und rückte sich den Schemel zurecht. Der Cellist legte den Bogen an, und der Violinist schloss die Augen, während er mit den Fingern die passende Position an den Saiten ertastete. Mit einem Nicken, das den Gästen galt, setzte sich der Pianist wieder und hob die Arme. Dabei bewegte er die Fingerspitzen, als würde er Salz durch sie hindurchrieseln lassen. Er senkte die Hände. Sogleich erklang Schuberts heiteres *Klaviertrio Nr. 2.*

Der Begrüßungsbogen, zu dem sich die Belegschaft für den Direktor formiert hatte, löste sich mit dem Einsetzen der Musik auf. Es bildeten sich Grüppchen, die sich den Abteilungen nach zusammenfanden. Böck, der an diesem Abend kaum wagte, das Fräulein Anna mit einem Blick zu bedenken, weil seine Ehefrau jeden seiner Schritte beobachtete, reichte seiner Gattin die Hand. Er betrat mit ihr die Tanzfläche, die neben der Bühne mit Blumenkisten abgeteilt war. Damit eröffneten sie den Tanz.

»Ich hol uns erst mal eine Erfrischung«, sagte Gisela und wollte sich zu Hanni umdrehen, damit diese sie begleitete, als plötzlich von Siebenthal vor ihr stand.

»Mit Verlaub, Fräulein Eder, darf ich um diesen Tanz bitten?« Er streckte seine Hand aus und hielt sie ihr auffordernd hin. Ein spitzbübisches Lächeln lag auf seinen Lippen.

»Danke, Herr von Siebenthal, aber ich tanze nicht.« Sie schüttelte den Kopf und trat einen Schritt zur Seite.

»Da sind mir aber ganz andere Dinge zu Ohren gekommen. Man munkelt, dass Sie leidenschaftlich gerne tanzen.« Von Siebenthal rückte zu ihr auf und war ihr plötzlich ganz nahe. Zu nahe, wie Gisela befand, denn es verlockte sie, seine Hand zu ergreifen, die er ihr noch immer entgegengestreckt hielt.

»Da muss wohl jemand *leidenschaftlich* gern plappern.« Gisela machte einen Schritt zurück. »Außerdem, was würde Ihre Gattin dazu sagen, wenn Sie sehen würde, dass Sie eine andere Dame zum Tanz auffordern?« Sie sah in Richtung seiner Frau, die abseitsstand und das Geschehen gelangweilt beobachtete.

Irritiert folgte von Siebenthal ihrem Blick.

»Ihre Frau. Charlotte«, wiederholte Gisela, als hätte er bereits in jungen Jahren mit geistigem Verfall zu kämpfen.

»Verärgert es Sie, dass sie meine Frau ist?« Von Siebenthal kniff die Augen zusammen und musterte sie auf eine Weise, die Gisela irritierte. Ein seltsames Gefühl stieg in ihr auf, denn die Art, mit der er sie betrachtete, wollte sie zu einem lauten »Ja« herausfordern.

»Nicht doch. Wir sind beide verheiratet. Nur *mein* Ehemann weist im Gegensatz zu Ihrer Frau ein angepasstes Alter zu meinem auf.«

Von Siebenthals Mundwinkel begannen zu zucken.

»Sie finden das lustig?«

»Durchaus. Sie haben ein verwegenes Bild von mir.«

»Bedauerlicherweise.« Gisela sah an ihm vorbei, als interessiere sie sich mehr für die weiße Wand hinter dem Empfangstresen als für seine blauen Augen, in denen sich die Wellen brachen.

»Meine Frau ist vier Jahre jünger als ich. Ist das genehm? Noch im Bereich des Akzeptablen?«

»Vier Jahre? Ich sollte mir wohl eine Brille kaufen. Ich hätte der Zeitspanne, die zwischen Ihnen beiden liegt, etwas mehr Raum gegeben. Aber vielleicht habe ich mich auch verrechnet.« Gisela legte ihren Kopf schief. »Auf ein Ergebnis von zehn Jahren käme ich. Mindestens, Herr von Siebenthal!«

»Sie scheinen wirklich ein außerordentliches Interesse an Zahlen zu haben.«

»Wohl eher an einer gewissen Angepasstheit.«

Er schmunzelte. »Fragen Sie doch bitte meine Frau danach, wie sie es empfindet. Allerdings ist sie heute Abend unpässlich. Sie ist zu Hause und kämpft mit ihrer täglichen Migräne.«

Gisela sah ihn verwirrt an. »Und da drüben? Das ist nicht …« Sie geriet ins Stocken. »Und wer ist dann die Frau, die mit Ihnen hier ist? Diese Charlotte *von Siebenthal?*«

»Dieses … wie Sie ja bereits festgestellt haben, wirklich sehr junge Fräulein … ist meine Nichte.«

»Ihre Nichte?«

»Die Tochter meines Bruders. Nennt sich bekanntermaßen Nichte. Und zu meiner großen Freude ist sie auch mein Patenkind.«

»Dann werde ich erst recht nicht mit Ihnen tanzen.« Neckisch reckte sie ihr Kinn. »Was würde denn die Nichte von ihrem Patenonkel halten, würde er fremdtanzen? Was für ein Vorbild wäre er? Noch dazu, wo die Gattin zu Hause mit einer bestimmt sehr fürchterlichen Migräne im Bett liegt.«

Von Siebenthal stöhnte und ließ die Schultern mit dem nächsten Ausatmen sinken. »Sie sind eine Frau mit einer streng kalkulierten Gnadenlosigkeit. Zumindest mir gegenüber.«

»Korrektheit trifft es am besten, Herr von Siebenthal.«

»Wie schade, das verdirbt uns den Spaß.«

»Ich bin auch nur selten für Spaß zu haben.« Sie zog die Nase kraus.

Er sah sie an. »Das glaube ich Ihnen nicht, Fräulein Eder.«

Mit dem Lächeln, das sich auf ihre Lippen drängte, hätte sie sich beinahe verraten.

»Ich hätte auch nichts dagegen, mich mit Ihnen zu langweilen. Vielleicht bei einem sehr *ruhigen* Tänzchen? *Solveigs Lied.* Wunderbar! Wie geschaffen, um erhitzte Gemüter zu beruhigen. Wollen wir?« Erneut streckte er ihr die Hand entgegen.

Sie schüttelte langsam den Kopf. »Ich werde meine Meinung nicht ändern.«

»Sehr korrekt von Ihnen. Ein Jammer.« Er zog seine Hand zurück und seufzte. »Meine Nichte arbeitet ab morgen in der Telefonzentrale. Vermitteln Sie ihr doch etwas von dieser Korrektheit, auf die Sie so großen Wert legen. Charlotte ist noch sehr jung und unerfahren, wie Sie – zumindest in Jahren gemessen – bereits festgestellt haben.«

Seine Augen funkelten sie an.

Gisela unterdrückte ein Schmunzeln. Oh ja, genau das wollte er provozieren. Dieser Halunke! Er wollte das Lachen regelrecht aus ihr herauskitzeln!

»Ich bestehe sogar darauf, dass Sie meiner Nichte alles beibringen, was Sie über eine glückliche Verbindung … verzeihen Sie, *Telefonverbindung* … wissen. Immerhin sind Sie eine erfahrene Telefonistin und, soweit ich weiß, verlässlich und kompetent … Und wer weiß, vielleicht wird Ihre Stelle demnächst vakant werden, wenn Sie in der Versicherung aufsteigen … glaubt man den Gerüchten, die man so hört.«

»Man sollte auf Gerüchte nicht allzu viel geben. Sie verfliegen schnell.«

»Und haben doch immer einen wahren Kern. Wir werden sehen, Fräulein Eder.« Er verbeugte sich vor ihr und sah ihr in die Augen, während er seinen Kopf wieder hob. »Ich bedaure, heute Abend nicht mit Ihnen getanzt zu haben.«

Das sah sie – leider – genauso.

KAPITEL DREIZEHN

Der Nachmittag ging geräuschvoll in den Abend über. Nach einem entfernten Donnergrollen zuckten nun Blitze über den grauen Himmel. Eine Windböe zupfte an Giselas Abendkleid, als sie sich vorsichtig auf einer der Stufen am Hintereingang niederließ. Zum Schutz des Samtstoffs hatte sie sich eine Ausgabe der *Kölnischen Rundschau* untergeschoben, die sie im Vorbeigehen von Ernas Tresen gefischt hatte. Sie brauchte eine Pause, denn in der Halle war es stickig geworden. In Kürze würde das Buffet eröffnet werden, dann wollte sie wieder hineingehen.

Die Luft war schwer, und ihre Gedanken zogen träge durch ihren Kopf.

Mit dem Handrücken strich sie sich über die feuchtnasse Stirn und sah den Blitzen dabei zu, wie sie weit entfernt auf den Erdboden trafen.

»Sie betreten das Gebäude durch den Haupteingang und verlassen es klammheimlich über den Hinterausgang.« Hinter sich hörte sie das Klacken eines Feuerzeugs, dann fiel die Tür ins Schloss. Eine dünne Rauchwolke schlängelte sich in ihre Richtung und wurde, noch ehe sie Gisela erreichen konnte, vom Wind vertrieben.

Gisela brauchte sich nicht umzusehen, um zu wissen,

wer es war. Sie spürte seine Präsenz wie unsichtbare Finger, die ihren Nacken umfingen. Sie hatte ihn erwartet. Mehr noch ... sie hatte gehofft, dass er ihr folgte. Schon seit dem Moment, als er vorhin verschwunden war.

»Sie haben mich erwischt, Herr von Siebenthal. Ich schleiche mich gerne über den Hinterausgang hinaus, wie Sie wissen.«

Er kam näher. »Und dabei sollte Ihnen heute Abend die Bühne gehören.« So sanft, wie er die Worte aussprach, verursachte es ein Kribbeln in Giselas Bauch. Von Siebenthal fixierte sie.

»Ich weiß, dass sie liebend gern getanzt hätten und nur ihre Prinzipien Sie davon abgehalten haben, meiner Aufforderung nachzugeben.« Er setzte sich zu ihr auf die Stufen.

»Sie geben nicht auf. Oder ist es ein Zufall, dass Sie hier sind?«

»Ein kalkulierbarer Zufall, Fräulein Eder.«

»Sie wissen, dass ich kein Fräulein mehr bin.«

Er blickte sie an und zuckte mit den Schultern. »Ich weiß so einiges über Sie, aber bei Weitem nicht genug.« Er nahm einen Zug von der Zigarette und bot ihr eine an. Sie lehnte ab.

»Was wissen Sie denn über mich?« Gisela spürte, wie ihre Wangen heiß wurden. So eine Frage zu stellen war unangebracht ... und doch so passend für ihn.

Von Siebenthal lächelte.

»Sie würden für Buttercremetorte töten.«

»Einen Dreifachmord nicht ausgeschlossen.« Wieder strich sich Gisela über die feuchte Stirn. Das Kleid war schön, aber eindeutig zu warm für diese Temperaturen. Von Siebenthal reichte ihr ein Stofftaschentuch, auf dem seine Initialen eingestickt waren. Dann sah er ihr dabei zu, wie sie sich Stirn und Dekolleté abtupfte, ehe sein Blick über ihre ganze Gestalt glitt. »Dieses Kleid, und mehr noch die Farbe, steht Ihnen ausgezeichnet. Darin wirken sie jugendlich und frisch.«

»Ein kleiner Seitenhieb?« Sie sah ihn von der Seite an, während sie über ihre Wange strich und den blumigen Duft des Taschentuchs wahrnahm, der daran haftete.

»Nicht doch. Wir wollen nur sichergehen, dass ich das passende Alter habe, um in Ihrer Nähe sein zu dürfen.«

Sie lachte. »Ich denke, diesbezüglich sollten wir unbesorgt sein.«

»Sie können wunderbar addieren, aber nicht gut dividieren. Ich habe Ihre Ergebnisse gesehen.«

»Schuldig. Im Sinne der Rechenkunde.« Sie biss sich auf die Unterlippe und senkte den Blick.

»Sie sind eine reizende Erscheinung.«

»Wenn Sie das sagen ...«

»Und Sie tanzen gerne.« Er nahm den letzten Zug von seiner Zigarette, dann drückte er sie aus.

Mit einem Nicken gab Gisela zu, was ihm längst bekannt war. Sie hätte nichts lieber getan, als auf seine Bitte hin seine Hand zu ergreifen und sich von ihm im Tanz über den Terrazzoboden führen zu lassen. Doch diese Bestätigung hatte sie ihm nicht geben wollen. Ihre Füße brannten, weil sie nicht die Schwerelosigkeit gespürt hatten, die die Klänge ihnen in der Halle versprochen hatten. Sie kribbelten vor Erwartung. Nur ein einziges Tänzchen. Ein kleines ... unschuldiges Tänzchen ...

»Würden Sie mich noch mal auffordern?« Gisela hob den Kopf und blickte ihn unsicher an.

Die Musik aus der Halle drang gedämpft zu ihnen heraus. Pianoklänge, unterstrichen durch das dunkle Timbre des Cellos, zogen wie eine Brise an ihren Ohren vorbei. Das Donnergrollen unterbrach die Klavierklänge und kam immer näher.

»Bitte. Ehe die Musik vom Gewitter verschluckt wird«, sagte sie, weil keine Reaktion von ihm kam.

Er sah sie nur an.

»Sie müssen auch nicht, Herr von Siebenthal, ich hätte nicht fragen sollen.« Gisela strich über ihr Kleid und wollte aufstehen, aber er hielt sie zurück. Ganz sanft spürte sie seinen Griff an ihrem Oberarm.

»Es wäre mir eine Ehre.« Er erhob sich und streckte ihr galant seine rechte Hand entgegen. »*Gisela*, darf ich um diesen Tanz bitten?«

Sie zögerte einen Moment. Er hatte ihren Vornamen so behutsam in seinem Mund geformt, als sei er ein zerbrechliches Kunstwerk. »Es wäre mir ein Vergnügen ... Anton«, sagte sie dann. So, wie sie seinen Namen aussprach, musste es auch etwas in ihm auslösen, denn seine Miene hellte sich auf.

Sie traten auf die Straße, und er fasste vorsichtig nach ihrer Hand. Verschränkte seine Finger mit ihren. Seine Hand war warm, die Innenfläche überraschend trocken. Der herbe Geruch, den er ausströmte, als er sie an sich zog, war neu für sie und doch vertraut. Sie hatte ihn schon öfters wahrgenommen. Immer dann, wenn er in ihrer Nähe gestanden und sich das Sakko oder den Mantel abgestreift hatte. Nun aber drang der Duft mit all seinen Nuancen in ihre Nase. Unverblümt. Pur. Noch nie war er ihr so nahe gewesen.

Anton legte eine Hand an ihren Rücken. Nun verspürte sie wieder den Schutz, den sie das letzte Mal auf dem Nachhauseweg in ihrer Fantasie empfunden hatte. Zögernd legte sie die Hand auf seine Schulter. Die Pianoklänge klopften an ihr Ohr, im selben Allegro, wie ihr Herz in ihrer Brust pochte.

Noch ein kleines Stück näher …

Ein einziges Tänzchen nur, dann wollte sie die Leichtigkeit wieder vergessen, die sich durch seine Berührung in ihrem Körper ausbreitete.

Er setzte den rechten Fuß nach vorn. Gisela folgte. Nun kam ein diagonaler Schritt, woraufhin sie die Lücke schloss. Dabei sah Anton sie auf eine Weise an, der sie nicht entkommen wollte. Er führte sie langsam, beinahe vorsichtig, als wolle er herausfinden, wie viel sie zulassen konnte. Als ihre Schritte sich auf seine eingespielt hatten und die Schrittfolgen ein harmonisches Muster ergaben, bewegte er sich mit ihr schwungvoller über den Asphalt. Dabei bildeten sie eine Einheit, die tänzelnd den Sturm vertrieb, der ihre Körper umtoste.

Mehrere Takte lang tanzten sie in den Abend hinein.

Das Gewitter kam immer näher. Das Donnergrollen übertönte die Musik und wechselte sich mit den dumpfen Piano- und Celloklängen ab, die aus der Halle drangen und das Ende des Liedes einläuteten.

Elegant drehte Anton Gisela im Kreis, was sie auflachen ließ. Sie hatte das Gefühl zu schweben. Ein weiteres Mal wirbelte er sie herum. Sein Blick ruhte auf ihrem Gesicht. Innig und vertraut sahen sie sich an, als hätte ihre Vergangenheit keinen Platz, um sich zwischen sie zu drängen.

Die Töne aus der Halle verebbten. Er führte den Tanz zu Ende. Seine Schritte wurden langsamer, ehe er stehen blieb. Mit dem Kopf deutete er eine Verneigung an und gab Gisela an ihrem Rücken frei. Nur ihre rechte Hand hielt er weiterhin fest.

»Darf ich dich heute nach Hause bringen? Es kommt ein Unwetter. Ich fahr dich, wenn die Feier vorbei ist.«

Sie zögerte und ließ seine Hand los.

»Bei diesem Wetter wirst du sonst nach Hause schwimmen müssen.«

Sie lachte, sah auf Sträucher und Baumkronen, die sich im Sturm bogen. Der Wind pfiff durch die Ruinen und wirbelte den Staub auf den Straßen auf. Gisela wollte gerade etwas erwidern, als die Tür aufgerissen wurde und Hanni herausstürzte.

»Gisi, na endlich! Da steckst du!«, schrie sie, um die Musik und den Sturm zu übertönen, die ihre Stimme schluckten. »Was machst du bei dem Wetter überhaupt hier draußen?« Kurz fiel ihr Blick auf Anton, während sie auf Gisela zuging. »Stell dir vor, das Rote Kreuz hat angerufen! Erna hat mit ihnen telefoniert.«

»Mit dem Suchdienst?«

Hanni nickte hastig. »Es gibt Nachricht von Heinrich!« Sie musste sich erst sammeln, ehe sie weitersprechen konnte. Der Wind wirbelte ihren Rock auf, sodass ihre Oberschenkel hervorblitzten.

Giselas Herzschlag setzte aus. Zumindest kam es ihr so vor. »Heinrich? Eine Nachricht von Heinrich?«

Hanni hatte Mühe, ihren Rock zu halten.

»Und welche denn?«

Während Anton zur Seite wich und Platz machte, schloss Hanni auf und fasste nach Giselas Händen. »Er soll ... Heinrich ist auf dem Heimweg! Ach, Gisi, er kommt zu euch zurück! Der Suchdienst des Roten Kreuzes hat es Erna eben am Telefon gesagt!«

Gisela starrte unbewegt vor sich hin.

»Gisi! Hast du denn nicht verstanden? Heinrich kommt

zurück! Nun musst du nie mehr traurig sein!« Aufgeregt zappelte Hanni herum, während Gisela erstarrt stehen blieb. »Er soll in einem Zug aus der Sowjetunion sein. Und schon bald in Köln ankommen. Du musst sofort zum Roten Kreuz!«

Sowjetunion. »Dann war er also in Gefangenschaft«, dachte Gisela laut. Großer Gott, was musste Heinrich alles ertragen haben? Sie spürte ein Stechen in ihrem Herzen, es schlug nun so schnell, als liefe es bereits voraus – und wurde doch wieder von Antons Anblick festgehalten. Seine Augen waren dunkel geworden.

»Eine wundervolle Nachricht, Gisela. Sie sollten gehen. Ihr Mann wird auf Sie warten.«

Tausend Gedanken schossen ihr durch den Kopf. Wie ein Bombenhagel fegten sie über ihren Horizont hinweg und hinterließen das reinste Chaos. »Ich muss es Peter sagen. Er muss es gleich erfahren. Bestimmt ist er beim Fußballspielen.« *Heinrich kam tatsächlich zu ihnen zurück? Nach all den Jahren kam er heim?* Langsam begann sie zu begreifen. »Peter, oh er wird, er wird ... er wird sich so sehr freuen!«

Hanni nickte und lächelte.

»Ich muss sofort zu ihm!« Gisela raffte ihr Kleid und wollte schon loslaufen, als sie innehielt. War es besser, zuerst zum Roten Kreuz zu gehen? Sie konnte unmöglich schnell genug an beiden Orten sein. Wann würde der Zug am Bahnhof ankommen?

»Ich fahre Sie, Gisela. Zu Fuß ist es zu weit«, sagte Anton und legte ihr beruhigend die Hand auf die Schulter. Ob er gespürt hatte, dass sie am ganzen Körper zitterte?

Hanni strahlte sie an, und Gisela wurde bewusst, dass sie die Erleichterung in ihrem Herzen vermisste, die sie im

Gesicht ihrer Freundin sah. Sie hatte sich das Szenario von Heinrichs Rückkehr anders vorgestellt. Aber wahrscheinlich begriff sie einfach noch nicht. Anton legte Gisela sein Sakko um die Schultern, da sie fröstelte. Sie hätte es nicht einmal bemerkt, hätte sie nicht die wohltuende Wärme empfunden, die sie plötzlich einhüllte.

Anton legte einen Arm um ihre Taille, mehr tastend, als wüsste er nicht, wie fest er sie halten durfte. »Komm, mein Wagen steht gleich da drüben.« Er nickte zur gegenüberliegenden Straßenseite, wo ein moosgrüner Saab parkte.

Während sie ihm folgte, kamen ihr die langen Jahre des Wartens in den Sinn. Sie sollte froh über die Nachricht von Heinrichs Rückkehr sein. Und doch hatte sie Angst. Wer war dieser Mann, der zu ihnen zurückkehrte? Wie würde es sein, wenn er wieder da war? Was hatte die Gefangenschaft mit ihm gemacht? Wieso fürchtete sie sich vor dem Moment, ihren Ehemann in die Arme zu schließen? Es fühlte sich an, als würde sie mit seiner Heimkehr etwas verlieren. Ihre Freiheit. Ihr neues Leben, an das sie sich gewöhnt hatte. Die Zukunft, die sich in eine andere Richtung entwickelt hatte. Heinrich würde heimkommen. Alles Weitere würde sich fügen.

Anton öffnete Gisela die Beifahrertür und legte schützend die Hand an ihren Kopf, während sie einstieg. Eilig schloss er die Tür hinter ihr, lief um den Wagen herum und nahm auf der Fahrerseite Platz.

»Zuerst zum Roten Kreuz?«

Gisela nickte. Sie wollte zuerst in Erfahrung bringen, ob es überhaupt stimmte, bevor sie Peter davon erzählte. Anton startete den Motor und parkte den Wagen aus. In kürzester Zeit erreichten sie das Gebäude, in dem das Rote Kreuz seinen Sitz hatte.

Die Dame bei der Aufnahme legte ihr Buch beiseite und blickte auf, als sie das Quietschen der Tür vernahm.

»Heinrich Eder. Er ist ein Heimkehrer und soll in einem Zug nach Köln sein. Stimmt das denn?« Gisela war in das Gebäude gestürmt, als wolle sie die junge Frau, die hinter einem Tisch saß, überfallen.

»Guten Abend, die Herrschaften. Sie wünschen eine Auskunft?«

Gisela nickte trotz der Überflüssigkeit ihrer Frage.

»Tatsächlich. Es kommt heute noch ein Zug mit Heimkehrern aus der Sowjetunion an«, sagte das Fräulein mit polnischem Akzent und zupfte den Ausschnitt ihres Blusenkleids zurecht, der ein wenig verrutscht war. »Wurden Sie denn verständigt?«

»Ja, vorhin. Nicht ich, aber meine Arbeitskollegin Erna Schmitz hat den Anruf entgegengenommen. Und Heinrich Eder, das ist mein Mann.«

Das Fräulein zog einen Ordner aus ihrem Rollwagen und schlug ihn auf.

Der Kollege, der hinter ihr an seinem Schreibtisch saß, stand auf und kam mit einem Notizblock nach vorn. »Der Zug kommt wahrscheinlich heute noch an. Mit deutschen Soldaten aus verschiedenen Gefangenenlagern aus der Sowjetunion. Allerdings ist der Zug schon verspätet von Leningrad abgefahren. Da gab es eine längere behördliche Prüfung, was nicht weiter überraschend ist. Und dann hat er noch eine Weile in Warschau gestanden ... Das heißt, wir wissen nicht, wann er ankommen wird.«

»Aber er ist in diesem Zug? Mein Mann?«

»Wie heißt er noch mal?«, fragte das Fräulein.

»Eder. Heinrich Eder.«

Die Frau fuhr suchend mit dem Finger über ein vollgeschriebenes Papier und nickte. »Zumindest steht er auf der Liste.«

Gisela presste die Hand auf ihr Herz und sah Anton an. »Und wann in etwa wird der Zug erwartet?«, fragte Anton den Mann.

»Ungewiss. Das kann ich bei Gott nicht sagen. Und jetzt kommt auch noch das Unwetter dazu. Frühestens in drei oder vier Stunden schätze ich.«

»Ich will trotzdem gleich zum Bahnhof. Wer weiß ... Aber zuerst muss ich Peter abholen. Vielleicht kommt der Zug doch früher an.«

»Wohl kaum«, sagte das Fräulein und zupfte wieder an ihrem Ausschnitt, der sich bei jeder ihrer Bewegungen unvorteilhaft verschob.

Gisela überlegte. Sollte sie besser nach Hause fahren und in der Wohnung alles für Heinrich herrichten? »Ach herrje, er hat ja gar nichts mehr zum Anziehen. Das ist alles weg«, dachte sie laut und schlug die Hände zusammen.

»Darüber machen Sie sich jetzt mal keine Sorgen. Das wird ihn nicht stören. Das lässt sich alles organisieren.« Anton legte ihr seine Hand auf die Schulter und drehte sie zu sich. »Sie sollten erst zur Ruhe kommen. Der Zug wird so schnell nicht ankommen. Und Sie haben bestimmt Hunger. Die Nacht wird lang werden.«

Essen war das Letzte, an das sie gedacht hatte. Aber er hatte recht. Sie war hungrig. Immerhin hatte sie seit dem Frühstück nichts mehr zu sich genommen. Anton sah sie an. Ein wenig drängend, als wollte er, dass sie seiner Bitte nachgab, ehe sich für die beiden alles ändern würde.

Bei ihm bleiben? Sich nicht der Vergangenheit stellen? Das war keine Möglichkeit, obwohl sie es kurz, in einem Anflug von Unsicherheit, in Erwägung gezogen hatte. Mit Anton schienen die Minuten so unbekümmert zu vergehen, dass sie jede Sekunde davon festhalten wollte.

Nach dem Abendessen und einem beruhigenden Glas Cognac, auf das Anton sie eingeladen hatte, fuhr er sie zum Eisenmarkt. Es war kurz vor zwanzig Uhr. Sie beobachtete Peter aus dem Wagenfenster, wie er in seinen karierten Knickerbockern auf das Tor zulief, das die Spieler aus Gesteinsbrocken vor dem ehemaligen Hänneschen-Theater errichtet hatten. Der FC Köln war auf der Suche nach Nachwuchs, und der Trainer des Vereins war in der Stadt unterwegs, um neue Talente aufzuspüren. Die Chance, sich einen Platz im Team zu erspielen, war in etwa so gering wie die Aussicht auf eine gut beheizte Wohnung im kommenden Winter, aber keiner der Jungen wollte sich die Möglichkeit entgehen lassen, sein Können unter Beweis zu stellen.

Während Anton den Wagen parkte, beobachtete Gisela ihren Sohn. Er sah Heinrich mittlerweile so ähnlich. Als lebte der Vater im Sohn fort. Und nun kam er nach Hause und würde das Kind, das er damals zurückgelassen hatte, wahrscheinlich nicht wiedererkennen. Sie würden Fremde sein. Ob er Gisela überhaupt noch erkannte?

»Ich danke Ihnen«, sagte sie zu Anton und öffnete die Wagentür.

»Ich kann Peter und Sie gern zum Bahnhof fahren.«

»Dahin ist es nicht weit. Wir gehen zu Fuß.«

Anton nickte – er verstand. Dies war der Moment, an dem das eine endete und etwas Altes von Neuem beginnen konnte.

Ein flüchtiger Blick noch, mit dem sie sich gerne länger an Anton festgehalten hätte, dann stieg sie aus und hob ihre Hand. »Peter!« Sie winkte und rief noch einmal seinen

Namen. Aber er bemerkte sie nicht. Zu sehr war er damit beschäftigt, den Ball unter Kontrolle zu halten. Gekonnt balancierte er den Fußball in Schlangenlinien auf das Tor zu. Seine Beine trippelten über den unebenen Boden und wirbelten Staub auf.

»Peter!«, rief sie lauter und winkte erneut, als sie auf ihn zumarschierte.

Er stoppte seinen Lauf und sah zu ihr. Sie nickte, als sie die Frage in seinen Augen aufblitzen sah. Peters Gesichtszüge veränderten sich. Sein verbissener Blick, der eben noch das Tor im Visier gehabt hatte, verschwand. Ein Raunen seiner Mannschaft folgte, denn der Spielball wechselte an die Gegner. Peter lief. Nicht dem Ball hinterher, sondern zu seiner Mutter.

»Ist was passiert? Bist du deshalb gekommen? Gibt es Neuigkeiten?«

Gisela zog ihn in ihre Arme und küsste ihn auf den Scheitel. Dann nickte sie. »Er kommt nach Hause, Peter. Dein Vater kommt zu uns zurück!« Tief atmete sie den Duft seines Haares ein. Ein wenig roch er noch wie das fünfjährige Kind, das er damals gewesen war, als Heinrich ihnen Lebewohl gesagt hatte.

»Ich wusste es! Ich hab's immer gewusst, dass er zurückkommen wird! Und du hast nicht mehr daran glauben wollen! Ich hab's dir gesagt, Mama!« Peter befreite sich aus der Umarmung und sprang in die Luft. So hoch er konnte.

KAPITEL VIERZEHN

Eilig liefen Gisela und Peter über das Bahnhofsgelände. »Entschuldigen Sie bitte! Ich hab hier eine Notiz vom Suchdienst.« Sie hielt einem Schaffner die Zugnummer entgegen.

»Der Zug aus Leningrad ...« Der Schaffner legte sich einen Finger an sein Kinn und tippte dagegen. »Tja, das ist schwierig. Da wissen wir nicht viel. Aller Voraussicht nach wird er gegen Mitternacht erwartet. Bahnsteig 3 warten auch schon welche. Nur, der Zug ist stundenlang in Warschau aufgehalten worden. Mit etwas Glück kommt er heute noch an ... Machen Sie sich aber nicht allzu viel Hoffnung. Manche Züge von da verspäten sich auch um Tage.«

»Tage?«, fragte Peter ungläubig und rückte seine Kappe zurecht.

»Egal. Dann warten wir eben. Auf das bisschen Zeit kommt's jetzt auch nicht mehr an«, sagte Gisela und dankte dem Schaffner für die Auskunft.

Etliche Frauen und ein paar Männer, von denen viele älter waren, saßen auf den spärlichen Sitzgelegenheiten am Bahnsteig oder standen in Gespräche vertieft herum, andere sahen ihren Kindern beim Spielen zu. Der Sturm hatte sich mittlerweile gelegt. Regen war keiner gekommen. »Hier, du Knallkopp!«, rief ein Mädchen und schoss seinem Bruder einen Ball an den Kopf. »Aua!« Der Junge sprang dem Ball hinterher, der auf das Gleis gerollt war. Kinder turnten auf den Sitzbänken herum oder spielten Fangen. Mädchen machten Hüpfspiele und sangen Lieder. Gisela stellte sich mit Peter in die Nähe einer Frau, die mit ihrer Tochter und einer anderen, grauhaarigen Frau etwas abseits des Trubels stand.

»Auf wen warten Sie? Ehemann, Bruder, Vater?«, fragte die Frau.

»Ehemann«, antwortete Gisela knapp.

»Ich auch. Lieber wär's mir ja gewesen, wenn er bei den Russen geblieben wär. Hat mich immer verdroschen, der verfluchte Kääl. Und seine Mutter auch.«

»Ach, red doch nicht so über den Jupp. Der hat sich halt nicht anders zu helfen gewusst.«

»Und nun müssen wir uns zu helfen wissen, denn er kommt nach Hause!«

»Mama, gehen wir da rüber. Da ist noch ein Platz auf der Bank frei. Dann können wir uns hinsetzen!«, schlug Peter vor und zog Gisela an der Hand mit sich, ehe sie etwas erwidern konnte.

Eine Stunde verrann ereignislos, dann die nächste. Das Gleis vor ihnen war leer und dunkel. Die Lampe tauchte den Bahnsteig in schummriges Licht. Gisela hatte einem älteren Ehepaar den Platz auf der Bank überlassen und saß nun, mit dem Rücken an eine Säule gelehnt, auf dem Steinboden. Auf ihren Oberschenkeln lag Peters Kopf. Er schlief. Müde vom Herumstreunen am Bahnhof war er vorhin eingeschlafen. Die meisten anderen Kinder auch. Kein Wunder, es war nach Mitternacht, und weit und breit war kein Zug zu sehen, der einfuhr.

»Diese Warterei!«, seufzte die ältere Dame. Das wiederholte sie jede Viertelstunde und wechselte dabei ihre Sitzposition.

Gisela nickte, wie jedes Mal, und drückte vorsichtig den Rücken durch, um Peter nicht zu wecken, als sie aus den Augenwinkeln ein Licht wahrnahm.

Sie sah in die Ferne. Es kam näher.

»Peter«, sagte sie leise und strich ihm über die Schulter. Sie musste seinen Namen nur einmal aussprechen, er war auf der Stelle wach und schoss hoch. Kreisrunde gelbe Lichter, die an einer Linie entlangrollten, bewegten sich auf sie zu. Ein Hupen ertönte, sodass es die Menschen aus dem Schlaf riss. Mit einem kreischenden Zischen fuhr der Zug neben ihnen ein und bremste ab. Spätestens jetzt waren auch die tief schlafenden Kinder wach geworden. Ein Pfeifen des Schaffners mischte sich unter das aufgeregte Geplapper auf dem Bahnsteig, während sich die Wartenden aufrappelten und auf den Zug zugingen. Einige Männer hatten die Köpfe aus den geöffneten Fenstern gestreckt und durchsuchten mit ihren Blicken die Menge. Es dauerte einen Moment, dann öffnete sich die erste Tür.

Gisela, die dicht neben Peter stand, fuhr sich angespannt über den Samtstoff ihres schönen grünen Kleids. Langsam verschwanden die Köpfe an den Fenstern, und Männer mit schmalen Stoffsäcken über der Schulter strömten aus den Waggons. Sie alle sahen ähnlich aus. Müde, ausgemergelte Körper, gezeichnet von den Jahren in Gefangenschaft. Doch da war auch etwas anderes, das Gisela in den Gesichtern las. Erleichterung. Den persönlichen Triumph, wieder zu Hause zu sein. Spätestens, als die Soldaten ihre Angehörigen entdeckt hatten oder ihre Namen rufen hörten, wich die Erschöpfung bei den meisten einem Strahlen. Wie Fische, die den Strom aufwärtsschwammen, schlängelten sich die Heimkehrer aneinander vorbei. Drängelten sich zu ihren Lieben, die sie in die Arme schließen wollten.

»Siehst du ihn schon?« Peter stand auf den Zehenspitzen und versuchte, seinen Vater in dem Chaos ausfindig zu machen.

Gisela inspizierte die Gesichter.

»Komm, Mama, hier ist zu viel Gedränge! Da können wir Papa gar nicht sehen. Lass uns weiter nach vorn gehen!« Peter zog Gisela mit sich.

»Halt! Warte!« Sie zeigte auf einen Mann, der soeben aus dem Waggon gestiegen war. Markante Kinnlinie. Braunes Haar. Breite Schultern.

»Ist er das, Mama?«

»Ich …« Sie sah genauer hin. »Ich weiß nicht. Vielleicht …« Sie winkte ihm flüchtig zu. In diesem Moment umarmte eine Frau den Mann so stürmisch, dass sie beinahe nach hinten gefallen wären.

»Das ist er nicht, komm weiter!« Peter drängte sich durch die Menge, und Gisela hatte Mühe, ihm zu folgen.

»Verzeihen Sie!« Da erst erkannte sie, dass sie einen jungen Mann gerempelt hatte, der an einem Stock ging. »Bitte entschuldigen Sie vielmals! … Warte, Peter! Jetzt warte doch!« Weiter. Immer weiter durch das Getümmel. Gisela sah in unzählige Gesichter, das von Heinrich fand sie nicht. Nun standen sie direkt vor dem Zug. Zwei weitere Personen verließen den vorderen Waggon. Weil es auf dem Bahnhof vor Menschen wimmelte, konnte sie sich keinen Überblick verschaffen. Gisela trat auf die Stufen des Eisenbahnwaggons und blickte in den Gang hinein.

Nichts. Sie gingen am Zug entlang. Peter sprang bei jedem Fenster hoch und schaute hindurch. Aber die Abteile waren leer.

Das Gewühl lichtete sich. Die Wiedersehensfreude verebbte. Kein Mensch stieg mehr aus. Manche von denen, die den Zug verlassen hatten, sahen sich noch immer suchend um. Was für ein Durcheinander!

»Er muss da vorne sein! Wir haben ihn nicht gesehen, weil er da vorne ausgestiegen ist.«

»Peter, jetzt warte doch, du weißt ja gar nicht, wie er aussieht!«

»Doch, Mama. Ich erkenne ihn. Glaub mir!« Er zog Gisela an der Hand mit sich. Wie oft hatte er sich das Hochzeitsfoto von Gisela und Heinrich angesehen? Es musste förmlich in seinem Kopf wie eine eigene Erinnerung kleben.

Nun stellte sich Gisela auf Zehenspitzen und versuchte, über die Menge zu blicken, aber sie war zu klein. Rund um einen Mann vom Roten Kreuz, der eine Liste in der Hand hielt, hatte sich eine Traube von Menschen gebildet.

»Wir fragen bei ihm nach!« Gisela deutete auf den Mann. Sie reihten sich ein.

»Liebling!« Die Männerstimme ließ sie innehalten. Finger griffen an Giselas rechte Schulter und versuchten, sie umzudrehen. Sie ging mit der Bewegung mit und blickte ... in ein fremdes Gesicht.

»Verzeihung, ich dachte ... Ich suche meine Verlobte. Sie hat eine ähnliche Frisur ...«

Gisela rang sich ein Lächeln ab.

»Jette, mein Schatz! Ich hab gedacht, ich seh dich nie wieder«, vernahm sie an einer anderen Stelle, und ein Mann mit Vollbart schloss ein Mädchen mit blondem Pagenkopf, das sicher noch keine achtzehn war, in die Arme. Sie stutzte und sah hilfesuchend zu einer Frau, die unweit von ihr stand.

»Aber Hans, ich bin's doch. *Ich* bin deine Henriette«, sagte sie zu dem Mann, der noch immer das Mädchen umarmte. »Das ist die Elke. Deine Tochter!«

»Elke? Die kleine Elke? Das bist *du*?« Er entließ sie aus seiner Umarmung und betrachtete sein Kind von oben bis unten.

Großer Gott! So viele Jahre waren vergangen, dass der Mann nicht mal mehr seine eigene Frau erkannte und in der Tochter die Ehefrau sah, die er zurückgelassen hatte.

»Heinrich Eder. Wir suchen Herrn Heinrich Eder.« Endlich war Gisela an der Reihe, und der Koordinator hatte sich mit seiner Liste ihr zugewandt. »Heinrich Eder. Geboren am 9. November 1912 in Köln. Wohnhaft in ...«

»Einen Heinrich Eder hab ich hier stehen. Allerdings geboren in Münster. Am 9. Dezember 1903.«

»Nein, das muss ein Fehler sein. Mein Mann ist im November geboren. Im Jahr 1912. In Köln.«

»Bedaure. Heinrich Eder, geboren am 9. Dezember in Münster«, wiederholte der Mann und klopfte auf die Liste, als schüttele er die Wahrheit aus ihr heraus. »Steht hier schwarz auf weiß. Und wenn sie ihn noch nicht gesehen haben, dann wird er auch nicht im Zug gewesen sein.« Der Koordinator drehte sich zu einer anderen Frau um, die ihm zwei Namen zurief.

Gisela sah ratlos zu Boden. Als sie den Kopf wieder hob, traf ihr Blick auf Peters, und die Enttäuschung in seinem Gesicht wurde zu ihrer eigenen.

»Wir warten noch. Das muss ein Fehler sein. Wir warten, bis sich das Chaos gelegt hat ... und bald wird nur noch Papa übrig bleiben«, sagte sie und fasste nach Peters zitternder Hand.

Um sie herum wurden Wiedersehenstränen vergossen, Umarmungen und Küsse verteilt. Aber auch befremdliche, kaltherzige Wiedersehen konnte Gisela beobachten. Peter sah zu einem Mann, der seinen Sohn herzte, der in etwa so alt war wie er selbst. »Die wuscheligen Locken hast du behalten, was? Wie groß und stark du geworden bist! Ein richtiger Mann bist du geworden«, sagte er und nahm seinen Sohn in den Schwitzkasten. Der Junge lachte auf.

Irgendwann sah Peter nicht mehr zu den wenigen Personen, die noch übrig geblieben waren, sondern sondierte die Unebenheiten und Risse des Bodens. Gisela rückte nah an ihn ran, sodass sie Arm an Arm standen. Noch dichter hätten sie nicht stehen können. Sie bildeten eine Einheit, und doch fehlte plötzlich etwas, das sie vervollständigte. Ein Teil aus ihrer Vergangenheit, mit dem sie noch immer verbunden waren.

Die Menge löste sich auf. Die Personen, die vorhin mit Gisela und Peter stundenlang gewartet hatten, verließen mit ihren Familien den Bahnsteig. Einige von ihnen gingen allein weg.

Bald waren nur noch Gisela und Peter von den Angehörigen übrig.

Sie standen auf der Plattform, als warteten sie auf einen einfahrenden Zug.

Der Zug vor ihnen war leer. Selbst der Lokführer hatte ihn verlassen. Die Türen waren geschlossen worden.

»Gehen Sie nach Hause. Da kommt heute niemand mehr«, sagte der Mann vom Suchdienst und packte die Liste in seinen Aktenkoffer. »Sie warten umsonst.«

Sie hatten umsonst gewartet. All die Jahre.

Peter presste die Lider zusammen. Kurz darauf quollen Tränen hervor und rannen über seine Wangen. Er weinte leise, aber sein Oberkörper bebte. Gisela zog ihn in eine Umarmung. Sie wollte für ihn da sein. Ihn halten. Ihn stützen und ihm sagen, dass am Ende alles gut werden würde. Stattdessen kämpfte er sich aus ihrem Griff und taumelte zur Seite. Wütend trat er gegen eine Säule und fluchte. Seine Schultern zitterten. Er wusste nicht, wohin mit seinem Zorn, also boxte er weiter die Luft. Gisela hatte Peter immer Halt geben können. Das Fehlende ein Stück weit aufgefüllt, das er vermisst hatte. Doch gegen die Enttäuschung, die er gerade empfand, war sie machtlos. Sie konnte nicht im Geringsten etwas ändern.

Alles, was sie konnte, war, ihn der Flut des Lebens anzuvertrauen. Und sich gemeinsam mit ihm davontragen zu lassen.

Denn woran hielten sie nach all der Zeit noch fest?

KAPITEL FÜNFZEHN

»Der gute Herr Lachmann ist heute wohl in den Pomadetopf gefallen.« Frederike sah kichernd in Giselas Richtung und hatte Mühe, den Blick von der Frisur des Buchhalters loszureißen.

»Wetten, der kann dadrauf Kartoffeln brutzeln?«, flüsterte Ingrid Gisela zu, während sie die Vermittlung in die Verkaufsabteilung verband.

Aschbraune Strähnen klebten dem Buchhalter an den Schläfen. »Reine Verschwendung, das Pfund Frisiercreme in seinem Haar.« Grinsend stöpselte Gisela das Ende eines Kabels in die passende Öffnung. »Versicherungsanstalt Pering, bei uns ist alles in sicherer Hand. Mit welchem Teilnehmer darf ich verbinden?«

»Jetzt beugt er sich auch noch über Julia, als würde er ihr am Ohrläppchen knabbern wollen«, sagte sie und überlegte, wie sie ihre Freundin retten könnte. Vielleicht mit einem kleinen Herzanfall. Wäre nicht verwunderlich nach der letzten Nacht.

»Ihr das Ohr *abbeißen* trifft es wohl eher. Igittigitt!« Frederike schüttelte es am ganzen Körper. Der Lachmann war ein Poklapse austeilender Möchtegernfrauenheld, wie er im Buche stand. Immer wieder kam er in der Telefonzentrale vorbei, »um nach dem Rechten zu sehen«. Er war sich seiner Stellung in der Versicherung bewusst und drehte am liebsten dann eine Runde bei den Telefonistinnen, wenn Gudrun nicht anwesend war.

Der Lachmann machte einen Witz, worüber Julia die Stirn kräuselte. »Bedaure, ich habe nicht verstanden, worum es ging.«

»Aber Fräulein Julia.« Er setzte erneut an, den Witz zu erzählen, und lehnte sich noch näher an sie. »Geht ein Fräulein auf den Markt ...«

Auf einmal ertönte ein Klatschen, das den Buchhalter innehalten ließ. »Die anwesenden Fräuleins gehen heute nirgendwo hin. Nicht mal gedanklich! Sie haben zu arbeiten, Herr Lachmann. Ansonsten würde alles im Hause stillstehen, und das kann ich nicht dulden.« Gudrun war soeben in der Tür erschienen. Neben ihr stand Charlotte, Anton von Siebenthals Nichte, die den Buchhalter auf eine Weise ansah, als würde sie ihm gleich mit ihrer Handtasche eins überbraten wollen.

Julia schloss die Augen und murmelte etwas, das Gisela als Dankgebet interpretierte. Selten war wohl eine Telefonistin froher über die Ankunft ihrer »stürmischen Majestät« gewesen. Diesen neuen Titel hatte Julia der Aufseherin vor wenigen Tagen verliehen.

Doch Lachmann war klebrig wie die Frisiercreme in seinen Haaren. »Fräulein Julia, würden Sie mir die Ehre erweisen, später mit mir eine Tasse Kaffee im Pausenraum zu trinken?«

Julia riss die Augen auf. Theatralisch fächelte sie sich Luft zu. »Um Himmels willen, *Herr Lachmann*. Ich darf doch noch gar keinen Kaffee trinken. Wissen Sie denn nicht, wie alt ich bin? Meine Eltern haben es strengstens verboten. Das darf ich erst, wenn … na wenn … Sie wissen schon … meine monatliche …«

Brüskiert richtete sich der Lachmann die Krawatte. »Fräulein Julia, bitte verzeihen Sie, dann habe ich die Situation falsch eingeschätzt. Ich dachte, Sie wären älter und würden meine Gesellschaft … Nun denn, die Arbeit wartet. Es ist allerhöchste Zeit. Wir hören uns, wenn … also wenn …«

»Wenn es so weit ist. Ich werde Ihnen als Erstem davon berichten.« Julia lächelte zuckersüß.

Gisela wäre vor Erheiterung beinahe vom Stuhl gekippt. Abgelenkt nahm sie das Telefonat entgegen, dessen Lämpchen an ihrem Pult aufleuchtete. Die Aufregung um den Lachmann hatte ihr gutgetan, die letzte Nacht drückte müde auf ihre Augenlider und hatte ihr Herz lethargisch gestimmt. Der Buchhalter ging zu der Ablage, wo das Kassenbuch lag, und entnahm ihm die Belege, die Gudrun für ihn gesammelt hatte. Die neugierigen Blicke der Telefonistinnen, die eben noch die Szene um Julia beobachtet hatten, huschten zwischen den Schaltschränken und Antons Nichte hin und her.

»Darf ich vorstellen? Das ist das Fräulein Charlotte.«

»Charlie«, verbesserte diese die Aufseherin und verdrehte die Augen, als wäre Gudrun nicht ganz richtig im Kopf.

»Nun … das Fräulein Char*lie* wird als Telefonistin hier zu arbeiten beginnen. Ab sofort.«

Ein erstauntes Raunen zog durch den Raum, während Lachmann die Belege in seine Aktenmappe stopfte.

»Aber es ist doch kein Platz frei.« Frederike deutete mit der Hand um sich.

»Sie setzen sich auf Hannis Platz. An den äußeren Rand.«

»An den Rand? Normalerweise habe ich immer die besten Plätze. In der Mitte versteht sich.« Charlie blickte sich um, als suche sie ihren Logenplatz.

»Bedaure, hier werden die Plätze den Fertigkeiten nach zugeteilt. Man zahlt hier nicht im Voraus. Man erarbeitet sich seine Stellung.« Gudrun zeigte auf den Stuhl neben dem Aktenschrank und hätte vermutlich noch ein »Husch, husch« nachgesetzt, wenn es sich nicht um die Nichte des Finanzchefs gehandelt hätte.

Gisela wurde flau im Magen. Was hatte das zu bedeuten? Hanni war in der Vergangenheit öfters mit Gudrun aneinandergeraten, nur Gisela hätte schwören können, dass die Aufseherin Hanni auf ihre Art mochte. Und nun bekam die Neue Hannis Platz?

Herr Lachmann, dem ein Beleg auf den Boden direkt vor Charlottes Füße gefallen war, ob Versehen oder Kalkül, musterte ihre Perlonstrümpfe – vielmehr den Inhalt davon – und erhob sich langsam vor ihr. Zufällig streifte er Charlottes Wade und grinste ähnlich uncharmant, wie sein Haar glänzte.

»So wird ein Fräulein im Haus begrüßt?« Charlie sah ihn mit hochgezogener Braue an.

Der Buchhalter antwortete mit einem spitzbübischen Lächeln, deutete ihren Blick offenbar als Aufforderung, und strich sich eine Haarsträhne hinter das Ohr. »Jede auf eine ganz besondere Weise, verehrtes Fräulein Charlie.« Dann erhob er sich und trat vor sie.

»Für Sie noch immer Siebenthal. *Von Siebenthal.*«

Lachmanns Lächeln gefror, während Charlies immer breiter wurde.

»Sie sind ein wahrer Gentleman. Da wird sich mein Patenonkel bestimmt freuen, davon zu hören. Wie hießen Sie noch gleich? Lachmann? Aus der Buchhaltung?«

Die Frisiercreme in seinen Haaren schimmerte dunkel vor Schweiß.

»Mein Onkel, Herr von Siebenthal, wird begeistert davon sein, dass Sie eine Dame auf diese Weise im Haus willkommen heißen. Ihr Charme und die bereitwillige Offensive, die sie dabei zeigen, passen vorbildlich zum Leitspruch der Versicherung.«

Lachmanns Adamsapfel hüpfte hektisch auf und ab. Schnurstracks zog er seine Finger zurück, die sich gefährlich nahe an Charlottes Oberarm befunden hatten. »Sie entschuldigen, das Kassenbuch wartet«, sagte er, presste die Aktenmappe an seine Brust und bedachte die Damen mit einem tiefen Diener. In Windeseile war er aus dem Separee verschwunden. Gisela und Frederike lächelten sich triumphierend zu, während Charlotte so langsam zu Hannis Platz schlenderte, als wolle sie verdeutlichen, dass ein Lämpchen nicht kaputt ging, nur weil es länger als zehn Sekunden leuchtete. »Würde mir bitte jemand einen Kaffee bringen, ehe ich mit dem Telefondienst beginne?« Charlie sah sich fragend um, als erwartete sie, dass eine der Telefonistinnen aufsprang und sich für den Service meldete. »Ich hatte heute noch keinen. So früh aufzustehen ist an sich schon beschwerlich. Da konnte ich mir unmöglich noch Kaffee zubereiten.«

»Aber natürlich!«, erwiderte Gudrun. »Mit Sahne und Zucker?« Während sie das fragte, rückte sie Charlie den Stuhl zurecht.

»Eine fabelhafte Idee, Frau Sturm. Würfelzucker bitte. Notfalls nehme ich auch losen Kristallzucker. Zwei Löffel.«

»Ich würde vorschlagen, Sie radeln gleich nach Ihrem Dienst zur Zuckerrohrplantage«, sagte Gudrun. »Die nächste befindet sich meines Wissens in Brasilien.«

Einige der Telefonistinnen kicherten, doch das leise Gelächter verstummte sofort wieder.

Charlottes Miene, die sich bei dem Gedanken an Kaffee aufgehellt hatte, verdunkelte sich. »Mein Onkel, Herr von ...«

»Herr von Siebenthal, ich weiß. Trinkt seinen Kaffee übrigens schwarz. Und die Kaffeepause findet in drei Stunden statt. Insofern Sie fleißig Ihren Dienst verrichten.« Gudrun bedeutete der Neuen, Platz zu nehmen.

Charlie sog scharf Luft ein und setzte sich widerwillig auf Hannis Stuhl. »Wären Sie bitte so freundlich und würden mir zumindest erklären, wie ich dieses seltsame Gerät zu bedienen habe? Ich musste in meinem Leben ja noch nicht arbeiten.« Mit einer lahmen Handbewegung deutete sie an den Schaltschrank.

»Das wird Frau Eder übernehmen. Gisela, sind Sie so frei und weisen Herrn von Siebenthals Nichte in unsere Arbeit ein?«

Charlie fluchte leise und versuchte, die Kabel zu entwirren, die aus den Öffnungen hingen. Als Gisela aufstand und an Hannis Platz ging, flüsterte ihr Gudrun etwas ins Ohr: »Seien Sie ruhig streng mit der Neuen. Nur nichts gefallen lassen. Herr von Siebenthal hat es angeordnet. Sie braucht eine entsprechende Führung, hat er gemeint. Sonst wäre sie so unbrauchbar wie ein Huhn auf dem Schlachtfeld.«

»Meine Damen, trotz all der Aufregung heute Morgen ... bitte vergessen Sie nicht: Wir arbeiten immer fleißig. Da darf kein Lämpchen länger als zehn Sekunden aufleuchten. Und nun entschuldigen Sie mich. Herr Pering wünscht, mich zu sprechen. Es geht um einige personale Veränderungen im Haus. Und Gisela, zeigen Sie Fräulein Charlie dann in der Pause, wo sie ihre Tasse Malzkaffee bekommt.«

»Malzkaffee? Igitt. Wie grässlich. Davon bekomme ich Bauchschmerzen. Da verzichte ich lieber!«

Gudrun zuckte mit den Schultern. »Wir hätten alle nichts dagegen, Bohnenkaffee zu trinken. Bringen Sie diesen Vorschlag doch bitte bei Ihrem Onkel ein.«

Charlie zog eine Schnute und setzte sich den Kopfhörer gleich mal falsch auf.

* * *

Müde saß Peter beim Abendessen und gähnte. Das Glas Wasser, das vor ihm stand und das er kaum angerührt hatte, schob er mit seiner Hand auf der Tischplatte hin und her, sodass ein kratzendes Geräusch ertönte.

»Bist du noch immer enttäuscht?«, fragte Gisela überflüssigerweise. Sie ging auf Peter zu und strich ihm über das kurze Haar. Dann schloss sie das Konfitüreglas, das vor ihm auf dem Tisch stand. Peter mochte am Abend am liebsten süße Brote – das Stück Käse lag unangetastet auf dem Teller.

»Schon wieder fast leer«, murmelte sie, als sie das Glas in der Hand wog. Erst vor zwei Tagen war sie einkaufen gewesen. Aber alles Süße im Haus war schneller weg, als sie den Namen Peter buchstabieren konnte.

»Dann besorg ich uns halt ein Neues«, sagte er.

»Untersteh dich, eines zu stehlen.«

»Dann kauf doch eins!«

Das würde sie gerne. Am liebsten jeden Tag, aber dazu reichte das Haushaltsgeld nicht.

»Das wäre alles anders, wenn Papa bei uns wäre. Dann hätten wir bestimmt auch ein volles Honigglas. Dann wäre alles viel einfacher ... und schöner.«

Das *schöner* traf Gisela und verletzte sie auf eine bislang unbekannte Weise. Peter war ihr gegenüber nie schroff oder ungehalten gewesen. Doch nun wuchs er zu einem jungen Mann heran, dem die Führung fehlte. Eine männliche Unterstützung hätte sie im Haus gut gebrauchen können.

Schon seltsam, dachte Gisela, dass Peter an jemandem hing, an den er sich nicht erinnern konnte. Wahrscheinlich gefiel ihm die Vorstellung, dass er einen Papa bekäme ... Obwohl so viele Kinder aus seiner Klasse oder aus seiner Fußballclique keinen mehr hatten. Aber ein Vater wurde unter den Kindern wie ein Juwel gehandelt. Vor allem die guten, die nicht traumatisiert zurückkamen.

Als Antwort auf seine Boshaftigkeit gab sie ihm einen Kuss auf den Scheitel, woraufhin er eine Schnute zog. Vor nicht allzu langer Zeit hätte er noch die Augen geschlossen und seinen Mund zu einem Lächeln geformt.

»Wer war das eigentlich, der dich zum Eisenmarkt gefahren hat?« Peter schleckte sich den Zeigefinger ab, an dem noch ein kleiner Kleks Konfitüre hing.

»Ein Arbeitskollege aus der Versicherung.«

»Und der verdient so viel Geld, dass er sich so einen feinen Wagen leisten kann?«

Gisela zuckte mit den Schultern. »Sieht so aus.«

»Kannst du nicht auch dasselbe machen wie er?«

Gisela musste lachen. »Mein Lieber, ich bin eine Telefonistin. Herr von Siebenthal ist der Finanzchef des Hauses.«

»Finanzchef.« Peter pfiff einen langen Ton. »Dann kennt er sich also mit Geld aus. Er hat bestimmt ganz viel davon. Ob wir mal in seinem Auto mitfahren können?«

Gisela setzte sich zu ihm an den Tisch und sah ihn liebevoll an. »Nein, das denke ich nicht. Er ist mein Vorgesetzter, und es war eine Ausnahme aufgrund der dringlichen Angelegenheit, dass er mich gefahren hat. Er ist nur behilflich gewesen.«

»Schade. Wir könnten einen Freund mit Auto gebrauchen. Dann könnten wir auch mal einen Ausflug machen. Albrecht würde bestimmt gerne mitfahren! Und Ursula wahrscheinlich auch.« Peter suchte seine Finger nach Konfitüre ab. Aber da war nichts mehr, was er hätte abschlecken können.

»Kein Freund. Bloß jemand aus der Arbeit. Mehr nicht«, sagte Gisela, stand auf und drehte sich um, denn sie spürte, wie ihr die Hitze in die Wangen gestiegen war. Rasch schnappte sie nach einem Lappen und wischte die Brösel vom Tisch. Wenn Peter aß, sah es immer aus, als hätte er Berge von Brot vertilgt. Dabei genügte schon ein kleines Stück, damit es so wirkte, als hätten mehrere hungrige Mäuler ihm Gesellschaft geleistet.

Freund. Gisela dachte darüber nach, was Anton für sie war.

»Stell dir vor, der Vater vom Hans ist vor ein paar Tagen heimgekommen. Das wollte ich dir gestern noch erzählen, aber dann hab ich's vergessen.«

»Hans? Von welchem Hans? Doch nicht der Pflaumer-Sohn? Der ist ja gefallen.« In einem Bottich wrang Gisela den Lappen aus.

»Nein, nicht der. Der Hans mit der Narbe auf der Stirn, der mit mir in dieselbe Klasse geht. Und im gegenüberliegenden Haus im Keller wohnt. Mit seiner Mutter, die nicht mehr richtig laufen kann, weil ihr rechtes Bein verdreht ist. Der, der die zwei älteren Schwestern hat.«

»Ach, der Neffe von der Else ... Wirklich? Der ist heimgekommen?«

»Ja, sie hatten ihn schon für tot gehalten, und dann

stand er eines Morgens einfach vor ihrer Tür. Niemand hat sie davor verständigt.«

Gisela drehte sich zu ihrem Sohn um und sah ihn entschieden an. »Peter, vielleicht sollten wir nach gestern Nacht damit auf...«

»Schtt. Noch wissen wir ja nichts.« Er trank seinen Becher aus und wischte sich mit dem Armrücken den Mund ab.

»Er war nicht im Zug. Sie wissen nicht, wo er ist. Wunder geschehen leider viel zu selten.« Gisela wollte nicht aussprechen, dass Heinrich vermutlich gar nicht mehr lebte. Dass er nicht zu ihnen zurückkommen würde. Dass Peter nichts – außer den verblichenen Erinnerungen und dem Holzrennauto – von seinem Vater geblieben war. Wie oft waren sie vergeblich zum Suchdienst des Roten Kreuzes gegangen. Wie oft hatten sie gemeinsam am Fenster gesessen und darauf gehofft, Heinrich dabei zu entdecken, wie er über den Buttermarkt spazierte. Doch nach gestern Nacht war keine Zuversicht mehr in ihr übrig. Schlimmer noch, sie hatte das erste Mal ernsthaft daran gedacht, ihn für tot erklären zu lassen. Bis in die frühen Morgenstunden hatte sie wach gelegen und sich von der einen Seite auf die andere gewälzt. Das Ticken der Uhr war ihr wie das Ablaufen von Heinrichs Lebenszeit vorgekommen. *Heinrich für tot erklären zu lassen.* Großer Gott, sie verachtete sich für den Gedanken. Aber vielleicht fehlte genau dieser Teil, damit sie abschließen konnten.

Es war doch schon so vieles geschafft. Mit jedem Monat, der verging, sah die Wohnung freundlicher aus. Mit jeder Woche, die vorbeizog, fühlte sie, wie die Last auf ihren Schultern leichter wurde. Und seit... seit diesem einen Tanz mit Anton, war es, als wäre die Heiterkeit in ihr befreit worden, als dürfe sie in einer anderen Richtung Hoffnung schöpfen. Sie verurteilte sich für das Verlangen, das so unbeherrschbar war, dass sie am liebsten aus ihrem Körper schlüpfen würde. Und doch war die Begierde, die in ihr brodelte, wie ein erfrischendes Sommergewitter, in dem sie tanzen und all ihre Grundsätze aufgeben wollte.

Es waren verstohlene Blicke gewesen, die wie ein Feuer auf ihrer Haut brannten. Sanfte Berührungen, die so behutsam waren, dass sie ebenso gut aus ihrer Fantasie hätten stammen können. Zaghafte Lächeln, die kaum zu deuten waren. Beim Tanzen hatten Anton und sie sich Blicke zugeworfen, in denen Fragen lagen, auf die es keine Antworten gab. Er hatte sich am Ende vor ihr verneigt, obwohl er stets den Eindruck vermittelt hatte, sich vor niemandem zu beugen. Dann hatte er ihre Hand genommen und ihr einen Kuss daraufgehaucht, der wie ein Zugeständnis war. Sie hatte das Prickeln unter ihrer Haut gespürt. *Das war alles.* Mehr nicht. Mehr war nicht geschehen. Und doch war so vieles geschehen.

»Mama, du hörst mir ja gar nicht zu!«
Peter riss Gisela aus ihren Gedanken.
»Morgen spielt der FC Köln. Albrecht und ich gehen am Nachmittag zum Fußballspiel. Der Neue, der Benno Schmied, steht im Tor.«
»Habt ihr denn Eintrittskarten?«
»Nein, wo denkst du hin. Wir schleichen uns rein.«
»Peter!« Gisela wirbelte herum und sah ihren Sohn eindringlich an. »Nicht, dass du wieder Ärger bekommst!«
»Und du dann wieder zum Pering rennen musst?« Ein verschmitztes Lächeln legte sich auf seine Lippen, das Gisela mit einem scharfen Blick wegwischte.
»Das werde ich nie wieder tun! Hast du verstanden?«,

sagte sie und schnappte nach dem leeren Becher.»Und nun machst du deine Hausaufgaben!«

»Hab ich fertig. Mir fällt nichts mehr ein.« Sie bückte sich und nahm sein Schulheft in die Hand, das auf dem Boden neben der Bank lag. Als sie es aufschlug, seufzte sie. Peter hatte nur die erste Aufgabe erledigt.

* * *

Seit Kurzem gab es im Präsentationsraum der Versicherung einen Fernsehempfänger, der zu Firmenpräsentationszwecken angeschafft worden war. An einem langen Tisch aus Nussholz standen bequeme Polsterstühle. Eine Vase mit Sonnenblumen verlieh dem Raum eine frische Note. Julia hatte das Zimmer vor wenigen Tagen entdeckt, als sie abends nach Dienstende durch die Versicherungsräumlichkeiten geschlichen war, um zwei Bleistifte und ein paar Blatt Papier für den Schulbesuch ihrer Schwestern zu stibitzen. Es war nicht rechtens, was sie tat, aber in der Versicherung gab es reichlich davon. Würde allerdings jemand dahinterkommen, würde sie ihre Stelle verlieren.

»Meint ihr, wir dürfen den mal anmachen?« Hanni sah Julia und Gisela an und trat zu dem Fernsehgerät, das in der Mitte des Zimmers auf einem Holztisch stand.

»Wir können bestimmt so frei sein und testen, ob er sich einschalten lässt. Eine Art Überprüfung«, erwiderte Julia, die die Schubladen der Anrichte öffnete und deren Inhalt inspizierte.

Gisela blieb neben dem Tisch stehen und fuhr mit ihrer Hand an den Seiten entlang. »Feinste Verarbeitung, außergewöhnliche Schnitzereien.«

Hanni musterte unterdessen die vielen Knöpfe an dem

Fernsehapparat. »So ein Ding hab ich nur in den Fernsehstuben gesehen, in die wir zwecks der Propaganda gegangen sind.«

»Ich nicht«, sagte Julia. »Damit bin ich schon in der Schule beschallt worden ... Schau sich das mal einer an! Ein echter Kühlschrank. Ich werd verrückt!« In einem der Schränke war ein Eiskasten eingebaut, der eine absolute Rarität war. Man kühlte die Lebensmittel im Keller, alles andere war kaum aufzutreiben und wenn doch, nicht erschwinglich. Julia öffnete den Eiskasten und pfiff anerkennend. »Verehrte Kolleginnen, wie wäre es mit einem kühlen Glas Wein?« Sie zog eine Flasche heraus und musterte das Etikett. »Rheinwein«, rief sie zu Gisela und Hanni hinüber. »Sehr gesund. Hat meine Großmutter immer gesagt.«

»Julia, leg sofort die Flasche zurück!« Gisela schüttelte den Kopf und sah von der einen Kollegin zur nächsten. »Und Hanni, du hör auf, an den Knöpfen zu drehen, sonst geht der Apparat noch kaputt. Was, wenn sie uns hier erwischen?«

»Der lässt sich nicht einschalten. Wahrscheinlich ist er schon kaputt.« Hanni drehte weiter an den Knöpfen und hatte plötzlich einen der Drehknöpfe in der Hand. »Ach, du liebe Güte, das wollt ich jetzt nicht.« Sogleich ertönte ein Rauschen und das Bild begann zu flimmern.

»Bring den Knopf wieder an! Hörst du? Und dann verschwinden wir!«

»Entspann dich, Gisi. Um diese Zeit kommt niemand. Der Raum wird erst wieder am frühen Nachmittag benutzt. Das hab ich in den Eintragungen von Carla gesehen ... Und du kannst die Entspannung wirklich gut gebrauchen! Sieh dich doch mal an!« Julias Blick war genauso verlockend wie ein Nickerchen in einem der Polsterstühle.

»Wir wollten uns im Raum nur umschauen, nicht so tun, als gehörten wir hierher.«

»Aber wir gehören doch hierher«, erwiderte Julia. »Immerhin tragen wir alle Dienstkleidung. Und der schmucke Pausenraum ist nun mal wirklich nicht zu gebrauchen. Da sind wir uns alle einig. Wir haben etwas Besseres verdient. Das hier zum Beispiel.«

Plötzlich schwang die Tür auf.

»Hab ich euch erwischt!«

Julia wäre beinahe die Flasche aus der Hand gefallen. Sie konnte sie gerade noch rechtzeitig auffangen.

»Darlings! Was macht ihr denn für Sachen? ... Ohne mich!«

Julia entspannte sich wieder und sah, wie Hanni versuchte, den Knopf wieder am Fernsehgerät anzubringen. Natürlich hatte Erna Wind davon bekommen, dass sie hier waren, obwohl keine von ihnen ihr gegenüber ein Wort hatte fallen lassen. Aber Erna war ohnehin über jeden Toilettengang im Haus informiert.

»Du kommst genau im richtigen Moment!«

»Hattest du etwas anderes erwartet, Darling?«

»Möchtest du ein Glas Rheinwein? *Gekühlt?*«, fragte Julia und deutete auf einen der Stühle. »Setz dich schon mal. Ich beginne gleich mit dem Service.«

»Ein gediegenes Glas Wein zu Mittag? Wie bei den Franzosen? *Oui, oui,* nur her damit!« Erna ging an den Wänden entlang und betrachtete die Landschaftsbilder. »Wie in einem Museum«, befand sie und setzte sich. »Und sehr bequem. Wie im Hotel Excelsior. Ein Raum ganz nach meinem Geschmack.«

»Hast du nichts davon gewusst?«

»Doch, natürlich. Ich wäre allerdings nie auf die Idee

gekommen, hier wie eine Königin reinzumarschieren und auf diesem Thron Platz zu nehmen. Aber der Pering ist in einer Besprechung, und einen Böck, der im Haus wie ein Hund auf Beutefang herumschnüffelt, gibt es nicht mehr. Sein Nachfolger ist offiziell beim Segeln am Comer See, und der Siebenthal ist nach Hause gefahren, um nach seiner Frau zu sehen.«

»Mitten am Tag?« Gisela runzelte die Stirn.

»Hab ich's endlich geschafft, du blöder Knopf! Die Hände einer Schneiderin vollbringen wahre Wunder«, rief Hanni und stolperte sogleich mit einem Aufschrei zurück: Walter Pering war in Schwarz-Weiß auf dem Bildschirm erschienen.

»Ob Feuerversicherung, Diebstahlversicherung oder Autoversicherung! Bei uns ist alles in sicherer Hand!«, verkündete er und fuhr fort: »Sie können sich auf die Versicherung Pering verlassen! Nehmen Sie noch heute Kontakt zu uns auf, und wir werden Ihr Hab und Gut absichern, damit Sie auf der sicheren Seite des Lebens stehen! Versicherung Pering – allzeit gut versichert sein!« Zum Abschluss wurde ein Schriftzug mit der Adresse und Telefonnummer der Versicherung gezeigt.

»Kann man damit auch was Sinnvolles empfangen?«, fragte Julia und fand endlich den Flaschenöffner.

»Du meinst Filme?« Hannis Augen wurden groß, vermutlich dachte sie an die romantischen Komödien, die sie sich gern im Kino ansah.

»Wenn die rausfinden, dass eine Flasche geklaut wurde …«, stöhnte Gisela. »Das kostet uns Kopf und Kragen! Herrje, wenn Peter sich auch so entwickelt, dann kann ich nur noch bei der Polizei um Gnade betteln.«

»Ach, Darling, *calm down*. Jetzt genießen wir erst mal die Mittagspause, das haben wir uns verdient.«

»Du kannst mich mal. *Komm daun*«, wiederholte Gisela.
»Was soll das überhaupt heißen? Du immer mit deinen englischen Wörtern!«
»Dass du deinen schönen Hintern auf einen dieser schönen, bequemen Sessel setzen sollst! Damit du *schön* entspannen kannst.«
»Heute ist wirklich unser Glückstag!« Julia fand in einem der Schränke Cracker und Kekse. Sie legte die Verpackungen mitten auf den Tisch und nahm vier Gläser aus der Vitrine. In drei goss sie Wein, in eines Sprudelwasser.
Gisela lehnte dankend ab und ging zur Tür. »Das macht ihr mal lieber ohne mich.«
Just in dem Moment, als sie nach der Klinke greifen wollte, senkte sich diese wie von Zauberhand nach unten.
Gisela wich zurück, denn die Tür schwang in ihre Richtung auf.
Charlie stand davor und hatte ein teuflisches Grinsen im Gesicht. »Was gibt's denn hier zu feiern?« Sie sah auf die Flasche Wein und die Gläser. »Wie schade, dass ich nicht eingeladen wurde. Ich hätte euch gern Gesellschaft geleistet.«
»Wir ... also, das ist nicht ...«, stammelte Gisela.
»Wonach es aussieht? Ich sehe ganz genau, wonach es aussieht. Und welche Folgen es für euch haben wird! Noch einen schönen, unbeschwerten Tag, die Damen!« Damit drehte sie sich um und ging davon.
»Großer Gott. Die wird zu von Siebenthal laufen und uns verpetzen!«, rief Hanni.
»Oder schlimmer noch, gleich zum Pering! Los, machen wir, dass wir rauskommen.« Erna rannte los.
Ruckzuck war der Raum wie leer gefegt.
»Das ist jetzt auch egal! Kommt wieder zurück!«, rief Ju-

lia, aber ihre Kolleginnen waren längst über den Flur verschwunden. »Zu schade ... dabei hat die Feier doch noch gar nicht angefangen«, murmelte sie vor sich hin. Sie waren erwischt worden, und hundertprozentig würde Charlie ihrem Onkel alles erzählen. Die wartete doch nur auf einen Fehltritt wie diesen. Immerhin brauchte sie – aus welchem Grund auch immer – die Stelle als Telefonistin, und wenn zwei oder drei von ihnen gehen mussten, konnte sie – bar jeder Kompetenz – einen der besten Plätze in der Telefonzentrale ergattern.

Schulterzuckend ließ sich Julia mit ihrem Glas Sprudelwasser auf den Stuhl plumpsen, der am Kopfende stand. Sie legte die Beine auf den Tisch und überkreuzte sie. In diesem Moment kam sie sich vor wie die Chefin des Hauses.

Ja, genau so sollte sich ihr Alltag in der Versicherung anfühlen. Sie riss die Tüte Sunshine Hi Ho Crackers auf, nahm einen der krossen Cracker heraus und legte ihn sich auf die Zunge. Als sie knackend darauf biss, schloss sie die Augen. Ach, was hatte sie in der Vergangenheit alles verpasst! Und wie gut, dass sie diesen Garten Eden gefunden hatte. Auch wenn sie bald wieder aus dem Paradies vertrieben werden würde ... Aber dieser eine Moment, der gehörte ihr.

KAPITEL SECHZEHN

»Diese Arbeit ist dermaßen beschwerlich, dass ich schon Kopfschmerzen habe«, schimpfte Charlie und legte den Kopfhörer ab, um sich die Schläfen zu massieren.

»Immerhin hat sie eine halbe Stunde ohne Nörgeln geschafft«, flüsterte Frederike Gisela zu und nahm den Anruf der Vermittlung entgegen. Heute saß Charlie auf Ingrids Platz, die erst später begann. Offenbar war von Siebenthals Nichte keine ernst zu nehmende Konkurrenz. Sie hatte gleich zu Dienstbeginn, nach einem dreifachen Gähnen betont, dass sie nur bis zwölf Uhr bliebe, weil sie dann zum Mittagessen verabredet sei. Gudrun hatte überrascht die Augen aufgerissen und sie mit ihrem Blick erdolcht.

»Wie fabelhaft, dass mir eine Telefonistin die Dienstplanung abnimmt. ... Allerdings wird der Stuhl nicht unbesetzt bleiben. Es gilt somit die bereits getroffene Einteilung. *Meine* Diensteinteilung! Um vierzehn Uhr ist heute für Sie Schluss, Fräulein Charlie! Und keine Minute früher!«

Hanni war noch immer davon überzeugt, dass Charlie eine Spionin war und dass von Siebenthal sie eingeschleust hatte. Warum sollte ein Mädchen aus reichem Hause sich sonst die Ohren kaputtmachen wollen?

»Und nun ist mir auch noch ganz schwindelig. Ich brauche wirklich eine Pause!« Charlie hängte den Kopfhörer in die Halterung und erhob sich wackelig vom Stuhl.

»Was für eine Schauspielerin!«, bemerkte Frederike, sodass es auch Gudrun hören konnte, die hinter ihnen auf und ab marschierte.

»Es gibt keine individuellen Pausen, Fräulein Siebenthal. Setzen Sie sich wieder!« Gudruns scharfe Stimme brachte Charlie dazu, kurz innezuhalten.

»*Von* Siebenthal.«

»Den Namen sollte man sich erst verdienen, möchte man meinen.« Vetternwirtschaft war Gudrun schon immer ein Dorn im Auge gewesen. Einmal hatte sie die Cousine eines Rechtsanwalts wieder ihres Platzes verwiesen, weil sie mehrmals auf ihrem Stuhl vor dem Schaltschrank eingeschlafen war.

Charlie legte sich die Zeigefingerkuppen an die Schläfen und verzog das Gesicht, als wüte dahinter ein Tornado. »Mir geht es gerade wirklich nicht … Hoppla!« Wankend hielt sie sich an der Stuhllehne fest. »Es dreht sich alles … der Raum, die Decke, alles kommt auf mich zu!« Mit einem Stöhnen legte sie ihre Hand an die Stirn, die feucht glänzte, verdrehte die Augen und sackte zusammen. Gudrun war sofort zur Stelle und fing sie auf.

»Verdammt noch mal!«, fluchte sie. »Das hat mir gerade noch gefehlt! Ausgerechnet in meiner Abteilung …« Gudrun sank mit Charlie zu Boden und stützte dabei ihren Kopf.

»Legt ihr die Beine hoch!«, befahl sie.

Frederike sprang auf und schob den Schemel, der neben dem Aktenschrank stand, unter Charlies Füße.

Gudrun sagte immer wieder Charlottes Namen und fächelte ihr Luft zu.

»Soll ich den Arzt rufen?« Gisela sah sie besorgt an.

»Ja, rasch! Ruf Dr. Claßen an!«

Eilig verband sich Gisela mit der Vermittlung. Kurz darauf hatte sie auch schon den Arzt am Apparat. »Herr Doktor, wir haben einen Notfall in der Versicherung. Sie müssen schnell kommen. Eine Kollegin ist umgekippt. In der Telefonzentrale ... Nein, sie atmet.« Gisela hielt eine Hand auf die Sprechmuschel. »Sie atmet doch?«

»Natürlich! In meiner Telefonzentrale stirbt mir niemand weg!« Gudrun klang empört.

»Kollabiert. Ja, richtig, Herr Doktor.«

Gudrun rüttelte Charlie, aber das half nichts. Kurzerhand verpasste sie ihr eine Ohrfeige ... und Charlie kam zur Besinnung.

»Jetzt ist sie wieder wach, Herr Doktor«, erklärte Gisela.

»Er soll trotzdem kommen. Es geht um eine von Siebenthal. Sag ihm das!«, befahl Gudrun und forderte Frederike auf, Charlie ein Wasser zu bringen. »Zuckerwasser. Beeil dich!«

»Schokolade. Schweizer Schokolade«, säuselte Charlie, die kurz ihre Augen aufgeschlagen und dann erneut das Bewusstsein verloren hatte.

»Jetzt ist sie wieder ohnmächtig. Ach, kommen Sie bitte schnell, Herr Doktor. Es ist wirklich dringend!« Gisela legte auf. Großer Gott, bei einem echten Ernstfall wäre der Patient vermutlich bereits verstorben ...

»Holt jetzt mal endlich jemand ihren Onkel?«, rief Gudrun unwirsch.

»Aber ja, natürlich, wie aufregend! Das kann ich machen«, rief Hanni, riss sich hektisch den Kopfhörer herunter und eilte los.

Charlie schlug wieder die Augen auf, was wenig verwunderlich war, denn so wie Gudrun ihren Namen gerufen und sie gerüttelt hatte, wäre auch ein Elefant aus dem Tiefschlaf gerissen worden.

»Ich fühl mich gar nicht gut«, sagte Charlie wieder, und Gudrun half ihr dabei, an die Wand zu rutschen, wo sie sich mit dem Rücken anlehnen konnte.

Frederike brachte Charlie, die noch immer blass im Gesicht war, das Zuckerwasser. »Du bist ohnmächtig geworden«, erklärte sie.

»Danke, ich war dabei. Das ist mir nicht entgangen«, sagte Charlie und nahm das Glas.

»So schlecht kann's ihr nicht gehen«, kommentierte Frederike und ging zurück an ihren Arbeitsplatz.

Anton von Siebenthal erschien mit Hanni im Schlepptau. »Um Himmels willen! Was ist denn passiert?« Er stürzte auf Charlie zu und atmete erleichtert auf, als er sah, dass sie das Zuckerwasser ausspuckte. »Grässlich! Soll mir davon auch noch schlecht werden?«

»Wie geht's dir, Liebes?« Er zog sich sein Sakko aus, legte es Charlotte um die Schultern und hockte sich neben sie.

»Schlecht. Ich fühle mich schwach, Onkel. Total schwach.«

»Das gibt sich hoffentlich gleich wieder. Du bist ohnmächtig geworden?«, fragte er mehr an Gudrun als an seine Nichte gerichtet.

»Ich bräuchte dringend Schokolade für meinen Kreislauf, Onkel. Das hilft mir immer!«

»Gibt es hier ... hat hier jemand Schokolade?«

Gudrun stieß ein Lachen aus, das sie sofort wieder unterdrückte. »Natürlich nicht.«

»Hannelore, seien Sie so gut und laufen noch mal hoch,

zu meiner Sekretärin. In meinem Schrank befinden sich Schweizer Pralinen. Die soll sie Ihnen geben.«

Hanni nickte und strahlte. Offenbar gefiel ihr die Rolle der Botin.

Dr. Claßen, ein gut aussehender, hochgewachsener Mann mit kurzen hellbraunen Haaren trat durch die Tür. Er sieht die Menschen um sich herum immer ernst an, dachte Gisela, so als seien sie wandelnde Medizinbücher, die er studierte. Mit langen Schritten und mit der Arzttasche in der Hand durchquerte er den Raum. Ein »Guten Morgen« folgte. Seine Stimme hatte etwas Beruhigendes, wie ein Narkotikum, das einen entspannt die Augen schließen ließ. Ihm war ein Rudel Damen gefolgt. Keine Überraschung. Auch Erna stand im Türrahmen – erste Reihe mittig – und versuchte, sich einen Überblick über das Geschehen zu verschaffen. Wobei sie die Einzige war, die Charlie ansah. Die anderen Fräuleins begutachteten den Arzt und seufzten, als verfluchten sie es, dass sie nicht selbst ohnmächtig geworden waren.

»Guten Tag, Anton! Es geht um das Fräulein hier?« Mit ernstem Blick musterte er Charlie, die halb aufgerichtet an der Wand kauerte. Seine kastanienbraunen Augen betrachteten interessiert sein neues Forschungsobjekt.

»Ja genau. Danke, dass du so schnell gekommen bist, Michael!«

Er nickte.

»Sie ist vorhin kollabiert. Charlotte ist meine Nichte und normalerweise kerngesund.«

»Es ist sehr heiß heute. Das Augustwetter stellt eine enorme Belastung für den Körper dar. Das ist normalerweise nicht weiter besorgniserregend.« Der Arzt ging neben Charlie auf die Knie und legte seine Hand an ihre Stirn, ehe er wissend brummte und seine Tasche öffnete. »So was kommt häufig vor. Mir ist heute schon ein Patient in der Praxis kollabiert.«

»Reine Routine für den Herrn Doktor! Haben Sie das gehört? Also alle zurück auf Ihre Plätze! Es gibt hier nichts mehr für uns zu tun oder zu sehen.« Gudrun war aufgestanden und klatschte in die Hände. Damit verscheuchte sie den Großteil der Frauen, die hinter Erna wie in einem Eissalon anstanden.

»Versicherung Pering, bei uns ist alles in sicherer Hand ...« Gisela hätte sich beinahe beim Leitspruch verhaspelt. Der Anblick von Anton, der Charlie fürsorglich durch das Haar fuhr, hatte sie völlig gefesselt. Er bemerkte gar nicht, dass Gisela ihn ansah. Seit dem Abend, an dem er sie zum Eisenmarkt gefahren hatte, hatten sie sich nicht wiedergesehen. Es war, als wäre er in den vergangenen Tagen mit Arbeit eingedeckt gewesen und hätte sein Büro kaum verlassen. Auch in der Bibliothek war er nicht anzutreffen gewesen. Dabei wäre sie ihm am liebsten *zufällig* über den Weg gelaufen, um ihm zu erzählen, was geschehen war. Dass Heinrich nicht im Zug gewesen war. Dass er wahrscheinlich gar nicht mehr lebte. Und dass sie darüber nachdachte, ihn für tot erklären zu lassen. Nun gut, über ihre Pläne, die sie noch nicht einmal laut aussprechen wollte, konnte sie nicht mit ihm reden. Aber sie hätte gern ihren Kummer mit ihm geteilt.

Dass Anton zuhören konnte, das hatte sie beim Abendessen festgestellt, als er an jenem Abend für sie da gewesen war. Während sie von den Schwierigkeiten der letzten Jahre erzählt und die Herausforderungen geschildert hatte, einen jungen Mann zu erziehen, war er da gewesen und hatte ihr zugehört. ... Sie schüttelte den Kopf. Es war nicht rechtens, was sie sich insgeheim wünschte. Anton war doch selbst verheiratet!

Dr. Claßen nahm sein Stethoskop aus der Tasche und legte das Bruststück behutsam an Charlies Dekolleté, das weit ausgeschnitten war, weil sie noch keine Uniform trug. Aus fadenscheinigen Gründen wollte sie diese erst von ihrer Schneiderin abändern lassen, ehe sie sie tragen konnte.

»Das hört sich gut an. Alles bestens«, stellte der Doktor fest, nachdem er auch ihren Rücken abgehört hatte. Dann fasste er nach ihrem Arm und legte zwei Finger an ihr Handgelenk. Dabei schloss er die Augen und zählte den Puls. Im Hintergrund ertönte ein Seufzen der Damen, die geblieben waren und Gudruns Aufforderung geflissentlich ignoriert hatten. ... Der Eisbecher, für den sie anstanden, war einfach zu verlockend.

»Ich bin mir nicht sicher, Herr Doktor ... Aber ich glaube, ich hatte gerade ein Herzstolpern. Würden Sie mich bitte noch einmal abhören? An genau denselben Stellen? Und vorsichtshalber auch die Untersuchung an meinem Handgelenk noch einmal durchführen? Nicht, dass noch etwas passiert.« Charlie sah den Arzt durchdringend an.

Ein wenig irritiert über ihren Blick, der nicht zu einer kränklichen Patientin zu passen schien, nickte er. »Wenn Sie das Gefühl haben, dass Ihnen etwas fehlt, werde ich dem natürlich auf den Grund gehen.« Dr. Claßen nahm erneut sein Stethoskop zur Hand und legte das Bruststück an ihr Dekolleté. Charlie schloss die Augen ... und lächelte genießerisch. Sie genoss es? Himmel, diese Charlotte hatte es faustdick hinter den Ohren!

»Versicherung Pering, bei uns ist alles in *fragli...*« Gisela brach ab, hätte sie doch beinahe *in fraglicher Hand* gesagt. »In sicherer Hand«, verbesserte sie sich und war froh, dass

Gudrun es nicht gehört hatte. Konzentriert verband sie in die Verkaufsabteilung.

»Gudrun, rufen Sie bitte meine Frau an«, ordnete Anton an und stand vom Boden auf. »Eva soll das Gästezimmer herrichten lassen. ... Charlotte, du übernachtest heute bei uns. In deinem Zustand solltest du nicht allein sein.«

»Ach, Onkel. Das ist wirklich lieb von dir. Aber hat das Tantchen denn nichts dagegen?«

»Natürlich nicht. Wo denkst du hin?«

»Nun, das letzte Mal hat sie mich aus dem Haus geworfen und mir vorgeworfen, dass ich schuld an ihrer Migräne sei.«

Dr. Claßen schielte neugierig zu Anton von Siebenthal, der keine Miene verzog.

»Das hat sie auch mir schon öfter vorgeworfen«, sagte er kühl. »Sie ist zurzeit nicht sehr belastbar, Liebes. Doch sie wird sich bestimmt freuen, dass du ein paar Tage bei uns wohnen wirst. Nur so lange, bist du dich wieder erholt hast. Das wird Eva auf andere Gedanken bringen!« Er drehte sich zu Gudrun um, die mithilfe der Vermittlung eine Verbindung zu Siebenthals Haus herstellte. »Meine Frau soll Charlotte gleich abholen kommen. Sie wird heute nicht mehr arbeiten.«

»Aber natürlich. Das wäre mir nie in den Sinn gekommen.« Gudrun nickte, wenn sie den Finanzchef dabei auch nicht ansah.

Das war ihr definitiv doch in den Sinn gekommen. Ingrid war einmal ohnmächtig geworden und musste nach einer Pause wieder ihren Dienst verrichten. Sie hatte an dem Tag auch länger bleiben müssen, weil sie durch den unnötigen Schwächeanfall die Sollarbeitszeit nicht erfüllt hatte.

Gisela richtete ihren Kopfhörer, der verrutscht war, und stellte die nächste Verbindung her. Insgeheim war sie dankbar, dass Anton nicht *sie* gebeten hatte, seine Frau anzurufen. Das hätte ihr noch gefehlt ... Dennoch tat es weh, dass er sie nicht eine Sekunde lang beachtet hatte. Als wäre sie eine gefallene Sternschnuppe, die keinen Streifen an seinem Horizont hinterlassen hatte.

* * *

»Wenn man bedenkt, wie groß das Warenhaus einmal war! Kannst du dich noch an die Rolltreppe erinnern? Und an die vielen Schaufenster? Vierzig waren es. Ich hab sie als Kind oft gezählt. Und jetzt sind nur zwei übrig geblieben«, sagte Hanni, die mit Gisela vor dem Kaufhaus Falkenberg stand. Das Gebäude war imposant gewesen und hatte zur damaligen Zeit mit festen Preisen alles geboten, was das Herz begehrte und was eine ordentliche Haushaltsführung benötigte. Als es im Jahr 1914 eröffnet wurde, war es Europas größtes und modernstes Warenhaus gewesen. Es war ein fünfgeschossiges Gebäude mit einer klassisch gegliederten Fassade und einer Jugendstil-Passage gewesen. Dazu hatte es ein hohes Schieferdach gehabt, das mit der Architektur der Häuser in der Altstadt harmoniert hatte. Nun waren nur noch Teile davon übrig geblieben. Aber in der Zeitung waren Pläne zum Wiederaufbau angekündigt worden.

Hanni rückte ihren Hut zurecht, damit die Sonne, die bereits tief im Westen stand, sie nicht blendete. Ehrfürchtig sah sie in das Schaufenster, in dem noch immer der Petticoat-Rock ausgestellt war. »Drei Lagen. Drei Lagen Stoff. Aber das hab ich ja schon mal erwähnt.«

»Mehr als einmal ...« Gisela sah auf das Kärtchen, auf dem der Preis stand. »Und noch immer ist er unerschwinglich für uns.«

»Außer, du gibst das Geld, das ich dir zurückgegeben habe, dafür aus.« Hanni lächelte, denn dank des Handschuhverkaufs hatte sie Gisela alles zurückzahlen können. Sie hatte schon wieder fleißig gehäkelt, damit sie bald in ein anderes Kölner Viertel fahren konnten, um weitere Handschuhe zu verkaufen. Vielleicht würde sie in absehbarer Zeit sogar eine Nähmaschine besitzen.

»Die Neue, diese Charlie, die könnte sich den Petticoat leisten.«

»Da wäre ich mir nicht so sicher. Sie trägt keinen Schmuck mehr. Ihr Dekolleté ist nackt. Das ist mir heute bei der Untersuchung aufgefallen.«

»Tatsächlich? Vielleicht ist es wegen der Angepasstheit und den Vorschriften.«

»Angepasstheit? Vorschriften? Charlotte? Nie im Leben! Die pfeift doch darauf. Immerhin ist sie heute anstandslos umgefallen. Das war reines Kalkül, damit sie Gudrun ärgern kann. Die ist nicht wirklich ohnmächtig geworden.«

»Aber sie war blass im Gesicht und hätte sich beim Fallen ihr Kleid ruinieren können.« Hanni wandte ihren Blick von dem Petticoat ab und sah Gisela an.

»Wahrscheinlich hatte sie einfach noch keinen Bohnenkaffee getrunken.« Gisela lachte, worauf Hanni mit einstimmte. »Aber wir werden die Wahrheit nie erfahren.«

»Und dass der von Siebenthal ihr Onkel ist und sie bei uns arbeitet, ist irgendwie seltsam. Findest du nicht? Wo sind denn überhaupt ihre Eltern? Womöglich verreist?« Hanni betrachtete die Wildlederschuhe mit Absatz, die neben der Schaufensterpuppe standen. »Darin würden wir beim Lindy Hop eine gute Figur machen.«

»Bestimmt! Eine sehr schöne Farbe, und sie sehen sogar bequem aus.« Giselas Blick blieb an den Schuhen hängen, ehe sie sich wieder zu Hanni umdrehte. »Ich vermute ja, dass sich Charlie demnächst einen Leibarzt zulegen wird. Gefallen an Dr. Claßen dürfte sie ja gefunden haben. So genussvoll, wie sie die Untersuchung über sich hat ergehen lassen.«

Hanni lachte. »Da hätte wohl kein Fräulein abgelehnt. Aber da muss sie sich erst mal hintanstellen.«

»Sie hat sich heute schon gekonnt in die erste Reihe gedrängt. Wahrscheinlich fallen morgen massenweise Damen im Haus um.«

»Ich würde mich für ihn ja nicht auf den Popo fallen lassen. Ruiniert nur den Rock«, sagte Hanni, kaum dass ihr Lachen verebbt war. »Ich mag seine Art nicht. Er ist kühl und distanziert. Wie ein steriles Operationsbesteck. Da ist mir der britische Leutnant schon lieber. Der hat Feuer in den Augen!«

»Der Tommy?« Gisela blickte Hanni tadelnd an.

»Dean. So heißt er. Man sollte nicht Tommys zu ihnen sagen. Das ist nicht nett.« Hanni machte einen Schritt zur Seite und legte einen Finger auf die Unterlippe, während sie die Perücke der Schaufensterpuppe betrachtete und überlegte, ob ihr das halb nach hinten gesteckte Haar stehen würde.

»Denk nicht mal dran, Hanni! Dein Vater würde dir den Kopf abreißen!«

»Kahl rasieren, nicht abreißen, hat er zu Marie, Christa und mir gesagt.« Hanni verdrehte die Augen. »Damit keine von uns ein Besatzerliebchen wird.«

»Womit er auch recht hat.«

»Aber die Lehrerin vom Peter ist mit ihrem Amerikaner glücklich geworden.«

»Die war ja schon immer sehr genügsam … Und sie hat immer darauf gepfiffen, was andere von ihr halten.«

»So lebt es sich wahrscheinlich am besten.« Gisela zuckte mit den Schultern und ging weiter zu dem zweiten Schaufenster, um die Kinderschaufensterpuppen zu betrachten. »Blaue Knickerbocker. Die würden Peter gut stehen. Komm, lass uns mal reingehen.« Sie schritt zur Doppeltür, auf deren Flügeln Falken ins Holz geschnitzt waren, und setzte den Fuß auf die erste Stufe.

»Gisela! Das können wir nicht machen!« Hanni hielt sie am Arm zurück.

»Natürlich können wir. Es ist geöffnet. Ich werde eintreten und mich wie eine Kundin verhalten. … Vielleicht finden wir was Hübsches für uns.«

»Daran zweifle ich nicht. Wenn ich könnte, würde ich das ganze Kaufhaus einpacken und es mir zu Hause wie ein Puppenhaus aufstellen.«

»Was hält uns dann noch davon ab?«

»Das liebe Geld, Gisi. Ich kann mir da drinnen noch nicht mal einen Socken leisten. Die würden uns doch gleich wieder rauswerfen!« Hanni sah auf ihre Handschuhe. Unsicher, ob sie sich damit den prüfenden Blicken der Verkäuferinnen aussetzen wollte. »Lass uns besser …«, sagte sie und blickte auf. Aber Gisela war bereits im Kaufhaus verschwunden.

* * *

Gisela war völlig erschöpft, als sie am späten Nachmittag nach dem Einkaufsbummel wieder zu Hause am Buttermarkt ankam. Sie hatte ganz vergessen, wie anstrengend es war, Kleidung an und auszuziehen. Sie hatte aber auch nicht mehr gewusst, wie viel Freude es machte, von einem Kleid ins nächste zu schlüpfen und sich im Spiegel zu betrachten. Leider war der Verkäuferin der Spaß nach einer Stunde vergangen, weil Gisela keine Anstalten gemacht hatte, etwas zu kaufen.

Bei dem Parfümregal des Kaufhauses hatte sie dann nicht länger widerstehen können. Das Cologne Parfumée *Stradivari* von Prince Matchabelli hatte sie mit seinen Duftnuancen verzaubert. Blumig-holzig roch es. Genau so, wie es Gisela mochte. Dazu noch der edle, bauchige Flakon, in der die goldene Flüssigkeit schwamm. Das hatte gereicht, dass sie nicht mit der Wimper, dafür aber ihr Portemonnaie gezuckt hatte.

»Ein echter Prinz hat das zusammengemischt?«, hatte Hanni die Verkäuferin beim Bezahlen gefragt, woraufhin diese gekichert hatte.

»Natürlich nicht. Man nennt es so. Zu Verkaufszwecken. Das verkauft sich einfach viel besser.«

Hanni hatte staunend genickt, als würde sie der Verkäuferin für die Offenbarung einer neuen Verkaufsstrategie danken.

»Peter! Ich bin wieder zu Hause!«, rief Gisela, nachdem sie die Tür zur Wohnung geöffnet hatte und eingetreten war. »Und ich hab ein Geschenk für dich. Etwas, das du dir schon lange wünschst!« Sie streifte sich die Schuhe ab und fuhr sich stöhnend über ihre Fersen, an denen sich Blasen gebildet hatten. Ihre Füße schmerzten vom langen Herumlaufen. Der Kontakt ihrer Fußsohlen mit dem kühlen Boden war angenehm. Im Winter war die Kälte unangenehm, im Sommer lindernd.

Sie ging durch die Küche zu Peters Schlafkammer. Dabei schielte sie auf das braune Päckchen, das sie in ihren Händen hielt und wie eine Torte vor ihrem Oberkörper balancierte. Der Ladeninhaber hatte die Lokomotive von Märklin extra verpackt, damit Peter nicht gleich erkennen konnte, was es war. Das Geschenk würde ihn nach der Enttäuschung am Bahnhof bestimmt aufheitern.

»Peter?« Sie schob den Vorhang zur Seite und und trat in sein Zimmer.

Er war nicht da.

Als sie wieder zurück in die Küche gegangen war und aus dem Fenster auf den Buttermarkt schauen wollte, bemerkte sie den Zettel, der auf dem Tisch lag.

Peter hatte einen Unfall! Komm sofort ins Krankenhaus. Lindenburg!
Ursula

KAPITEL SIEBZEHN

Charlie hatte es nie lange in der Villa ihres Onkels ausgehalten. Zu kühl war die Atmosphäre, die dank Evas Einrichtungsfaible, eine Umgebung wie in einem Museum bot. Eva selbst verhielt sich meist wie ein Museumsstuhl, der nichts sprach und kaum im Alltag zu gebrauchen war. Das überraschte Charlie nicht weiter, denn sie war ein steriles Ambiente – vor allem in Hinblick auf Gefühle – gewöhnt. Ihre Eltern hatten sie immer mit Gegenständen überhäuft, aber nicht ein einziges Mal gefragt, wie es ihr ging. Das Haus in Hahnwald, in dem sie lebte, war ähnlich stilvoll eingerichtet gewesen. Wohnzimmervitrinen und Anrichten waren aus Wurzelholz handgefertigt und mit Handschnitzereien verziert. Geschwungene Sofas und Sessel, die im Wohnzimmer standen, waren mit geblümten Stoffen überzogen. Schwere Vorhänge, die immer geöffnet bleiben mussten, damit eine freundliche Atmosphäre herrsche, umrahmten die hohen Fenster. Im Jahr 1943 war das Haus bis auf die Grundmauern niedergebrannt. Daraufhin hatte die Familie bei Anton und Eva Unterschlupf gefunden. Kurz nach Ende des Krieges konnte ihr Vater den Wiederaufbau der Villa in Auftrag geben, denn er war durch das Nazi-Regime zu einem beachtlichen Vermögen gekommen.

Seit Tagen aber war es, als würde sich der Reichtum und mit ihm das Mobiliar verflüchtigen. Vieles war nicht mehr an seinem Platz, und wenn man sprach, hallte es im Raum. Ihr Vater hatte einige Möbelstücke im Tausch gegen seine Schulden eingelöst, sodass im Wohnzimmer helle Stellen an den Wänden und Böden zurückgeblieben waren. Wegen eines Börsenverlustes hatte Charlies Vater das Schweizer Bankkonto leer geräumt und war mit dem Restbestand – ohne jegliche Restehre – über alle Meere der Welt verschwunden. Ihre Mutter war kurz davor an die französische Riviera gereist. Urlaub war allerdings nicht der Beweggrund gewesen. Vielmehr war sie ob der fehlenden Zukunftsaussichten von einer Geisteskrankheit überfallen worden. Mit ungewisser Rückkehr in die Realität. Mutter ist unbekannt verzogen, hatte Charlie auf der Reise an die Riviera gewitzelt und dafür eine Ohrfeige von ihrem Vater kassiert. Charlies Koffer war bereits gepackt gewesen. Sie hätte mit ihm nach Argentinien aufbrechen sollen, stattdessen hatte sie kurz vor dem Bahnhof wieder umgedreht und war in die Leere des Hauses zurückgekehrt, die sie als befreiend empfunden hatte.

Leise schlich Charlie in das Obergeschoss und lugte in Evas Schlafzimmer, das normalerweise abgedunkelt war. Meist lag ihre Tante mit einem kühlen Waschlappen auf ihrer Stirn im Bett und hatte die Augen geschlossen. Aber nun fiel ein Lichtstrahl durch das geöffnete Fenster und erhellte den mahagonifarbenen Boden. Eva saß an der Frisierkommode und betrachtete sich im Spiegel.

»Hochgesteckt. Es darf keine Haarsträhne heraußstehen. Befestige sie ja ordentlich am Hinterkopf! Hast du verstanden, Johanna? Wir gehen zu einer Aufführung, da muss alles perfekt sitzen!«

Das Dienstmädchen nickte. »Selbstverständlich. Eine Abendfrisur, genau so, wie Sie es mögen.« Vorsichtig frisierte sie Evas hellbraunes Haar, das ihr bis zur Lendenwirbelsäule reichte und wie ein Goldring im Lichtstrahl glänzte.

»Ach, was freu ich mich auf den Abend mit Anton! Es wird wunderschön werden! Auch wenn Charlie uns begleiten wird, was mir noch immer unverständlich ist. Die weiß die Musik doch gar nicht zu schätzen! Glaubt ja tatsächlich, der Kontrabass wäre ein Cello. Stell dir diese Dummheit mal vor!« Eva lachte aus voller Kehle, Johanna verzog den Mund zu einem scheuen Lächeln. »Aber ich will mich nicht ärgern, denn heute geht es ausschließlich um Anton und mich. Sonst krieg ich wieder einen Migräneanfall. Und es soll ein schöner Abend werden! Anton hat es verdient. Immerhin bemüht er sich seit Tagen sehr um mich. Das will ich ihm lohnen. Ach, da fällt mir ein … ist der schwarze Büstenhalter mit Spitze schon umgenäht?« Das Dienstmädchen nickte, dann teilte sie Evas Haar mit dem Kamm in drei Strähnen ab, wodurch die Fülle ihrer Haarpracht durch ihre Finger glitt.

Eva war eine dieser klassischen Schönheiten, die einem beim Anblick schmerzten, weil sie zu perfekt waren und man durch die Makellosigkeit beinahe hindurchsehen konnte. Reine Haut, Porzellanteint, aufwendig gelocktes Haar, das sie immer offen und frisch gewaschen trug. Dafür gab es Personal im Haus, das sich um ihr Aussehen kümmerte. Auf eine Menüabfolge hatte Eva ohnehin nie Wert gelegt, weshalb die Küche, wenn sie allein in der Villa war, kalt blieb. Eva hatte eine grazile Haltung, die Charlie als Mädchen nachahmenswert gefunden hatte. Oft hatte sie sich in Evas Ballettkleider gezwängt und war dann in der Villa *Schwanensee* tanzend herumgehüpft, obwohl sie mit ihren Bewegungen mehr an einen sterbenden Schwan erinnert hatte. War sie von Eva in ihren Kleidern erwischt worden, hatte die ihre Nichte zur Strafe abgeduscht. *Eiskalt.* Charlie schauderte noch immer beim Gedanken daran und legte ihre Hand auf ihren Bauch, der mittlerweile flach wie ein Streichbogen geworden war. Sie war ein pummeliges Kind gewesen und Eva stets der Meinung, dass es einem dicken Mädchen nicht zustand, Ballettkleider zu tragen. Immerhin hätte die Seide ob des wulstigen Körpers kaputt gehen können.

Sie hing eben an ihren Erinnerungen, wie die Perlen am Chiffonstoff ihrer Tutus. Eine große Karriere als Primaballerina war ihr in der Jugend vorausgesagt worden. Da hatte sie in einem Ensemble an der Oper gespielt und Anton kennengelernt. Er hatte eines Abends im Publikum gesessen und Eva auf der Bühne tanzen sehen. Einen Akt hatte es gebraucht, da hatte er sich in die Schauspielfigur verliebt, die sich als *Anna Karenina* in sein Herz getanzt hatte. In den Jahren der Zweisamkeit, die darauf folgten, hatte sie als Ehefrau eine weitaus schlechtere Figur gemacht. Doch für Anton gab es nach der Eheschließung kein Zurück mehr. Sein Vater, Charlies Großvater, hätte einer Scheidung niemals zugestimmt, immerhin hatte sein Sohn Pflichten zu erfüllen.

Wie hätte das auch für die *von* Siebenthals ausgesehen? Sie waren ein Vorzeigepaar in der Kölner Schickeria gewesen. Da hatte Eva noch nicht mit ihren Migräneanfällen zu kämpfen, die sie erst später als wahren Segen in Empfang genommen hatte, denn dadurch nahm sie am gesellschaftlichen Leben nur noch teil, wenn es ihr passte. Die Ehe blieb kinderlos, was Anton am meisten belastete.

Charlie wusste von alldem, weil sie häufig Gespräche zwischen ihrem Vater und Anton belauscht hatte. Ihr Onkel wünschte sich nichts sehnlicher als eigene Kinder. Sommertage am See mit Kinderlachen hätte er am liebsten gehabt. Aber ihm war nicht mal eine Nacht mit Kindergeplärre im Mondlicht gewährt worden. Zwar war ihr Onkel noch der Anständigste und Aufrichtigste der Sippschaft, aber Charlie vergönnte ihm das Unglück ein Stück weit. Immerhin hatte er damals ihren Vater nicht aufgehalten, als er ihr das wegnahm, was ihr das Wichtigste im Leben gewesen war.

Sie schlich die Treppe hinunter und ging den langen Flur entlang, der ins Wohnzimmer führte. Mitten im Raum, vor der Galerie mit den Bildern, die in Goldrahmen in exakten Abständen zueinander an der Wand hingen, blieb sie stehen.

Fotos von Sommerausflügen der Familie. Bilder von Hochzeiten. Runde Geburtstage. Dreistöckige Torten und Getanze. All die schönen Momente im Kreise der Familie waren festgehalten worden. Früher diente der Raum als Aushängeschild der Aktivitäten der Siebenthals. Hier hatten die Galaabende stattgefunden, die Anton und Eva oft gegeben hatten. Doch nach dem Krieg legte ihr Onkel kaum noch Wert auf solche Veranstaltungen.

Im Zentrum der Bildersammlung hing ein gemaltes Familienporträt, das vor dem Krieg entstanden war. Es zeigte die gesamte Verwandtschaft. Aufgestellt nach Größe und Rangordnung. In der Mitte, auf Stühlen, saßen die Großeltern, links und rechts von ihnen standen ihre Kinder und davor waren die Enkelkinder aufgereiht. Charlies Bruder fehlte auf dem Bild. Sie konnte sich kaum an ihn erinnern. Er war mit zwei Jahren an einer Gehirnhautentzündung verstorben. Da war sie selbst erst vier gewesen.

Charlie strich über das Gesicht ihrer Tante Margarete, der Schwester von Anton und ihrem Vater. Sie war kurz vor Ende des Krieges umgekommen, als sie auf der Rückfahrt von Frankfurt in einem Zug gesessen hatte, der entgleist war. Nicht nur Anton vermisste sie, auch Charlie tat es. Margarete war die Einzige in der Familie gewesen, die verstanden hatte, wie sehr Charlie an Rudi gehangen hatte. *Weil* er anders war. Weil er etwas Besonderes war. Ihre Tante hatte selbst einen Brieffreund gehabt, der für sie etwas Besonderes war. Davon wusste allerdings nur Charlie, denn sie hatte eine Kiste mit Briefen gefunden. Es waren Liebesbriefe von einer Person namens L. gewesen. Rührende Liebesbriefe, die jedes Herz erwärmt hätten. Margarete war unglücklich verheiratet gewesen und hatte mit ihrem Mann drei Kinder gehabt. Sie hatte die Fassade eines glücklichen Lebens aufrechterhalten, während ihr Inneres von der Pest befallen war. So hatte sie es in einem Brief beschrieben, den sie an L. geschrieben aber nie abgeschickt hatte. In keinem der Briefe war der Name ausgeschrieben gewesen. Nur ein einziger Buchstabe für eine so bedeutende Person: *L. In Liebe, L.*

Charlie hatte Nachforschungen angestellt und in Erfahrung gebracht, dass Margaretes Kinder eine belgische Hauslehrerin namens Livia Peeters gehabt hatten, die nach Ausbruch des Krieges in ihre Heimat zurückgekehrt war. Beim Lesen der Briefe und Aufrollen von Margaretes Vergangenheit war Charlie klar geworden, dass der Brieffreund L. in Wahrheit Livia Peeters gewesen war.

Wenige Tage nach Margaretes Tod hatte Charlie die Briefe an sich genommen und sie verbrannt, damit nie jemand davon erfahren konnte. Und sie hatte Livia geschrieben und ihr die Spieluhr geschickt, die in Antwerpen handgefertigt worden war und die ihre Tante jeden Abend vor dem Schlafengehen angehört hatte.

Niemals hätte Charlies Vater zugelassen, dass seine Tochter Rudi geheiratet hätte. Er war anders, das hatte ihm nicht gepasst, und damit war sein Schicksal besiegelt gewesen. Eine Träne rann über Charlies Wange, die sie hastig wegwischte. Sie würde keine Schwäche vor dem Familienporträt zeigen. Sie wollte ihren Vater und den Großvater nur weiter hassen. Das genügte. Kurzerhand trat sie näher an das Bild und sammelte Speichel in ihrer Mundhöhle. Entschlossen rollte sie den Speichelklecks auf der Zunge von hinten nach vorne, der dadurch zu einer beachtlichen Größe heranwuchs. Dann legte sie ihren Kopf in den Nacken und öffnete den Mund. Voller Elan spuckte sie auf das Familienporträt und traf mitten in das Gesicht ihres Vaters und das des danebenstehenden Großvaters. Sie lachte. Lachte aus voller Kehle, sodass ihr Bauch bebte. Würde ihr Großvater das jetzt sehen, würde er im Grab erneut einen Hirnschlag erleiden. So etwas hatte sie davor noch nie gemacht. Es war mutig. So mutig, dass es den unsichtbaren Gürtel um ihre Brust gelockert hatte. »Heuchler«, stieß sie aus und verließ erst das Wohnzimmer, dann die Villa. Das Leben war beschwerlich. Nur ohne die Familie war es etwas weniger beschwerlich.

***

»Peter Eder! Wo finde ich Peter Eder? Er ist mein Sohn!« Gisela war in das Krankenhaus Lindenburg gestürmt und stand atemlos vor dem Holztisch, hinter dem eine Krankenschwester saß und Formulare in eine Mappe schob. Mit ihrem Blick nagelte sie das Fräulein in seinem weißen Kittel und dem Hütchen fest. Das Fahrrad, das sie sich am Buttermarkt, unweit von ihrem Haus, geschnappt hatte und mit dem sie im Eiltempo hierhergeradelt war, lag achtlos vor dem Krankenhauseingang.

»Peter Eder?«, fragte die junge Frau, während sie hochsah und die Mappe beiseitelegte. Gisela nickte heftig, woraufhin die Krankenschwester von einem Papierstapel den obersten Zettel zog, auf dem Namen vermerkt waren.

»Er ist zwölf Jahre alt. Hat braunes kurzes Haar. Ist in etwa so groß –« Gisela deutete mit der flachen Hand an ihre Brust. »Er soll einen Unfall gehabt haben. Er … heute Morgen trug er … Er trug –« Sie fuhr sich mit den Fingern an die Stirn und klopfte darauf, als wollte sie die Erinnerung an die Verabschiedung heute Morgen aus ihr heraustrommeln. Was hatte Peter in der Früh angehabt? Gisela wollte sich konzentrieren, aber schaffte es nicht, denn sie wurde vom Anblick der verletzten Personen, die am Gang links von ihr lagen, abgelenkt. Beim blutdurchtränkten Verband, der um den Arm eines älteren Mannes gebunden war, fiel es ihr wieder ein. »Er trug seine rote Kappe. Die hat er jetzt im Sommer immer auf.«

»Ach, der Junge mit dem Blindgänger! … Eder. Genau, so hieß der.«

»Hieß?« Gisela musste sich am Tisch festhalten. Ihr war plötzlich schwarz vor Augen geworden. Es fühlte sich an, als hätte die Krankenschwester sie mit einem einzigen Wort an einen Krater gestoßen, in den sie mit dem nächsten Wimpernschlag fallen würde.

»Gisi! Hier sind wir!« Es war eine vertraute Stimme. Dem Ausruf folgte ein Gesicht, das ihr in diesem Moment unbekannt vorkam, denn sie hatte es noch nie so verheult gesehen. Ursula lief über den langen Gang und beschleunigte ihr Tempo. Albrecht hatte Mühe, die Geschwindigkeit seiner Mutter zu halten. Am liebsten wäre Gisela ihr entgegengelaufen, doch sie konnte sich keinen Millimeter bewegen. Der Anblick der beiden hatte ihre Beine und die Gedanken zum Stillstand gebracht. Rot unterlaufene Augen hatte Ursula, die ähnlich matt schimmerten wie ihre Haarfarbe. Giselas Kiefer bebte, als Ursula vor ihr stehen blieb. Ihre Hände zitterten. Kein Wort kam aus ihrem Mund. Gisela öffnete den Mund, doch es kam kein Ton heraus. Es war, als hätte man ihr die Stimme genommen.

Wo ist Peter?, hatte sie mit den Lippen geformt.

Ursula fasste nach Giselas Händen, die durch den Schweiß, der sie überzog, kalt waren.

»Ist er ... Ist Peter ... ist ihm etwas Schlimmes passiert?«

»Ach, Gisi! Es war ein Blindgänger, der Peter erwischt hat. Er lebt, aber sie wissen nicht ... ach, er hat so viel Blut verloren!« Mit den Worten, die ihr ob der Bedeutung der Botschaft surreal vorkamen, sackte sie zusammen. »Ein Blindgänger?«, murmelte sie. Ursula stützte sie mithilfe von Albrecht. Da spürte sie plötzlich etwas Hartes unter ihrem Po und eine Lehne an ihrem Rücken. Es kam ihr so vor, als würden ihre Beine in einem schlammigen Untergrund versinken. Als poche kein Herzschlag mehr in ihr. Als würde sie ihn nie wieder spüren können. Die Kälte einer Januarnacht hüllte sie ein, in der sie erstarren wollte.

»Wir haben uns in Ehrenfeld rumgetrieben. Peter, Hans, die Schwester von ihm, also die Marie und ich. In dem Gebäude, das erst kürzlich eingestürzt ist. Weil wir neugierig waren und dachten, dass es dort was zu holen gibt. Aber da war nur Schutt, wir haben nichts Brauchbares gefunden. Und dann haben wir hinter dem Haus, in einem Erdloch, das durch den Einsturz aufgerissen worden war, die Granate entdeckt«, sagte Albrecht und wurde zum Ende des Satzes hin immer leiser.

»Es war eine Eierhandgranate, hat die Polizei gesagt. Der Zünder in der Spitze war immer noch scharf«, warf Ursula ein, während sie ihre Hand beruhigend auf Giselas Arm legte.

»Der Hans war schuld. Der hat gewettet, dass sich keiner von uns traut, die Granate anzufassen. Zwei Mark hat er drauf gesetzt. Ich hab den Kopf geschüttelt, die Marie hat gesagt, dass er ein Idiot sei und dass sie wieder nach Hause wolle. Die hat mich dann von der Granate weggezogen. Aber der Peter, der hat uns alle als Feiglinge bezeichnet und gemeint, dass wir uns wegen dem kleinen Ding nicht in die Hose machen sollen. Dass es bestimmt nicht mehr scharf sei. Da hat der Hans gelacht und die zwei Mark aus seiner Hosentasche gefischt und damit in der Luft herumgewedelt. Wir drei sind meterweit entfernt in Deckung gegangen. Nur der Peter nicht. Erst hat er mit dem Fuß gegen die Granate getippt. Gar nicht fest, nur ganz leicht, als würde er bei der Tür vom Direktor in der Schule anklopfen. Dann hat er sich gebückt und die Granate vom Boden hochgehoben, als es plötzlich laut knallte. So laut, dass ich gedacht hab, mir fliegen die Ohren ab. Wir haben nur noch gesehen, wie der Peter durch die Luft geschleudert wurde. Zwei Meter weiter, mit Sicherheit.«

»Großer Gott!« Gisela schlug sich die Hände vor das Gesicht. Es schüttelte sie, als würde die Explosion durch ihren Körper jagen.

»Er hat sich nicht mehr gerührt. Die Marie hat geschrien. Hans und ich sind gleich zu ihm. Aber wir haben ihn nicht wach gekriegt, und dann war da ...« Albrecht versagte die

Stimme. Tränen rannen über seine Wangen. »Dann war da das ganze Blut. Ich bin gleich raus ... Ich bin gelaufen, so schnell ich konnte, und hab nach Hilfe geschrien. Zwei Tommys, die auf der anderen Straßenseite waren, sind mit mir zum Haus zurückgelaufen. Die haben uns dann geholfen und den Peter auf die Straße getragen. Und da erst haben wir's gesehen ... Also das ganze Blut und das, was ... Die Marie hat sich übergeben, als sie das gesehen hat. Ich weiß gar nicht mehr wie ...« Ursula griff nach Albrechts Hand.

»Die Tommys haben Peter in ihren Jeep geladen und ins Krankenhaus gefahren. Das hat der eine Tommy erzählt, der uns hergebracht hat«, fuhr Ursula fort.

Albrecht nickte. »Sie haben gesagt, sie fahren ihn in die Lindenburg. Dann haben sie gleich Verstärkung gerufen und gesagt, dass wir auf einen Kollegen warten sollen. Ein anderer Tommy ist kurz darauf gekommen und hat uns mit dem Jeep wieder ins Martinsviertel gefahren, um dich abzuholen, Gisela.«

Giselas Brust schnürte sich zu. Es war, als würde sie das Gewicht einer Mitschuld zu tragen haben. »Und ich war nicht zu Hause. Ich war mit Hanni unterwegs ... um zu –« Ein Schluchzen drang aus ihrer Kehle, das Albrecht regelrecht erschreckte, denn er zuckte zusammen.

Ursula versuchte, Gisela zu beruhigen, indem sie ihr sanft über den Rücken strich, und zog Albrecht zu sich, der wimmerte.

»Ich war nicht zu Hause.«

»Du hättest nichts tun können. Dich trifft keine Schuld!«

»Und was, wenn jetzt alles ... Wenn er da nicht mehr ... Wenn Peter –« Gisela konnte den Gedanken nicht zu Ende denken.

»Der Arzt bemüht sich um ihn. Er kann es schaffen. Er wird es schaffen. Er war doch immer ein Kämpfer!« Ursula fasste nach Giselas rechter Hand und drückte sie fest, als würde sie Gisela davon abhalten wollen, weiter zu fallen. Ursula lehnte sich zur Seite und legte ihre Wange an Giselas. Tränen flossen auf Giselas Dekolleté, doch es waren nicht Ursulas. Eine Leere übermannte sie, die sie taub machte. Das Mobiliar im Krankenhaus bestand nur noch aus Strichen und Schattierungen. Die Geräusche um sie herum flauten ab. Selbst das Quietschen des Fensters, das geöffnet war und sich durch den Luftzug immerfort bewegte, verebbte. Da war nur die Angst. Eine nackte Angst, Peter für immer zu verlieren.

Hastig wischte Ursula Gisela die nassen Haarsträhnen aus dem Gesicht und ging vor ihr auf die Knie. Sie ergriff beide Hände, als wollte sie Gisela dabehalten. Aber diese starrte auf die weiße Wand hinter Ursula, als blickte sie durch sie hindurch. »Du musst mir jetzt zuhören! Peter wird operiert und dann ... dann wird alles gut werden. Wir wollen den Glauben nicht aufgeben. Das haben wir doch nie, Gisi!«

Ursula bekam Schluckauf. Den kriegte sie immer, wenn sie log.

»Und was, wenn er da nicht wieder rauskommt, Mama?«, fragte Albrecht und schluchzte. Mit dem Handrücken wischte er sich über das Gesicht. Gisela blickte zu ihm. Schweigend sah sie den Freund ihres Sohnes an. Wie hilflos er plötzlich aussah. Wie hilflos und allein Peter in diesem Moment sein musste! Ursula strich Gisela über den Rücken, der bebte, als würde er die Erde zum Erzittern bringen. Sie schloss die Arme um ihren Körper und wünschte sich, dass es Peter wäre, den sie festhalten konnte. »Aber ja doch, er braucht mich. Ich kann nicht einfach hier sitzen. Er muss eine fürchterliche Angst haben«, flüsterte sie. »Er ist ja erst zwölf. Er darf nicht allein sein!« Sie wollte aufstehen, unklar im Kopf, aber klar in ihrem Herzen. Sie hatte ihn nie im Stich gelassen!

Ursula hielt sie zurück. »Du kannst jetzt nicht zu ihm! Sie lassen dich nicht rein!« Es brauchte Kraft, um Gisela auf dem Sessel zu halten.

»Aber er ist doch ganz allein!«

Ursula sah sie eindringlich an, wie nur eine Mutter sie ansehen konnte. »Er ist nicht allein. Der Arzt und die Krankenschwestern sind bei ihm und kümmern sich um ihn. Der Arzt wird Peter helfen. Ganz bestimmt.« Ursula wischte sich mit ihrem Armrücken über die nassen Wangen, als wollte sie ihre Emotionen wegwischen, um für Gisela stark zu sein.

»Trinken Sie erst mal was.« Die Schwester, die vorhin am Empfang gestanden und die beiden beobachtet hatte, reichte Gisela ein Glas Wasser. »Bald wissen wir mehr. Herr Dr. Cürten ist ein wunderbarer Arzt. Wenn jemand ihren Sohn retten kann, dann er.«

»Retten?«

Wie schlimm stand es wirklich um Peter? Gisela stützte ihr Gesicht in ihre Hände und weinte. Weinte, wie sie es noch nie zuvor in ihrem Leben getan hatte. Wenn Gott ihren Peter nahm, dann wollte sie nicht mehr weiterleben. Dann hatte das alles keinen Sinn mehr.

KAPITEL ACHTZEHN

Es war vier Uhr morgens. Albrecht schlief zusammengerollt auf zwei Stühlen, die Ursula zusammengerückt hatte. Gisela lehnte an Ursulas Schulter. Sie war erschöpft, hatte aber kein Auge zumachen können. Seit über zwei Stunden starrte sie den grünen Gang an.

»Eder? Die Angehörigen von Peter Eder?« Zwischen den Betten erschien ein Mann mit grauen Schläfen in einem weißen Kittel. In seinem Gesicht zeichneten sich tiefe Falten ab, als er eilig auf den Wartebereich zukam. Hinter ihm folgten zwei Krankenschwestern.

Gisela stand auf und legte eine Hand auf ihr Herz.

»Sind Sie die Mutter?«

Unfähig, ein Wort hervorzubringen, nickte sie nur.

»Ihr Sohn hatte einen schweren Unfall. Es war ein Blindgänger, der seine linke Körperseite erwischt hat. Vor allem seinen linken Arm. Er ist außer Lebensgefahr. Aber das Geschoss hat seinen linken Arm regelrecht zerfetzt. Wir konnten nichts mehr tun, um den Arm zu retten. Ich musste ihn – vielmehr die Reste davon – amputieren. Peter hat durch den Unfall viel Blut verloren und wird einige Zeit brauchen, um sich davon zu erholen. Aber er war im Operationssaal ein Kämpfer. Ein starker junger Mann.«

Der Arzt legte seine Hand auf Giselas Schulter. »Er wird das schaffen.«

»Großer Gott!« Gisela fuhr über ihre Stirn, durch ihr Haar und schloss die Augen. Er hat überlebt! Peter hat überlebt! Er ... Es fehlte ihm ein Arm. Nur ein Arm! Er lebt. Und doch ... *ein* Arm?

»Kann ich zu ihm?«

»Ja, natürlich. Er schläft noch vom Narkosemittel. Schwester Agnes wird Sie zu ihm bringen.« Gisela blickte zu der Krankenschwester, die einen Schritt nach vorn trat, und wollte schon loslaufen. Aber dann wandte sie sich noch einmal an den Arzt. »Danke«, sagte sie. »Danke, dass sie ihm das Leben gerettet haben.«

Er nickte, und seine müden Augen bekamen etwas Farbe. »Man tut, was man kann, um unschuldige Leben, vor allem das unserer Kinder, zu retten. Wir haben schon zu viele verloren.«

Gisela wollte etwas darauf erwidern, aber das schien ihr nicht mehr wichtig zu sein. Eilig folgte sie Schwester Agnes über den langen Gang in den Aufwachraum.

Peter lag zugedeckt in einem Bett und schlief. Dabei sah er aus wie immer. Ein paar Schrammen im Gesicht, die von einem Streit zwischen zwei Jungen hätten erzählen können. Ein Bluterguss, der sich oberhalb der rechten Schläfe entlangzog. Ein blasses Gesicht. Sehr blass war er. Aber er atmete, das sah sie an seinem Brustkorb, der sich unter dem Laken hob und senkte.

Leise ging Gisela auf sein Bett zu, aus Angst, ihn aufzuwecken. Er brauchte ja den Schlaf, um sich zu erholen. Schwester Agnes stellte ihr einen Stuhl neben das Kopfende. Zögernd, weil sie Peter lieber in ihre Arme genommen hätte, setzte sich Gisela an seine rechte Seite und tastete unter dem Laken nach seiner Hand. Die Finger waren warm. Sie wollte sie halten. Nie mehr loslassen. Sie hätte Peter heute Nachmittag nicht allein lassen dürfen. Sie hatte doch immer auf ihn achtgeben wollen! Und nun lag er da. Sein Körper versehrt. Ein Teil davon unrettbar zerstört. Wenn er aufwachte, würde nichts mehr so sein, wie es vorher gewesen war ...

Fest umschloss sie seine Hand und senkte die Lider, als ihr ein Gedanke in den Sinn kam und sie aufstand. An seiner Silhouette tastend, ging sie ans Bettende und griff nach der Unterkante des Lakens. Vorsichtig zog sie es herunter.

Zwei Füße. Zwei Beine. Der Rumpf, der bandagiert war. Rechts ein Arm und die Hand, die sie vorhin gehalten hatte. Fünf Finger. Oberhalb folgten der Hals und der Kopf. Links nur die Schulter, um die ein dicker Verband gewickelt war. *Leere.* Gisela sog scharf Luft ein und presste sich eine Faust an den Mund, dennoch schluchzte sie auf. Der Schmerz brannte in ihrer Brust. Würde Peter das verkraften können? Wie würde es sein, wenn er aufwachte und seinen linken Arm nicht mehr spürte? Und ihn auch nie mehr spüren konnte? Wenn er mit der linken Hand nie mehr den Ball in seinen Fingern balancieren konnte? Oder ihr zuwinken konnte? Er winkte doch immer mit der linken Hand ...

»Man kann den Arm ersetzen. Mit einer Prothese. Mittlerweile gibt es eine neue aus Amerika. Die ist vielversprechend, sodass man den künstlichen Arm und die Hand dann auch wieder benutzen kann. Allerdings ist das sehr kostspielig. Die Operation und die nachfolgende Therapie sind aufwendig und teuer. Aber das könnte ihm helfen«, sagte Schwester Agnes, während sie zu Peter sah. Dann fasste sie Gisela vertraut an die Schulter. »Ich hab auch einen Sohn in seinem Alter. Ich kann mir vorstellen, wie Sie sich fühlen.«

Gisela starrte an die graue Wand hinter Peter. Niemand konnte sich vorstellen, wie sie sich gerade fühlte. »Was heißt kostspielig?«

Sie würde alles dafür tun, um Peter zu helfen. Sie würde für ihn bis ans Ende der Welt gehen ... sogar bis in den Tod.

Die Schwester senkte den Blick. »Unerschwinglich für Leute wie uns.«

* * *

Gisela fühlte sich wie eine leere Hülle, als sie das Krankenhaus verließ. Peter war erst vor zwei Stunden aufgewacht. Dann war Dr. Cürten gekommen und hatte ihm erklärt, was geschehen war. Peter hatte nichts darauf erwidert. Kein einziges Mal zu seinem linken Arm geblickt. Geschwiegen hatte er. Nicht eine Träne vergossen, als würde er nicht begreifen, was passiert war. Während er an die Decke des Zimmers gestarrt hatte, hatte Gisela ihren Sohn angesehen. Ihn nach einer Stunde des Starrens in die Leere angefleht, etwas zu sagen. »Wenigstens ein Wort, Peter. Sag doch was! Irgendwas!« Aber er war stumm geblieben und hatte weiter die Wand angestarrt. Erst als Ursula mit Albrecht zurückgekommen war, hatte er beim Anblick seines besten Freundes matt gelächelt.

Es war kurz vor zehn Uhr, als sie mit dem Fahrrad in das Friesenviertel einbog. Sie würde zu spät kommen.

Ausgerechnet heute fand der zweite und letzte Teil des Auswahlverfahrens statt. Am liebsten wäre sie umgekehrt und hätte die Prüfung sausen lassen, sie war ohnehin wie betäubt im Kopf. Aber sie war auf die Sekretariatsstelle angewiesen. Wie sehr, war ihr klar geworden, als sie Peters leeren Blick gesehen hatte. Sie brauchte die Anstellung und das Geld, um ihm eines Tages die Prothese kaufen zu können. Mit eisernem Sparen würde sie es schaffen können. Ursula und Albrecht waren im Krankenzimmer geblieben. Sie würden so lange bleiben, bis Gisela wieder zurückkam.

Mit aller Kraft trat sie in die Pedale, stellvertretend für den Gedanken, den sie soeben gefasst hatte: Sie würde ihr Bestes geben und den zweiten Teil des Auswahlverfahrens für sich entscheiden! Immerhin ging es um Peters Zukunft.

* * *

Wie ein Inspektor, der über einen Kriminalfall nachdachte, betrachtete Hanni die Schnupftabakdose. Sie verrückte die Dose um ein paar Zentimeter und platzierte die Zigarettenpäckchen daneben. »Wir zwei werden wohl keine Freunde mehr werden, was?«, murmelte sie in Richtung der Dose und gähnte, weil sie den Großteil der Nacht im Keller verbracht hatte, um zu häkeln. Sie lehnte sich an die Blechwand des Büdchens und verschränkte die Arme vor der Brust. Ihre Augenlider wurden schwer. Immer schwerer. Beinahe wären ihr die Lider zugefallen. Sie riss sich aus der Trägheit. Sonne und Frischluft würden helfen, um die Müdigkeit zu vertreiben!

Hanni öffnete die Tür und trat auf die Straße. Vor dem Kiosk ging sie ein paar Schritte auf und ab. Dabei bewegte sie ihre Finger, die sich von der Häkelarbeit taub anfühlten, und betrachtete mit schräg gelegtem Kopf die Ladentheke wie eine Schaufensterpuppe, die sie einkleiden wollte.

Sie tippte sich mit dem Zeigefinger an die Unterlippe

und beschloss, den Korb mit den Bonbons mit einem gelben Tuch auszulegen, das zu den warmen Temperaturen passte, die in Köln zurzeit herrschten.

»So früh am Tag sollte sich ein *sweet* Frollein nicht den Kopf zerbrechen müssen. Guten Morgen, Miss Hanni!« Die heitere Stimme, die in ihr rechtes Ohr drang, entlockte ihr ein Lächeln. Sie erkannte den Tonfall, mehr noch die Betonung des *Frolleins*, und genoss einen Moment seinen weichen britischen Akzent. Als sie sich umdrehte, wäre sie beinahe gegen Dean geprallt. Sie hatte gehofft, dass er wiederkäme, und gleichzeitig Angst davor gehabt und sich gewünscht, dass sie nie wieder aufeinandertreffen würden. Wegen dieses sonderbaren Gefühls, das sie nicht einordnen konnte.

Eine herbe Note, wie ein Duett aus Leder und Veilchen, das sich in einem sinnlichen Zusammenspiel von Zedernholz und Rosenblüten vermischte, drang in ihre Nase. Himmel ..., und er roch auch noch so gut!

»Mr. Wright«, sagte sie gespielt gelassen und verbarg die Fröhlichkeit, die sich auf ihr Gesicht stehlen wollte. »Sie sind wieder da.«

»Stört es Sie, dass ich gekommen bin? *Back to you*, Frollein?«, fragte er, hielt es aber nicht für nötig, einen Schritt zurückzuweichen, um eine höfliche Distanz zwischen sie zu bringen.

Auch sie wollte diesen Abstand nicht. »Nicht, wenn Sie vorhaben, etwas zu kaufen. Rauchen Sie, Mr. Wright?« Hanni verschränkte die Arme vor der Brust und betrachtete Deans Gesicht. Seine Kieferpartie war frisch rasiert. Die Schroffheit seiner kantigen Gesichtszüge wurde von den kleinen Fältchen gemildert, die sich um seine Augen bildeten, als er sie anlächelte.

»Ja, natürlich, ich rauche.«

»Mögen Sie auch Schnupftabak?«

Dean verstand nicht, also hob Hanni ihre Hand, um ihm zu bedeuten, zu warten. Langsam schob sie sich an ihm vorbei. Dabei achtete sie darauf, dass sich ihre Körper nicht berührten, obwohl ihr nichts lieber gewesen wäre. Wie sich seine Haut wohl unter ihren Fingern anfühlen würde? Seltsam dieses Verlangen, das sie in seiner Gegenwart empfand. Sie spürte, wie die Hitze zunahm, die dieser Augusttag schon am Morgen durch die Stadt sandte. Dean musste in seiner Uniform schwitzen. Sie fragte sich, wie wohl sein Hemd an seinem Oberkörper anlag. Rein aus beruflichem Interesse natürlich, was für eine Schneiderin ja nicht weiter verwerflich war.

Kaum, dass sie sich hinter die Ladentheke gerettet hatte, griff sie nach der Schnupftabakdose und hielt sie ihm hin.

Wie bei der ersten Begegnung betrachtete er ihre Hände, die an diesem Morgen in kirschroten Spitzenhandschuhen steckten. Es war eins von den neuen Paaren, passend zu dem Hemdblusenkleid mit Pepita-Muster, das sie genäht hatte, nachdem sie Katharine Hepburn in einem ähnlichen Kleid in dem Kinofilm *Zu klug für die Liebe* gesehen hatte.

»*Oh my dear, beautiful* ... Außergewöhnlich. Ihre Hände, Frollein!« Hanni sah ihn verwirrt an, immerhin hatte sie nicht die Handschuhe anpreisen wollen.

»Natürlich auch die Tabak in der Dose. Aber wir haben eine Versorgung mit Tabak.«

»Oh«, sagte sie und stellte die Dose zurück. Auch bei Dean würde sie ihn nicht loswerden. Verlegen rieb sie die Hände aneinander und fühlte, wie ihre aufgekommene Sicherheit wieder verschwand. »Die *Frankfurter Rundschau*, Mr. Wright?«

»*Yes, please.*« Sie suchte die Zeitung heraus, rollte sie zusammen und streckte ihm das Papierbündel entgegen.

»Das ist alles?«

Als er nickte, nannte sie den Preis, der ihm geläufig war. Dean ergriff die Tageszeitung und legte das Geld in ihre ausgestreckte Hand. Trotz der Handschuhe konnte sie seine Berührung wie Perlen spüren, die über ihre Haut rollten. Sie konnte nicht anders, als ihn dabei anzusehen, als erwarte sie mehr von ihm.

Plötzlich tauchte eine Frage in ihr auf und purzelte ungewollt über ihre Lippen: »Vielleicht noch ein Magazin für Ihre Freundin?« Himmel, was ist bloß in dich gefahren, Hanni! Nun fühlte sie sich ertappt. Als hätte sie ihr Inneres, ihre intimsten Gedanken, offengelegt.

»*Oh ... No, there is ...* Nein.« Dean schüttelte den Kopf.

Hanni lächelte und verbarg die Erleichterung, die sich in ihr breitmachte. Sie setzte ein unbeholfenes Lächeln auf und verschränkte die Hände vor ihrem Schoß.

Dean kratzte sich verlegen am Hals. »*So ... I'd better take it.* Die Dose Tabak, Frollein.«

»Wirklich?« Mit einem erleichterten Lächeln, weniger wegen des Verkaufs, sondern weil sie Dean nicht weiter peinlich berührt ansehen musste, drehte sich Hanni um und schnappte sich die Schnupftabakdose. »Damit retten Sie mich. Sie sind mein Held!«, sagte sie, als sie sich wieder ihm zuwandte.

Er sah sie an, als könnte er weit mehr für sie sein.

»Sagen Sie mir jetzt Ihren Namen, Frollein?«

»Hannelore – lieber Hanni – Angersbach.« Sie streckte ihm ihre Hand entgegen. Er zögerte kurz, dann ergriff er sie und deutete eine Verbeugung mit dem Kopf an, ehe er einen Kuss auf ihren Handrücken drückte. Überrascht sah sie zu ihm auf.

»Es ist mir ein Vergnügen, Euch kennenzulernen, Miss … darf ich Miss Hanni sagen?« Der Kuss auf ihrer Hand war wie eine Melodie, die langsam verklang, doch das Publikum nicht loslassen wollte.

Sie nickte und hätte am liebsten nach einer Draufgabe verlangt.

»*Your new gloves* … *Really*, sehr elegant.« Er strich zärtlich mit dem Daumen über ihren Handrücken, den er festhielt, als wäre er zerbrechlich.

»Danke schön.« Es fühlte sich gut an, zu gut, als dass sie sich lösen wollte.

»Sie machen auch *gloves* für Herren?« Unerwartet ließ er ihre Hand los.

»Herrenhandschuhe, meinen Sie?«

Er nickte. »Herrenhand…« Dean hatte Mühe, das Wort auszusprechen. »Handschug.«

»Handschuhe.« Diese hatte sie für Herren noch nie genäht. Dazu bräuchte sie Leder. Kein Mann würde freiwillig ihre Spitzenhandschuhe in der Öffentlichkeit tragen. Aber Leder bekam man in diesen Zeiten kaum. Zumindest nicht zu einem erschwinglichen Preis. »Nein, leider nicht«, sagte sie und schüttelte den Kopf. Dann nahm sie ein Tuch und wischte über das Holz der Ladentheke, als müsste es gesäubert werden.

»Warum nicht? Sie sind eine *amazing* Schneiderin, wenn ich das sagen darf.«

Sie blickte auf. Das Herz schlug ihr bis zum Hals. Durch ihre langen Wimpern hindurch sah sie ihn an. »Ach, das ist doch nur … Eigentlich bin ich gar keine Schneiderin. Ich bin Telefonistin. In der Versicherungsanstalt Pering. Im Friesenviertel.«

»Sie sind eine *talented* Schneiderin, Hanni! ... Der Winter in Köln ist kalt. Schon in drei Monaten wird es kalt sein. *Jesus, so cold, that my butt is already scared of it.*« Er lachte, und Hanni stimmte mit ein, obwohl sie kein Wort verstanden hatte. »Und Sie können retten meine Finger, wenn Sie mir nähen warme Handschug.«

»Häkelhandschuhe für Herren?«, scherzte sie und kicherte, weil sie daran dachte, wie er ihre Spitzenhandschuhe zur Uniform trug.

»Nein, nicht solche. Das würde zu viel Aufsehen erregen in der Straße, und ich werde vielleicht los meinen Dienst.« Belustigt strich er sich über seine Uniformjacke und stellte sich aufrecht hin, sodass seine breite Brust deutlicher zur Geltung kam. »Ich kann Ihnen den Stoff ... wie heißt *leather* in German? ... *My dear*, ich kann Ihnen *leather* bringen.«

»Sie kommen an Leder?« Hanni strahlte ihn an, als hätte er ihr ein Meer aus roten Rosen geschenkt.

»So leicht kann man Ihr Herz gewinnen, *my dear?* Mit *leather?*«

Sie krauste die Nase und schüttelte den Kopf. »Dazu braucht es mehr. Weit mehr, Mr. Wright. Aber wenn Sie Leder besorgen können, ist das schon mal ein guter Anfang.«

Er nickte und grinste, als würde er sich dieser Aufgabe liebend gern widmen. Hanni hätte nichts dagegen, selbst Lederhandschuhe im Winter zu tragen oder sich aus dem Material einen Rock zu schneidern. Vielleicht hatte er noch eine Reserve, die er ihr mitbringen konnte ...

»Wenn ich das *leather* habe, werde ich sehen, was ich für Sie tun kann.« Sie kramte ein Maßband aus ihrer Rocktasche und forderte ihn auf, seine Hand auszustrecken.

Behutsam ergriff Hanni sie. Sie war kräftig und an ihrem Rücken von blauen Adern durchzogen. Eine Narbe fiel Hanni ins Auge, die sich über die Fingerknöchel der rechten Hand zog; sie fragte sich, wie viele Spuren der Krieg an ihm hinterlassen hatte. Welche körperlichen Verletzungen hatte er? Und welche seelischen Wunden schleppte er mit sich herum? Seine Haut unter ihren Fingern löste den Wunsch in ihr aus, mehr von ihm mit geschlossenen Augen zu ertasten.

Mit einem knappen Kopfschütteln schluckte sie das aufgekommene Verlangen hinunter und maß professionell weiter ab.

»Das hat sich gut angefühlt«, sagte er, als Hanni fertig war und seine Hand freigab. Himmel! Sie verfluchte ihn für seine Worte ... und sehnte sich zugleich nach ihm. Ohne es verhindern zu können, entwarf ihre Fantasie ein Schnittmuster ... Wie er mit seinem Daumen Kreise an ihrem Dekolleté zog und die Hand unter ihren Büstenhalter wanderte, an deren empfindlichsten Stellen er ein undeutbares Muster skizzierte. Hanni atmete heftig. Sie hatte noch nie mit einem Mann geschlafen und war auch noch nie von einem an ihren intimsten Stellen berührt worden. Und wie sehr sie sich nach diesen Zärtlichkeiten sehnte, merkte sie, als sie das Ahornblatt in seiner linken Iris betrachtete, das tanzte, als hätte es Feuer gefangen. Und da verstand sie, dass es zu spät war. Er hatte einen Flächenbrand in ihrem Inneren ausgelöst, der nur durch weitere Berührungen, weitaus innigeren Liebkosungen, gelöscht werden konnte.

»Am Montag. Da komme ich wieder. Mit dem *leather*. Werden Sie da sein, Frollein Hanni?«

Sie nickte, ohne zu überlegen. Sie würde da sein. Egal,

ob ihr Vater noch krank wäre oder nicht. Sie würde einen Weg finden, hier zu sein. Sie würde auf ihn warten.

Hanni lächelte, und bei dem vertrauten Lächeln, das er ihr als Antwort schenkte, wäre sie am liebsten mit ihm gegangen.

* * *

Sie hatte versagt. Einfach versagt. Eben hatte sie noch auf dem Stuhl gesessen, dann war plötzlich Carlas Stimme so leise geworden, dass sie die Wörter des Diktats nicht mehr hatte verstehen können. Sie hatte um eine Wiederholung des letzten Absatzes gebeten. Weil sie ihn wieder nicht hören konnte, hatte Gisela sich auf ihren Kopf gegriffen, um den Kopfhörer abzunehmen. Doch da war keiner gewesen. Postwendend hatten ihre Finger zu zittern begonnen, und sie hatte die Buchstaben auf der Schreibmaschine nicht mehr lokalisieren können. Es war, als wären die Tastenkappen herumgetanzt, und es war ihr unmöglich, sie einzufangen.

Einen Buchstabensalat hatte sie zu Papier gebracht – kein einziges Wort hatte gestimmt. Als hätte ein schwarzes Loch das Wissen verschluckt, das sie noch vor Tagen aus dem Effeff beherrscht hatte. Verschwommen hatte sie das Blatt betrachtet und keine Luft mehr bekommen. Sie hatte darum gebeten, dass jemand das Fenster öffnet und sich die oberen Knöpfe der Bluse aufgeknöpft, unfähig, zu ihrem Atem zurückzufinden. Der Stift war aus ihrer zitternden Hand gerutscht und zu Boden gefallen. Carla hatte ihr den Bleistift aufgehoben und sie flüsternd gefragt, was mit ihr los sei.

Da war sie als Antwort einfach aufgestanden.

An den Stuhllehnen hatte sie sich aus dem Raum vorgetastet und so ihren Weg hinausgefunden. Nun saß sie auf den Stufen des Hinterausgangs, regungslos, denn selbst für das Zittern fehlte ihr die Kraft. Gedankenlos starrte sie auf die zerbombte Umgebung. Sie fühlte sich ebenso zerstört. Gebrochen und vernichtet. Wie sollte sie jetzt noch weitermachen? Nach dieser Arbeitsprobe würde sie die Sekretariatsstelle nicht bekommen. Heinrich würde auch nicht zurückkehren. Und Peter würde nie mehr der Junge sein, der er vor dem Unfall gewesen war. Bei dem Gedanken begann wieder das Zittern. Sie schluchzte auf und nahm das durchtränkte Taschentuch, um sich die Wangen abzutupfen. Aber sie wurden nur nasser. Nichts konnte sie ausrichten. Es war, als ob sie gelaufen wäre. Immer vorwärts, mit dem Blick auf den Horizont gerichtet, doch nun war sie kilometerweit zurückgefallen und im Rauch eines Brandes untergegangen. Mit der Sekretariatsstelle wäre die Armprothese vielleicht irgendwann erschwinglich gewesen, aber nun war es aussichtslos geworden. Und sie konnte Peter nicht mal Mut machen, denn diesen hatte sie selbst verloren.

Resigniert wischte sie sich die Augenwinkel mit dem Rockzipfel trocken. Sie umschlang ihre Knie und betrachtete die Kieselsteine, die herumlagen und zu nichts zu gebrauchen waren. Genauso wie sie selbst. Peter hatte ein anderes Leben verdient. Eine andere Mutter. Der Gedanke zerriss sie innerlich.

Sie hob den Kopf und schaute mit verschleiertem Blick auf die gegenüberliegende Straßenseite. Schemenhaft erkannte sie menschliche Umrisse. Die Geschmeidigkeit eines Gangs war ihr vertraut. Sie blinzelte, wodurch sie klarer sah. Anton?

Tatsächlich. Er ging an ihr vorbei. Auf der anderen Straßenseite. Dabei schaute er sie kurz an. Flüchtig, als würde er sie kaum kennen. Die Gleichgültigkeit, die sein Gesichtsausdruck ihr vermittelte, brannte in ihrer Brust.

An Antons Arm ging eine Frau. Mit eleganten Bewegungen und erhobenem Kopf stolzierte sie dicht an seiner Seite und setzte einen Schritt vor den anderen, als wolle sie den Boden auf seine Zerbrechlichkeit prüfen. Gisela vernahm das Klackern ihrer Stöckelschuhe. Vertraut sah die Frau Anton an und lächelte. Da wusste Gisela, wer sie war. Und durch den nichtssagenden Blick, den Anton ihr zuwarf, wusste sie auch, was *sie* für ihn war.

KAPITEL NEUNZEHN

»Herr Lachmann, Sie sollten das Fräulein Ingrid nicht so sehr in Bedrängnis bringen. Sie hat ja kaum noch Luft zu atmen ... überhaupt ist es seit Ihrem Auftauchen sehr stickig im Raum geworden.«

Ingrid warf Charlie, die aus der Pause zurückgekommen war und sich an Giselas Schaltschrank setzte, einen dankbaren Blick zu.

»Fräulein von Siebenthal. Wie schön, dass wir uns wiedersehen.«

»Die Freude kann ich leider nicht teilen. Und wenn Sie nicht vorhaben, Ingrid auf der Stelle zu ehelichen, sollten Sie ledigen jungen Damen nicht solche Avancen machen. Wo ist denn der hübsche Ring für das Fräulein Ingrid? Oder soll es doch das Fräulein Julia werden? Offenbar habe ich den Überblick verloren!« Charlie nahm das Ende eines Kabels und steckte es in eine der Öffnungen.

Lachmann schluckte mit hüpfendem Adamsapfel. »Ich dachte, Sie hätten heute keinen Telefondienst.« Er lockerte seine Krawatte und deutete einen Diener an, als wolle er sich von Ingrid verabschieden.

»Da sind Sie offenbar nicht im Bilde. Ich bin für Frau Eder eingesprungen. Die Arme ist krank geworden.«

Warum erkläre ich ihm das überhaupt?, fragte sie sich. Er war ein Unkraut, das dem männlichen Größenwahn erlegen war und glaubte, es wäre eine stattliche Eiche.

»Ich habe tatsächlich noch zu tun. Mein nächster Termin wartet. Schönen Tag, die Damen!« Mit einem bösen Blick, der Charlie galt und der an ihr abperlte, verließ Lachmann die Telefonzentrale.

»Dann kann ich mich jetzt ja wieder dem Unwesentlichen widmen!« Charlie hob die Mundwinkel und setzte sich ihren Kopfhörer auf, um das Lämpchen zum Erlöschen zu bringen, das an ihrem Schaltschrank flackerte, als würde es demnächst kollabieren. Gudrun war nicht da, also konnte sie Charlies Nervenkostüm auch nicht mit ihren strengen Zeitvorgaben strapazieren. Und die Aufseherin hätte ihr dankbar sein sollen, denn sie hatte für eine Bereinigung der Atmosphäre gesorgt. Ohne Lachmann war die Luft im Raum so angenehm frisch geworden wie im Wald.

An diesem Morgen saß Charlie in der Mitte der Telefonistinnen, gleich neben Frederike. Gisela hatte sich krankgemeldet. Offiziell. Inoffiziell hatte Charlie von dem Unglück gehört, das ihrem Sohn zugestoßen war, denn sie hatte ein Gespräch zwischen Hanni und Julia in der Garderobe mitgehört.

Charlie verband gerade ein Telefonat an Walter Pering, als die Tür zur Telefonzentrale aufgerissen wurde. Erstaunt blickte sie über ihre Schulter nach hinten. Grußlos eilte ihr Onkel durch den Raum und kam auf sie zu. »Ist Frau Eder heute nicht da?«

»Sie ist unpässlich. Weshalb ich übernommen habe, Onkel.«

Eine tiefe Falte erschien zwischen Anton von Siebenthals Augenbrauen »Nicht da? ... Weiß man denn, wo sie ist?«

Hanni bekam große Augen, Julia räusperte sich und steckte ein Kabel um. Aber keine von ihnen sagte etwas.

»Charlotte, ich möchte dich kurz sprechen. Unter vier Augen!«

»Natürlich, Onkel. Nichts lieber als das. Ich kann eine Pause gut gebrauchen!« Damit hatten die Lämpchen die Erlaubnis, ohne ihr *vergessliches* Zutun zu verglühen.

* * *

»Kaffee, Liebes?« Anton bedeutete Charlie, auf dem Stuhl ihm gegenüber Platz zu nehmen.

»Wenn du echten Bohnenkaffee hast, dann gern! Ansonsten natürlich nicht.« Charlie setzte sich.

Ihr Onkel nickte abwesend.

»Ich kann den Malzkaffee schon gar nicht mehr riechen«, fügte sie hinzu.

Anton von Siebenthal wandte sich an seine Sekretärin, die ihnen gefolgt war, und wies sie an, eine Tasse Kaffee für seine Nichte zu holen.

»Du arbeitest doch mit Gisela Eder zusammen«, sagte er, kaum dass seine Sekretärin gegangen war. »Ist etwas mit ihrem Mann?«

»Hast du auch Kekse? Vom Kaffee allein wird mir immer übel.«

»Charlie!« Während er sie eindringlich musterte, öffnete er seine Schreibtischschublade und nahm eine angebrochene Packung Butterkekse heraus.

»Wie herrlich! Kann ich die alle haben?«

Er schob sie ihr über den Tisch. »Und nun sag schon!«

»Ja, es ist was ganz Schlimmes passiert. Aber nicht mit ihrem Mann. Von dem weiß ich nichts. Der gilt doch nach wie vor als vermisst, oder? Hat zumindest diese Plappertante am Empfang gesagt, die überall mithört.« Sie fischte einen Keks aus der Packung und schnupperte mit genießerischem Seufzen daran.

»Erna?« Anton schnappte sich einen Stift und drehte ihn zwischen den Fingern.

»Genau so heißt die Plaudertasche.«

»Er wird noch immer vermisst? Das kann nicht sein. Da musst du falsch informiert sein. Der ist doch zurückgekommen.«

Charlie zuckte mit den Schultern und biss in den Keks. »Was weiß ich ... Aber ich glaub nicht, dass sie deshalb fehlt. Es ist wegen ihres Sohnes. Der hatte einen Unfall.« Charlie schluckte die zerkaute Masse in ihrem Mund hinunter. »Einen sehr tragischen. Glaubt man dem Getratsche, hat er durch einen Blindgänger seinen Arm verloren. Wirklich schrecklich, nicht wahr? Da ist ihm während des Krieges nichts passiert, und dann das!«

Anton von Siebenthals Blick wurde starr. Der Stift fiel mit einem Klacken auf seinen Schreibtisch. Charlie sah ihn erstaunt an. Selten hatte sie einen solch betroffenen Gesichtsausdruck an ihrem Onkel gesehen. Normalerweise war er ein unerschütterlicher Fels, der allen Widrigkeiten standhielt.

»Und wie geht es Peter jetzt?«

»Peter? Ich dachte, der heißt Paul. Egal ... ich weiß es nicht. Mich mag ja niemand, deshalb erzählt mir auch keiner was. Ich kann dir nur sagen, was ich so nebenbei mitbekommen habe.«

Mit einer ungeduldigen Handbewegung forderte er sie auf weiterzusprechen.

»Er braucht wohl eine spezielle Prothese, die aus Amerika kommen soll … und eine Therapie. Aber Gisela kann das alles nicht bezahlen. Ich meine, als Telefonistin … wie soll das bitte schön gehen, bei diesem Hungerlohn, den ihr uns bezahlt? Da solltest du wirklich mal nachrechnen, Onkel Anton! … Hanni, Julia und Erna haben schon Geld zusammengelegt, aber da kommt bei Weitem nicht genug zusammen. Die haben ja selbst nichts. Wirklich übel das Ganze.« Charlie fischte noch einen Keks aus der Verpackung.

»Und wie viel braucht sie? Was kostet diese Prothese?« Er sah aus, als würde er bereits in seinem Kopf rechnen.

»Keine Ahnung, was fragst du mich? Viel, nehm ich an.« Er schnaubte unzufrieden. Die Sekretärin kam leise herein und stellte die Kaffeetasse auf den Tisch, was Charlie mit einem dankbaren Seufzer honorierte. »Herrlich! Echter Bohnenkaffee. Ich sollte dir öfters einen Besuch abstatten, Onkel Anton.«

Er blickte an Charlie vorbei aus dem geöffneten Fenster. Die Blätter der großen Eiche davor raschelten im Wind, und er schien über etwas nachzudenken. Nach einer Weile klopfte er plötzlich so heftig auf den Tisch, als wolle er einen Einfall zum Leben erwecken. »Du wirst dich jetzt mal nützlich machen, Liebes. Und eine Wohltätigkeitsveranstaltung planen.«

Charlie, die gerade an ihrem Kaffee genippt hatte, verschluckte sich. »Ich? Wieso denn ich? Das hat doch immer meine Tante gemacht.«

»Nun, die ist gerade sehr unpässlich, nicht wahr? Und du brauchst eine Aufgabe im Leben.«

»Ich bin sehr beschäftigt, Onkel!«

»Womit? Familienporträts zu bespucken?«

Sie rutschte in ihrem Sessel zurück. »Aber die Leute hier

mögen mich doch gar nicht. Wer wird auf meine Einladung hin kommen?« Sie stellte die Tasse abrupt wieder ab, sodass es klirrte. »Und wie soll ich bitte schön eine Benefizveranstaltung planen? Ich bräuchte schließlich selbst etwas Geld. Du siehst ja, was aus mir geworden ist.« Sie deutete auf ihr schmuckloses Dekolleté, auf dem nur noch ihre Haut schimmerte.

Anton von Siebenthal zischte, woraufhin Charlie auf dem Sessel ganz nach hinten rutschte.

»Du wirst ein nettes Rahmenprogramm aufstellen. Walter wird es finanziell stützen. Ich werde es ihm als notwendige Veranstaltung für den Erfolg der Versicherung verkaufen, damit er das Budget dafür freigibt. *Eine Benefizveranstaltung von Walter Pering für Peter Eder.*« Er schrieb die Worte in die Luft, während sein zufriedener Blick die Geste unterstrich. »Wir laden Kunden, Mitarbeiter und natürlich die Presse ein. Walter mag gute Geschichten in der Zeitung! Sie alle werden unserem Spendenaufruf Folge leisten. Das kann eine große Sache werden, vor allem, wenn auch noch der Rundfunk kommt. Da wird sich Walter nicht lumpen lassen.«

»Rundfunk?« Charlies Mund blieb offen stehen.

»Es finden gerade die Domfestspiele statt. Vielleicht sind da Schauspieler verfügbar, die ein Stück bei uns aufführen könnten. Nur irgendwas Kleines. Helena Klostermann zum Beispiel. Die ist eine fabelhafte Schauspielerin. Ich habe sie erst kürzlich als Lyra Schoppke in Zuckmayers *Des Teufels General* gesehen. Eva kennt sie gut. Frag sie doch mal.«

Charlies Mund öffnete sich weiter. Sie fühlte sich, als ob ihr ihr Onkel mit seinen Plänen soeben eine viel zu schwere Cartier-Kette um den Hals gehängt hätte.

»Du wirst Hilfe bei der Planung benötigen. Schließlich soll es so schnell wie möglich über die Bühne gehen, damit Peter rasch Hilfe bekommt. Am besten, du bittest drei Kolleginnen, dich zu unterstützen: Hannelore Angersbach, Erna Schmitz und diese Neue ... Julia Döring. Hol sie ins Boot. Sie werden froh über diesen Vorschlag sein. Die würden füreinander durchs Feuer gehen. ... Und es ist eine gute Möglichkeit, dich mit ihnen anzufreunden.«

Charlie schluckte, denn sie hatte keine Ahnung, wie sie eine Veranstaltung in dieser Größenordnung angehen sollte. Sie hatte ja noch nicht einmal eine kleine Geburtstagsfeier für sich selbst geplant. Das hatte immer ihre Mutter mit den Bediensteten übernommen. »Das kannst du mir unmöglich zutrauen, Onkel Anton.«

»Man wächst mit seinen Aufgaben, Liebes. Auch du. Ich traue es dir zu, weil ich erwarte, dass du es schaffst. Es wird Zeit, dass du mal etwas für andere tust.«

»Das sagst ausgerechnet du!«, fuhr sie ihn an.

Er stöhnte und schloss die Augen. »Charlie, darüber haben wir doch schon gesprochen. Mir waren damals die Hände gebunden!«

»Das ist Unfug. Du hättest einfach mit Vater reden können. Du hättest ihn davon abhalten können!«

»Die Entscheidung hatte er ohne mich getroffen! Und als ich davon erfuhr, war es zu spät!« Er fasste nach ihrer Hand, aber sie zog ihre zurück.

Charlie spürte, wie sie einem Schwächeanfall immer näherkam. Ihr Herz stolperte in einem ungesunden Takt vor sich hin. Rasch trank sie ihren Kaffee aus. Ein Fehler, wie sie feststellte, denn ihr Puls beschleunigte sich noch mehr.

»Es tut mir unsagbar leid, Liebes, was damals passiert

ist. Und ich würde alles ungeschehen machen, hätte ich die Möglichkeit dazu.«

Es klopfte an der Tür, die einen Spalt aufgeschoben wurde. »Ihr Termin, Herr von Siebenthal, ist da«, sagte seine Sekretärin. »Soll Herr Falkenberg senior noch warten?«

»Zwei Minuten. Bieten Sie ihm in der Zwischenzeit einen Cognac an.« Kaum dass die Sekretärin wieder verschwunden war, blickte er Charlie an. »Du schaffst das, Liebes, da bin ich ganz sicher.« Ihr Onkel zwinkerte ihr zu, wofür sie ihn am liebsten vom Stuhl gestoßen hätte.

Mit einem aufgesetzten Lächeln erhob sie sich.

»Du weißt, dass dir unsere Tür immer offen steht. Wenn es dir zu einsam in dem großen Haus ist, dann ...«

»Danke, ich fühle mich in Hahnwald sehr wohl.«

»Wenn das so bleibt.«

»Was soll das heißen?«

»Wir werden sehen, Charlotte. Wir werden sehen. Aber wenn du etwas brauchst, Eva und ich, wir sind für dich da.«

Eva würde sie auch heute noch am liebsten unter eiskaltem Fließwasser ertränken. »Bestimmt ... das liebe Tantchen.« Sie verzog ihren Mund und ging auf die Tür zu.

»Ach, Charlie.« Ihr Onkel sah von seinem Papier hoch, auf das er soeben eine Notiz gekritzelt hatte. »Das bleibt unter uns. Gisela Eder darf auf keinen Fall erfahren, dass wir darüber gesprochen haben. Es war *dein* Einfall!«

KAPITEL ZWANZIG

Perings Benefizgala stand auf den Einladungskarten, die die Gäste dem Personal am Eingang entgegenhielten, ehe sie in die Halle schritten und einen Aperitif *anisé* von *Ricard* überreicht bekamen. Die Leute von der Presse mischten sich unter das Publikum. Sie hatten ihre Notizblöcke gezückt, um die Namen der wichtigsten Gäste aufzuschreiben, über die sie in ihren Blättern am nächsten Morgen berichten wollten. Der Fotograf der *Kölnischen Rundschau* positionierte seine Kamera in der Mitte der Halle, sodass ihm jeder Schnappschuss gelang.

»Herr Pering, würden Sie uns bitte für ein Foto und ein paar Interviewfragen zur Verfügung stehen?« Der Chefredakteur der *Kölnischen Rundschau* war persönlich gekommen, um sich ein Bild vom Geschehen zu machen. Schließlich hatte es lange keine Benefizveranstaltung mehr in der Stadt gegeben.

»Aber natürlich, mit Vergnügen!« Bereitwillig stellte sich Pering in Positur, lächelte für Fotos und gab dem Journalisten Antwort auf seine Fragen. Dazwischen begrüßte er die Gäste, die der Einladung gefolgt waren.

Man konnte es auch als eine Wohltätigkeitsveranstaltung für die Geladenen bezeichnen, denn es gab ein kleines

Geschenk für alle, die etwas spendeten und einen Versicherungsvertrag abschlossen. Sie wurden mit einem größeren Rabatt auf die Prämie belohnt. Dementsprechend lang war die Schlange vor dem Verkaufstisch.

Von der Decke hingen bunte Lampions, die Hanni, Erna und Julia an den letzten Abenden heimlich gebastelt hatten, wie Gisela vorhin erfahren hatte. Mithilfe des Hausmeisters und einer langen Leiter hatten sie die Lichterketten am frühen Nachmittag aufgehängt, kurz nachdem Gisela die Versicherung verlassen hatte, um nach Peter zu sehen. Es war Mitte September. Drei Wochen waren seit dem Unfall vergangen. Es ging Peter gesundheitlich besser, aber so lebendig und voller Tatendrang wie früher war er nicht. Die meiste Zeit des Tages lag er im Bett und sah aus dem Fenster. Es kam Gisela so vor, als würde er sich für den fehlenden Arm schämen. Bestimmt wollte er aus diesem Grund weder in die Schule gehen noch einen Spaziergang an der frischen Luft unternehmen. Albrecht besuchte ihn täglich und brachte ihm die Schulübungen mit, die er ebenso wenig beachtete wie seine linke Körperhälfte. Er vermied es, auf seinen fehlenden Arm zu blicken. Ursula unterstützte Gisela in der Betreuung von Peter, wenn sie bei der Arbeit war, und half Gisela auch auf seelischer Ebene. »Gib dem Jungen Zeit«, sagte sie immer, wenn Gisela daran zweifelte, dass Peter je wieder der Alte werden würde.

Überwältigt stand Gisela am Rande des Geschehens, nicht imstande, einen weiteren Schritt zu machen, und beobachtete das Treiben. Sie war über den Hintereingang hereingekommen und erfasste erst langsam, worum es an diesem Nachmittag ging. *Perings Benefizveranstaltung zu Gunsten von Peter Eder* stand auf einer Schautafel, die neben dem Eingang aufgestellt war. Selbst Gudrun hatte bei der Geheimniskrämerei mitgespielt und Gisela mit dem Vorwand in die Versicherung zitiert, dass sie die Fehlzeiten der letzten Tage aufarbeiten müsse.

»Es sind mehr Leute gekommen, als wir erwartet haben.« Hanni sah sich zufrieden um. Sie stand schon eine Weile neben Gisela, aber hatte ihr die Ruhe zum Staunen gelassen. *Benefizveranstaltung*, wiederholte Gisela in Gedanken und ließ ihren Blick weiter durch die Halle schweifen. Eine ausgelassene Stimmung herrschte unter den Gästen.

»Mir fehlen die Worte.« Nervös strich sich Gisela über ihren Uniformrock und bemerkte dabei, dass ihre feuchten Handflächen nicht geschmeidig über den Stoff glitten, weil ihre Hände schwitzten.

»Etwas Wichtiges fehlt aber noch«, sagte Hanni. »Ich hab in der Garderobe ein Geschenk für dich. Komm, Gisi, lass uns nach unten gehen!«

Kurz darauf kamen sie zurück. Gisela trug anstelle der Uniform ein grünes Etuikleid, das ihr bis zu den Knien reichte. Es hatte Hanni gehört, die es für diesen Anlass umgenäht hatte. Die Farbe passte zum Thema der Veranstaltung, und dank Hanni, die Giselas Maße im Schlaf aufsagen konnte, saß es wie angegossen.

»Wie findest du die Lampions, Darling? Beim Festmachen wäre ich fast von der Leiter geflogen. Und das alles nur für dich!« Erna räusperte sich. »Verzeihung. Für Peter natürlich.«

»Du solltest in deinem Alter auch nicht mehr so hoch hinauswollen«, erwiderte Julia, die als Einzige ihre Uniform trug, und grinste.

»Jetzt hab ich gerade angefangen, dich zu mögen, und dann beleidigst du mich schon wieder.«

»Ach, Frau Schmitz!« Julia kam zu Erna und strich ihr freundschaftlich über den Rücken. »War doch nur ein Späßchen.« Gisela, Hanni und Julia lachten.
»Das anscheinend nur ihr drei witzig findet. Euren Humor muss mal einer verstehen. Mischen wir uns unter die Gäste und besorgen uns Rheinwein. Auf diese Freundschaft möchte ich erst mal ein Glas trinken!«
Die drei folgten Erna, die zielstrebig in die Mitte der Halle ging, wo eine Bühne aufgebaut war.
»Aber bitte, ihr verlangt doch nicht, dass ich heute Abend vor allen Gästen etwas sage?« Gisela starrte das Mikrofon an.
»Natürlich nicht, das wird Herr Pering übernehmen. Wir wissen ja, dass du das nicht magst.« Hanni schenkte ihr einen beruhigenden Blick, der sie die Sorge darüber sofort wieder vergessen ließ.
Gisela legte die Hand auf ihr Herz und atmete erleichtert aus.
Eine Dame mittleren Alters mit zierlicher Figur, die etwas Burschikoses an sich hatte, betrat die Bühne und stellte sich vor das Mikrofon. Mit einem gehauchten »Guten Abend« begrüßte sie die Gäste, woraufhin diese sich zu ihr umdrehten. Ihre Haare hatte sie im Nacken zu einem Kranz zusammengesteckt, und sie trug ein dunkelblaues Abendkleid, dessen Stickereien im Licht funkelten. Sie schloss die Augen und stimmte zeitgleich mit dem Blasorchesterduo, das aus einem Saxophonisten und einem Trompeter bestand, das erste Lied an. Zart war ihre Stimme, die *La vie en rose*, von Édith Piaf, ins Mikro sang. Die Gäste, die sich vor der Bühne versammelten, nippten an ihren Aperitifgläsern und lauschten verzückt.
»Das ist das Schönste, was jemals jemand für mich …

und vor allem für Peter gemacht hat«, sagte Gisela mit belegter Stimme.

»Ich hoffe, du weinst diesmal aus Freude, Darling!« Erna reichte ihr ein Taschentuch.

»Ach, Gisi, natürlich helfen wir alle zusammen, wenn es um Peter geht«, erwiderte Hanni. »Charlie hatte übrigens die Idee dazu.«

»Was ich ja nicht ganz glauben kann«, ergänzte Erna und sah sich um, aber Charlie war weit und breit nicht zu sehen. »Wo steckt die Göre überhaupt?«

»Die ist vorhin verschwunden. Hat irgendwas von Einbrechern in ihrem Haus gefaselt«, erklärte Julia mit einer Ruhe, als wollte Charlie ein Putzkommando in ihrer Villa begrüßen.

»Ach du liebe Güte! Einbrecher?«, stieß Gisela aus.

»Vielleicht ist sie gar nicht so unmöglich, wie wir alle dachten.« Julia zuckte mit den Schultern.

»Weil *sie* das Opfer ist und bestohlen wurde?« Hanni runzelte die Stirn.

»Nicht doch! Den Lachmann meine ich. Weil sie ihn aus der Telefonzentrale verscheucht hat. Und verpetzt hat sie uns auch nicht.«

»Täuscht euch da mal nicht, Darlings. Da kommt schon noch was. Ich kenne diese Art Mädchen, die glauben, sie könnten alles haben und sich alles erlauben. Ihre Mutter war genauso. Die hat sich damals aus Kalkül den Bruder von Anton von Siebenthal geangelt.«

»Nun, kann man es ihr verdenken? Wer möchte nicht reich sein?«, bemerkte Julia mit einem Schulterzucken.

»Dieser Charlotte tun ein paar Einbrecher bestimmt gut.«

»Wie gemein von dir!« Hanni verschränkte die Arme vor der Brust.

»Darling, das nennt man Erziehung. Etwas Härte hat noch niemandem geschadet. ... Na endlich, der Rheinwein!« Erna schnappte sich ein Glas von dem Tablett, das ein Kellner an ihnen vorbeibalancierte. Sie hielt den Kelch gegen das Licht. »Äußerst geschmackvoll. Nicht nur der Inhalt, sondern auch die Gläser. Da hat der Pering ordentlich in die Taschen gegriffen. Muss den Peter wohl mögen.« Dabei sah sie Gisela an, als wäre es Zeit, mit der Wahrheit rauszurücken.

»Oder das gute Geschäft gewittert haben«, bemerkte Julia und deutete auf den Schreibtisch, der in der Nähe des Eingangs stand. Dahinter saßen drei Versicherungsberater und verkauften fleißig Policen. »Der besondere Nachlass zieht. Sollten wir bei deinen Handschuhen auch überlegen, Hanni. *Mengenrabatt.* Immerhin kannst du wieder in Mengen produzieren, oder?«

Hanni verschluckte sich an ihrem Aperitif. »Weißt du eigentlich, wie teuer das Garn ist und wie lange ich an einem Paar Handschuhe sitze? Sieh dir doch mal meine Finger an! Die sind schon ganz wund! Setz mich nicht unter Druck. Ich bin ja nicht im Arbeitslager! ... Außerdem«, sie zog einen Mundwinkel nach oben, »habe ich vielleicht eine Bestellung für Herrenhandschuhe. Ich warte noch auf das passende Material. *Leder.* Stell dir das mal vor!«

»Lederhandschuhe? Was für eine fabelhafte Idee! Wir haben Mitte September. Der Winter ist schneller da, als uns lieb ist. Aber ob wir die Mengen an Leder bekommen können? Ach, konzentrier dich erst mal lieber auf die Spitzenhandschuhe. Sie sollen schön werden ... und viele.« Julia nahm einen Schluck von ihrem Wasser und wiegte sich im Takt von *Non, je ne regrette rien*, das die Sängerin soeben angestimmt hatte.

»Klingt fast wie die echte Piaf. Ist sie das vielleicht sogar?«, bemerkte eine rothaarige Dame, die hinter Gisela stand.

Der Gesang zog wie ein Windhauch durch die Halle und erfrischte die Gemüter.

»Nein. Die Piaf hat viel dunkleres Haar, hab ich erst neulich in der Zeitung gesehen. Und was der in der Kindheit Schlimmes widerfahren ist. Hast du das auch gelesen?«, erwiderte ihre Freundin, die den Taschenspiegel wegsteckte, in dem sie eben ihre Frisur überprüft hatte.

»Nein! Erzähl!« Die rothaarige Frau hakte sich bei der anderen unter, dann verschwanden sie flüsternd in der Menge.

Giselas Blick schweifte während des Liedes durch die Gästeschar. Sie entdeckte Anton, abseits der Menge. Er unterhielt sich mit einem älteren Mann. Er sah gut aus. Wie immer. Aber dieses Mal lag es nicht an seinem dunkelblauen Anzug, der maßgeschneidert an ihm saß und seine Augenfarbe zum Leuchten brachte, sondern an der Art, wie er gestikulierte, mit einer Feinfühligkeit, als würde er ein Orchester dirigieren. Ach ... sie würde seine Finger nie mehr an ihrem Rücken oder ihrer Schulter spüren. Zu schade ... Anton bot dem Mann eine Zigarre an und zündete sich selbst eine an. Es tat noch immer weh, dass er Gisela, als sie auf der Treppe gesessen hatte, nicht beachtet hatte. Dass er sie angesehen hatte, als sei sie nicht existent.

Anton lachte, dann drehte er sich plötzlich nach rechts, als hätte Giselas Frage, die sie sich gestellt hatte, ihn wie eine Ohrfeige am Kopf getroffen. *Warum?*, fragte sie wortlos, während ihre Blicke sich trafen. Sie verhakten sich ineinander, als ob sie mit einem unsichtbaren Band verbunden wären. Sie meinte, etwas wie Bedauern in seinen Augen aufblitzen zu sehen. Zumindest glaubte sie das. Aber auf ihre Intuition war kein Verlass mehr. Sie drehte sich um und ging ein Stück weiter.

»Sind Sie Frau Eder? Man hat uns gesagt, Sie wären es. Die Mutter von dem Jungen, um den es bei diesem Benefiz geht?« Ein junger Mann mit Hornbrille und Notizblock hielt Gisela auf. »Ich bin von der *Kölnischen Rundschau* und möchte Ihnen ein paar Fragen stellen. Zu Ihrem Sohn und dem Unfallhergang.«

»Morgen sind Sie dann stadtbekannt! Bitte lächeln, Frau Eder«, rief der Fotograf, ehe Gisela etwas erwidern konnte, und lichtete sie ab. Der Blitz blendete sie. Stadtbekannt? Ach du liebe Güte! Das wollte sie doch gar nicht!

Konzentriert beantwortete sie die Fragen des Journalisten, damit sie keine nachteiligen Antworten gab, und stellte sich für das Foto neben die Staffelei mit dem Plakat, auf dem in geschwungenen Lettern *Benefizveranstaltung* stand.

Aus dem Augenwinkel beobachtete sie Hanni, die unweit von ihr Flechtkörbe an Julia und Erna verteilte. »Los geht's, meine Damen!«, motivierte Hanni die beiden und richtete die rot glänzenden Tücher in den Körben, sodass es aussah, als würde der Stoff über die Kanten fließen. »Ist Charlie schon wieder aufgetaucht? Sie sollte uns ja dabei helfen.«

»Darling, selbst wenn sie da wäre ... So eine bettelt doch nicht!«

»Das muss man halt auch mal können«, antwortete Julia und nahm mit einem frechen Lächeln den Korb entgegen.

Mit ihren Flechtkörben gingen sie an Gisela vorbei und hielten beim ersten Grüppchen an. Hanni gab liebreizende Wörter und Bitten von sich. Julia hingegen war direkter. »Das ist hier wie in der Kirche. Immer schön was reinwerfen«, sagte sie und lächelte dafür zum Dank.

Bereitwillig öffneten die Leute ihre Portemonnaies. Ein wenig war es Gisela peinlich, dass ihre Freundinnen um Geld baten, doch insgeheim betete sie, dass ein hoher Betrag zusammenkam. Jede Mark zählte, damit Peter die Prothese bekam.

Der Fotograf der *Rundschau* bat Gisela, sich für ein Foto neben Walter Pering zu stellen. So nah, wie es die Etikette zuließ, rückte Pering an sie heran. In seinem beigen Leinenanzug machte er einen stattlichen Eindruck, und er lächelte souverän in die Kamera.

Nach drei Fotos war die Prozedur, die Gisela als solche empfand, zu Ende. »Danke für die Fotos. Bitte entschuldigen Sie mich kurz«, sagte sie zu Pering, als sie mit dem Bildermachen fertig waren. Dass sie so im Mittelpunkt stand, verdoppelte die Aufregung, die sie verspürte, seit sie in der Versicherung angekommen war. Das bestätigte das Sodbrennen in ihrem Magen. Sie brauchte definitiv eine Pause. Schnurstracks ging sie über die Treppe nach unten in die Garderobe.

* * *

Gisela war auf der Toilette gewesen und hatte sich mit den Fingern ihr Haar gerichtet. Nun saß sie auf der Bank vor dem Sanitärraum und malte mit ihren Schuhspitzen Kreise auf den Boden. Wie viel Geld wohl zusammenkam? Es war wundervoll, was gerade geschah. Dennoch würde sie am liebsten von hier verschwinden. Sie war dem ganzen Trubel nicht gewachsen.

»*Da* steckst du! Ich hab dich die ganze Zeit oben gesucht!« Die Tür zur Garderobe war mit einem Quietschen aufgegangen. Hanni kam eilig auf sie zu und klopfte sich mit der flachen Hand gegen den Brustkorb. Vor Aufregung bekam sie kaum Luft. »Ich hab den Flechtkorb nur kurz aus den Augen gelassen, und dann ist es passiert. Nur ganz kurz hab ich ihn stehen lassen, Gisi. Einen Augenblick lang, weil ich für einen Gast ein Glas Wein holen musste, und als ich zurückkam ...« Hanni fuchtelte mit der Hand herum und malte Hieroglyphen in die Luft.

»Dann war nichts mehr drin ...«, beendete Gisela den Satz und erstarrte. »Das ganze Geld ist weg?«

»Nein! ... Um Himmels willen. Viel schlimmer! ... Du liebe Güte, jetzt kann ich nicht mal mehr klar denken!« Hanni ließ sich neben Gisela auf die Bank fallen. »Viel besser, Gisi!« Sie griff in den Flechtkorb. »Das hier war drin! Ein Umschlag. Sieh doch mal, wie dick der ist! Da sind Scheine drin. Jede Menge Scheine. Halt ihn mal gegen das Licht!«

Gisela schüttelte sich die Benommenheit aus den Knochen. »Oder ich mach ihn auf?«

»Oder du machst ihn auf.« Hanni nickte und überreichte ihr den Umschlag.

Behutsam strich Gisela über die Worte *Für Peter*, ehe sie das zugeklebte Kuvert mit dem Daumennagel öffnete.

Ein Päckchen Geldscheine, so dick, wie Gisela es nie zuvor in Händen gehalten hatte, lag zwischen ihrem Zeigefinger und dem Daumen. Ungläubig zählte sie einen Schein nach dem anderen ab.

Fünfhundert Mark. Fünfhundert Deutsche Mark!

Hanni kreischte, als hätten sie in der Lotterie gewonnen, und sprang von der Bank auf. »Peter bekommt die Prothese! Peter bekommt die Prothese!« Euphorisch umfasste sie Giselas Oberarme, weil sie in ihren Händen die Scheine hielt, und zog sie von der Holzbank hoch. »In den Flecht-

körben liegt auch noch was. Nicht so viel wie das hier. Aber es ist bestimmt genug zusammengekommen!«
Nun kreischten beide.
Nach Sekunden des Springens und Jubelns musste sich Gisela erst einmal setzen. Sie starrte das Geld an. Konnte es nicht fassen.
»Wetten, der Spender war Herr Pering? Großer Gott, hast du jemals so viel Geld gesehen? Das hätte ich mir noch nicht mal in meinen wildesten Träumen vorgestellt!«
Gisela schüttelte den Kopf. Davon hätte sie noch nicht mal zu träumen gewagt.
Walter Pering? Er hatte Gisela bereits einmal geholfen. Damals, als sie noch keine Anstellung in der Versicherung gehabt hatte. Peter und Albrecht waren über ein Kellerfenster, das sie mit einem Stein zerschlagen hatten, in Perings Villa eingedrungen, um Briketts aus dem Kellerlager zu stehlen. Die Haushälterin hatte die Jungen dabei erwischt. Statt die Polizei zu informieren, hatte Pering Gisela in sein Haus beordert. In Perings Wohnzimmer hatte sie gestanden, erst hilflos, dann wie eine Mutter, die wie eine Löwin ihren Sohn verteidigte. Was wäre auch aus Peter geworden, wäre er verhaftet worden? Gisela hatte sich den Mund fusselig geredet. Und wäre auch auf die Knie gefallen, um zu flehen und zu betteln. Doch so weit war es nicht gekommen. Walter Pering hatte auf die Anzeige verzichtet und ihr postwendend eine Stelle als Telefonistin angeboten, damit sie zukünftig Briketts *kaufen* könne.

Und nun war er wieder Peters Retter. Sie würde es ihm ihr Leben lang nicht danken können.

KAPITEL EINUNDZWANZIG

»Meine Damen, es gibt gute Neuigkeiten!« Gudrun klatschte in die Hände, woraufhin die Telefonistinnen sich im Halbkreis vor ihr aufstellten. »Da ich in der Telefonzentrale als unverzichtbar gelte, werde ich Ihnen weiterhin als Aufseherin erhalten bleiben. Somit wird sich für Sie nichts ändern!« Es folgte ihre wöchentliche Ansprache über Pünktlichkeit, Höflichkeit und Genauigkeit, wobei sie Hanni ins Visier nahm, die sich verpflichtet fühlte, im Sekundentakt zu nicken. »Und jetzt alle an die Arbeit!«, sagte Gudrun, kaum dass sie fertig war. »Ich möchte kein Lämpchen länger als zehn Sekunden leuchten sehen. Husch, husch, alle auf ihre Plätze!«

Nachdem Gudrun den Raum verlassen hatte, um das Protokoll über die wöchentlich zustande gekommenen Telefonverbindungen zu Carla zu bringen, setzte sich Hanni den Kopfhörer wie gewohnt nicht ganz korrekt auf, um mit ihrem gesunden Ohr etwas von den Geschehnissen um sie herum mitzubekommen, die seit Charlies Auftauchen um einiges spannender geworden waren.

»A-angersb-bach?«, stotterte plötzlich eine Stimme im Hintergrund. *Hans? Hans aus der Poststelle?* Hanni warf einen Blick über die Schulter. Er hielt ein Päckchen in den

Händen. »Ein Paket? Für mich?«, fragte sie, während sie die Sprechmuschel bedeckte. Als Hans nickte, nahm sie ihre Finger weg. »Tut mir leid. Verbindungsfehler! Versuchen Sie es bitte später noch einmal!«, sagte sie, stöpselte das Kabel aus und legte den Kopfhörer ab. Gespannt sprang sie auf und lief zu Hans.

Der stand noch immer an Ort und Stelle und sah sich neugierig im Raum um. »N-nett. A-auch s-o w-wenig T-tagesl-licht w-wie wir.« Er reichte Hanni das Päckchen.

»Wir wollen ja während der Dienstzeit gut schlafen können«, sagte Julia und zwinkerte Hans zu, woraufhin er verlegen lächelte, und ging zu den beiden hinüber. Der junge Mann hatte erst kürzlich in der Poststelle angefangen, weshalb er noch nicht viel im Haus herumgekommen war. »G-gu-ter W-witz. W-wirklich, Fräulein D-döring.«

Nun hielt Gisela die Sprechmuschel zu und sah zu Hanni, die ratlos das Paket in ihren Händen wog. »Von wem ist es?«, fragte sie, kaum dass Hans weg war.

»Keine Ahnung!«

»Was ist denn hier los, meine Damen? Auf Ihren Platz, Fräulein Döring! Dass Sie immer aus der Reihe tanzen müssen!«, zischte Gudrun, die soeben wieder hereingekommen war.

»Aber ich musste doch mein Geschenk entgegennehmen!« Hanni warf ihr einen entschuldigenden Blick zu, der gegen die Gewitterfront in Gudruns Gesicht jedoch nichts ausrichten konnte.

»Und *Ihr* Geschenk, Fräulein Angersbach, ist es, hier arbeiten zu dürfen. Heute sogar für diesen Vorfall eine halbe Stunde länger. Stehen Sie hier nicht tatenlos herum! Machen Sie sich an Ihrem Schaltschrank nützlich! Bei Ihnen blinkt es ja wie in einem Varieté!«

In der Garderobe heulte normalerweise nur Hanni. Aber die stand neben Gisela vor der Tür und presste ihr gesundes Ohr gegen das Holz.

»Klingt nach einem Notfall. Wer das wohl ist?«

Gisela legte die Hand auf die Klinke. »Lass uns nachsehen! Ist bestimmt ein Notfall, wie du sagst.« Ohne Hannis Reaktion abzuwarten, schob sie die Tür auf.

Drinnen saß Charlie mit hängenden Schultern auf der Holzbank, die in der Mitte des Raumes stand, und schniefte in ein geblümtes Stofftaschentuch. Als sie die beiden sah, wischte sie sich hektisch die Tränen aus dem Gesicht und setzte sich aufrecht hin.

»Geht's dir nicht gut, Charlotte?«, fragte Gisela und ging auf sie zu.

»Charlie«, murrte diese und warf den Eindringlingen einen abweisenden Blick zu. »Was macht ihr denn hier?«

»Pause«, erwiderte Hanni.

»Wie geschmacklos!«

»Warst du schon mal im Pausenraum?«

Statt einer Antwort schniefte Charlie erneut in ihr Taschentuch.

»Was ist denn passiert? Haben die Einbrecher deine ganzen Kleider gestohlen?«, fragte Hanni, während sie auf Charlie zuging und daran dachte, wie schlimm es wäre, würde jemand ihre Lieblingskleider stehlen. In ihren Händen hielt sie das ungeöffnete Päckchen, das sie mit Gisela in der Garderobe hatte aufmachen wollen.

»Ach was! Ich heule bloß so. Weil ich gleich Dienstbeginn habe! ... Los, verschwindet wieder und lasst mich in Ruhe!«

Charlie konnte wirklich garstig sein! Wegen der Unfreundlichkeit wäre Hanni am liebsten wieder umgekehrt.

Aber Gisela ließ sich davon nicht abschrecken und setzte sich zu Charlie auf die Bank.

»Ich habe mich noch gar nicht bei dir für die Idee mit der Benefizveranstaltung bedankt.«

»Bedank dich nicht bei mir! Lieber bei Hanni, Julia und Erna. Immerhin haben die drei alles übernommen.«

Das hatte Gisela bereits getan. Mehrmals. »Wollen wir eine Tasse Kaffee zusammen trinken?«

»Vom Malzkaffee kriege ich Bauchschmerzen.«

»Dann eine Tasse Tee? Kamille? Tut deinem Bauch gut.«

»Nein. Ich bin im Pausenraum nicht willkommen. Nirgends. Verstehst du? Nicht mal mehr zu Hause.« Charlie fing wieder an zu schluchzen.

Gisela strich ihr über den bebenden Rücken.

»Ich muss mir irgendeine Bleibe suchen ... denn zu meinem Onkel und meiner Tante ziehe ich auf keinen Fall!«

»Wieso denn auch?«, fragte Hanni. »Du wohnst doch schon in einem schönen Haus.«

»Nicht mehr. Seit heute nicht mehr. Sie haben alles ausgeräumt und verkauft.«

»Die Einbrecher?«

»Das waren keine Einbrecher, du Dummerchen!« Charlie putzte sich geräuschvoll die Nase. »Mein Vater ist schuld. Jetzt ist er über alle Berge, und Mutter macht Urlaub an der Riviera. Vermutlich für den Rest ihres Lebens ... und ich hab gar nichts mehr! Nur noch Onkel und Tante, bei denen ich ganz sicher nicht wohnen werde!« Sie starrte fassungslos ins Leere. »Das Haus, in dem ich aufgewachsen bin, musste verkauft werden ... wegen der Schulden meines Vaters. Jetzt passt mein Schlüssel nicht mehr, und meine ganzen Sachen sind weg. Verscherbelt! Sogar das Collier von Cartier, das ich so geliebt habe.« Sie brach in hemmungsloses Weinen aus.

Hanni sah auf Charlies leeres Dekolleté. Auch ihre Ohrringe und die Handtasche, die sie immer bei sich getragen hatte, waren verschwunden.

»Sie haben mir alles genommen, versteht ihr? Alles, was mir jemals etwas bedeutet hat!«

»Aber das ist doch ersetzbar!« Gisela rückte dicht an Charlie ran und strich ihr wieder über den Rücken.

»Ist es nicht! Genauso wenig wie Rudi. Ach, es ist so schrecklich schwer, dieses Leben! Ich wünschte, sie hätten mich damals auch eingewiesen, dann müsste ich das alles nicht ertragen.«

»Wohin eingewiesen?«, wollte Hanni wissen und setzte sich auf Charlies andere Seite.

»Na dahin, wo sie Rudi ...« Charlie machte eine Pause und musterte Gisela. »Mein Onkel mag zwar diese wunderbare Benefizveranstaltung ins Leben gerufen haben, aber er hat weiß Gott nicht immer alles richtig gemacht! Nur damit du Bescheid weißt. Er hat damals einfach nichts dagegen unternommen!«

Gisela und Hanni sahen sich fragend an.

»Sie haben Rudi in eine Pflegeanstalt einweisen lassen!« Charlie verstummte und starrte auf das Waschbecken gegenüber. Einen Moment lang war nur das Tropfen des Wasserhahns zu hören. »Rudi war mein bester Freund. Und mein Vater hatte mir damals weismachen wollen, dass sie Rudi in der Pflegeanstalt helfen und ihn gesund machen würden.«

»Was hat ihm denn gefehlt? War er sterbenskrank?« Betroffen legte Hanni das Paket auf die Bank neben sich und fasste nach Charlies Hand.

»Um Himmels willen, nein! Er konnte nicht gehen, weil er in seiner Kindheit verunglückt war und deshalb im Rollstuhl saß. Ein Krüppel, hat mein Vater gesagt und gedacht, das wäre die Rechtfertigung für seine Entscheidung. Er wollte mich für dumm verkaufen.« Sie schluchzte. »Aber natürlich, man muss ihn ja auch verstehen ... denn wie hätte es ausgesehen, hätte *Charlotte von Siebenthal* eines Tages diesen Krüppel geheiratet? Ein Behinderter und eine von Siebenthal? Fürchterlich. Jämmerlich. Und überhaupt nicht makellos. Dafür hasse ich meinen Vater, und ich bin froh, dass er weg ist. Nie im Leben würde ich ihm nach Argentinien folgen!«

»Großer Gott, wie schrecklich!«, entfuhr es Gisela. »Und dein Onkel?«, fragte sie vorsichtig.

»Mein lieber Onkel hätte die Einweisung vermutlich als Einziger verhindern können, aber er hat es nicht mal versucht. Mir gegenüber hat er immer beteuert, dass er zu spät davon erfahren hätte und nichts mehr hätte unternehmen können, um Rudi zurückzuholen. Aber er hätte sich wahrscheinlich nie gegen meinen Vater oder meinen Großvater gestellt. Vor allem aus diesem Grund ziehe ich nicht zu ihm und meiner blöden Tante, die mich sowieso nicht leiden kann.« Charlie verschränkte die Arme vor der Brust und sah stur an die Wand.

»Oje!« Hanni legte eine Hand an ihre Wange. »Und wo willst du dann hin? Du kannst ja nicht auf der Straße leben.«

»Natürlich nicht! Deswegen sitz ich ja hier und heule. Weil ich es nicht weiß.«

Hanni nickte. Verständlich. Da würde sie mit ihren Tränen einen ganzen Burggraben füllen.

Nach einer Weile, in der die drei geschwiegen und den tropfenden Wasserhahn angestarrt hatten, sah Charlie Hanni von der Seite an. »Wahrscheinlich bin ich bei *dir* am besten aufgehoben. Immerhin interessierst du dich für Mode aus Paris.«

Hanni entfuhr ein bitteres Lachen. »Glaub mir, da würdest du lieber unter einer Brücke schlafen wollen. Mein Vater ist womöglich noch schlimmer als deiner!«

Charlie stöhnte. »Das tu ich mir bestimmt kein zweites Mal an. Und was jetzt? Gisela hat ja Peter zu Hause.«

»Nun ... vielleicht«, stammelte Gisela. »Meine Nachbarin Ursula. Die hat noch ein Zimmer frei. Es ist allerdings sehr klein.«

»Klein? Wie klein? Kleiner als die Garderobe hier?«

Gisela lachte, während sie nickte. »In deiner Welt eine Besenkammer, Charlie. Nur eine Matratze und eine Kommode. Für mehr ist nicht Platz. Aber man kann die Tür hinter sich zumachen.«

»Ausgesprochen luxuriös also«, spöttelte Hanni.

Charlie sah sich in dem Raum um, als messe sie ihn mit den Augen aus. Dann zuckte sie mit den Schultern. »Ich hab ja sowieso nichts mehr, was ich mitnehmen könnte.«

»Du müsstest dich natürlich im Haushalt nützlich machen. Putzen und Kochen. Ursula ist allein mit ihrem Sohn.«

»Putzen und Kochen? Das ist doch furchtbar anstrengend!«

»Im Gegenteil. Das ist die einzige Chance auf ein weniger anstrengendes Leben. Und Ursula ist wirklich nett! Oder du ziehst zu deinem Onkel. Wie du willst«, erwiderte Gisela.

Charlie verzog das Gesicht. »Meinetwegen. Man wächst mit seinen Niederlagen, nicht wahr?«

Hanni stupste sie in die Seite und sah sie auffordernd an.

»Gisela, sei bitte so nett und frag deine Nachbarin Ursula, ob sie mich aufnehmen würde«, sagte Charlie.

»Für dich doch immer, liebe Freundin.« Gisela lächelte und tätschelte ihre Hand.

»Ach, wenn ich euch zwei nicht hätte!« Noch einmal schniefte Charlotte in ihr Taschentuch. »So, und nun ist's gut. Genug geweint!« Ihr Blick fiel auf das Päckchen, das neben Hanni auf der Bank lag. »Willst du nicht mal nachsehen, was dadrinnen ist?«

»Ach herrje, das hab ich ganz vergessen! Mein Päckchen!«

»Vielleicht eine hübsche Handtasche von Chanel?«

»Bedaure. Ich habe keine reiche Tante in Paris, die kürzlich verstorben ist.« Hanni stand auf und ging zu ihrem Garderobenschrank. Sie nahm eine Schere heraus und setzte sich wieder auf die Bank, um die Schnüre zu lösen.

Unter dem braunen Papier kam Zeitungspapier zum Vorschein. Eine weitere Schicht folgte. Als hätte der Absender Angst, der Inhalt könnte beschädigt werden. Plötzlich ertastete Hanni etwas Weiches. Ein intensiver herber Geruch strömte in ihre Nase. Als sie das letzte Papier abnahm, kam Leder zum Vorschein. Schwarzes, mattes Leder lag in ihren Händen.

Und ein Brief.

My dear Miss Hanni,
ich schaffe nicht, rechtzeitig zu Ihnen zu kommen.
Würdest Sie mir und meinen Händen die Ehre Ihrer Schneiderkunst erweisen?
Wir können treffen uns am Sonntag, 18 Uhr im Café Reichard. Ich werde auf Sie warten!
Yours truly, Dean Wright

* * *

Schüchtern klopfte Gisela gegen die gediegene Tür aus dunklem Holz. Sie hätte nicht länger warten können, um ihm zufällig über den Weg zu laufen. Immerhin wusste sie jetzt, wer der edle Spender war. Um sicherzugehen, hatte sie vorhin die Handschrift auf dem Brief, den Anton den Stullen beigelegt hatte, mit der auf dem Kuvert verglichen, auf dem *Für Peter* stand.

»Herein!«, hörte sie gedämpft Antons rauchige Stimme.

Gisela zögerte, ehe sie die Klinke nach unten drückte.

»Ich bin es, Gisela«, sagte sie, als wäre sie am anderen Ende der Leitung.

Er saß mit dem Rücken zu ihr über den Schreibtisch gebeugt, in der rechten Hand hielt er einen Füllfederhalter. Überrascht drehte er sich um und blickte Gisela an. Er sagte nichts.

»Wenn es unpassend ist, kann ich auch wieder gehen.«

Wie dumm von ihr! Sie hatte keinen Termin vereinbart, und seine Sekretärin war nicht auf ihrem Platz gewesen, also hatte sie einfach angeklopft.

»Nicht doch!« Anton stand auf und kam um seinen Tisch herum. »Ganz im Gegenteil.« Er rückte ihr den Stuhl zurecht, der neben seinem Schreibtisch stand. »Bitte, Gisela, setz dich doch.«

Sie nickte, dann schritt sie auf ihn zu und nahm Platz.

»Möchtest du ... kann ich dir etwas anbieten? Kaffee, Tee, Wein?«

»Nein danke. Ich möchte nichts.« Sie rieb die Hände aneinander und sah zu, wie er sich setzte. »Ich weiß, was du für Peter getan hast. Ich wollte mich dafür bei dir bedanken. Obwohl das natürlich nicht reicht.«

»Wie hast du davon ...«

»Charlie. Es ist ihr rausgerutscht.«

»Meine kleine Charlie ...« Anton lehnte sich zurück und lächelte. »Dass ich Peter helfe, stand außer Frage. Du hast mir beim Abendessen so viel von ihm erzählt. Wie hätte ich da tatenlos bleiben können? Vor allem bei einem Kind?«

Sie versuchte, die Tränen zurückzuhalten, die durch die Wärme in seinem Blick und das Mitgefühl, das er ihr schenkte, in ihr hochstiegen.

»Es ist wirklich schwer. Manchmal. ... Nein, um ehrlich zu sein, sogar sehr oft ... Wir haben es nicht immer leicht gehabt. Und was du für Peter und damit auch für mich getan hast, das werde ich dir nie vergessen.«

Er erhob sich hinter seinem Schreibtisch und kam auf sie zu.

Leicht legte er ihr die Hand auf die Schulter. »Ich würde gern mehr für dich tun, Gisela, wenn du mich nur lässt.« Ernst sah er sie an. »Heinrich ist nicht zurückgekommen. Wieso hast du nichts gesagt?«

»Was hätte ich auch sagen sollen?«

Anton atmete tief durch und lehnte sich mit dem Rücken an die Schreibtischkante. »Ja, was hättest du auch sagen sollen«, wiederholte er, mehr zu sich selbst. »Gisela, ich würde gern mehr für dich sein als irgendein Bekannter. Ich möchte nicht nur deine Stimme hören. Oder hoffen, dir in der Versicherung zufällig über den Weg zu laufen. Es sollte viel weniger Distanz zwischen uns sein, *gar keine*, verstehst du?«

Sie starrte ihn fassungslos an.

Er deutete unbeholfen um sich. »Ich möchte für dich und Peter sorgen ... für euch da sein.«

Gisela winkte ab. »Aber du bist verheiratet.«

Anton schloss die Augen und legte die Finger an seine Schläfen. Als er die Lider wieder öffnete, war sein Blick klar.

»Das mit Eva und mir … Das ist nur noch Fassade. Schon lange. Schon bevor ich so für dich empfunden habe. Vielleicht seit … ach, einfach schon sehr lange.«

Empfunden?

»Ich war einsam, Gisela. Bis zu jenem Tag, an dem ich das erste Mal deine Stimme am Telefon gehört habe und du mich zum Lachen gebracht hast, weil du mich falsch verbunden hast.«

»Ach du liebe Güte, das weißt du noch? Es war mein allererster Tag.«

»Du hast mich *zweimal* falsch verbunden. Ins Hotel Excelsior, in die Hauswirtschaft zur Leiterin. Antonia Lamberg. Eine sehr schroffe Dame übrigens, mit der man nicht verbunden werden will.«

Gisela musste lachen.

»Weißt du, was? Lass uns nicht hier über alles reden! Das ist nicht der passende Ort.« Er drückte sich vom Schreibtisch ab, wirbelte herum und zeigte aus dem Fenster. »Brechen wir aus! Nur für einen Tag. Machen wir einen Ausflug! Wir fahren ins Grüne, und dann können wir reden. Und du wirst mich von einer anderen Seite kennenlernen.«

Oh, sie kannte ihn schon. Sie wusste so vieles, was sie in den letzten Wochen aus seinen Gesten und seiner Mimik gelesen hatte. Oder aus seinen Taten. Sie hatte nicht das Gefühl, ihn erst besser kennenlernen zu müssen. Sie hatte nur das Gefühl, ihm nahe sein zu wollen. Sein Lächeln auf ihrer Haut zu spüren und seine begehrlichen Blicke nicht bloße Andeutungen sein zu lassen … Sie würde gern wieder mit ihm tanzen. An jedem Abend ihres Lebens.

Sie wollte mit ihm wegfahren. Ausbrechen. Sich neu finden.

Also sagte sie Ja.

KAPITEL ZWEIUNDZWANZIG

Mit verschränkten Armen lehnte Anton an seinem Wagen. Statt eines Anzugs trug er eine locker sitzende beige Hose, ein weißes kurzärmeliges Hemd und eine Sonnenbrille. So leger gekleidet hatte sie ihn noch nie gesehen. Gisela ging vom Fenster weg, aus dem sie Anton beobachtet hatte, und verließ ihre Wohnung.

Bis über beide Ohren lächelnd trat Gisela aus dem Wohnhaus. Seit drei Tagen war es ungewöhnlich warm für Ende September. Achtzehn Grad hatte es bereits am Morgen, mit der Aussicht auf Sommertemperaturen, wie es im Radio verlautbart worden war. Auf Hannis Empfehlung hin hatte sie ein geblümtes Kleid gewählt, dessen Saum ihre Knie umspielte. Dazu trug sie bequeme Schuhe, wie Anton es ihr aufgetragen hatte.

Heute durfte sie die Sorge um Peter für ein paar Stunden abgeben. Ursula würde sich um ihn kümmern, »damit du mal auf andere Gedanken kommst«. Demnächst würde er seinen Operationstermin haben. Die Prothese war verschickt worden und sollte in einigen Tagen eintreffen. Gisela hoffte, dass Peter dann wieder zu dem Jungen werden würde, der er vor dem Unfall gewesen war. Der umtriebige freche Bursche mit dem Dickschädel war ihr tausend Mal lieber als das schweigsame Kind, das sich in seiner Kammer verkroch und keinerlei Unfug anstellte.

»Guten Morgen, Gisela, du siehst bezaubernd aus«, begrüßte Anton sie, nahm ihre Hand und hauchte einen Kuss darauf.

Sofort stieg ihr die Hitze in die Wangen.

»Guten Tag, Anton«, erwiderte sie und deutete einen Knicks an, was ihn zwinkern ließ.

Er öffnete die Wagentür.

Sie nahm ihren schicken Hut mit dem Netz ab und stieg ein. Jahrelang hatte sie keinen Ausflug mehr gemacht. Sie wusste gar nicht mehr, wie ein Berg oder ein See aussahen, wenn man auf ihnen oder vor ihnen stand. Die Bilder waren selbst in ihrer Erinnerung verblasst.

»Wo fahren wir heute hin?«, fragte sie, als Anton neben ihr auf dem Fahrersitz Platz nahm.

»Alles zu seiner Zeit, Gisela. Lass dich überraschen«, antwortete er und legte kurz seine Hand auf ihre, ehe er nach dem Steuerknüppel griff und den Motor startete.

* * *

Träge, aber glücklich von der Wanderung, die sie vorhin durch die Weinreben gemacht hatten, streckte Gisela die Beine aus. Sie hatte die Schuhe ausgezogen und bewegte ihre Zehen in den Sonnenstrahlen, die ihre Haut kitzelten. Anton reichte ihr eine Weintraube, die sie genussvoll in den Mund schob. Der süße Geschmack zerging auf ihrer Zunge. Dazu kredenzte er ihr ein Glas Rotwein, den er bei einem Winzer, an dessen Hof sie vorbeigekommen waren, erstanden hatte. Bei ihrem Spaziergang durch die Weinberge hatten sie viel geredet und gelacht. Aus dem Kofferraum seines

Wagens hatte Anton eine braune Decke und einen Korb mit Leckereien hervorgezaubert. Er nahm ein Stück Brot, Käse und Wurst heraus und richtete Gisela ein paar Stücke davon auf einem Teller an. Rundherum legte er Weintrauben, die durcheinanderkullerten, als er den Teller in ihre Richtung balancierte.

Während sie aßen, hob Gisela den Blick zu dem wolkenlosen Himmel. Wie ein zerknittertes graues Tuch hatte er die letzten Tage über ihr gehangen. Nun strahlte er wieder wie lange nicht mehr, in schönstem Blau. Und immer wieder sah sie Anton von der Seite an, weil sie ihr Glück nicht fassen konnte.

Als sie ihren Hunger und Durst gestillt hatten, rutschte Anton auf der Decke näher zu ihr. Er fasste nach ihrer Hand und verschlang seine Finger mit ihren. Behutsam strich er mit dem Daumen über ihren Pulspunkt und malte feine Kreise darauf. Sie spürte ein Vibrieren, das von ihren beiden Körpern ausging. Ein Verlangen pochte in ihr, das sie bis in ihren Schoß fühlte. Sie stellte den Teller ab und sah Anton auf eine Weise an, die ihr Begehren widerspiegeln musste. Wie hätte sie auch weiterhin ihr Inneres vor ihm verbergen können?

»Gisela.« Anton nahm die Sonnenbrille ab. In seinen Augen toste wieder das Meer. Wellen umspülten seine Iris. Es brauchte nur diesen Blick von ihm. Er brannte so heiß, dass sie nachgiebig wurde und er sie vergessen ließ, was auch immer sie zurückhalten wollte.

Sie wusste, was folgen würde. Was folgen musste. Langsam neigte sie den Kopf, er beugte sich nach vorn und legte seine Lippen auf ihren Mund. So sanft und doch bedeutend, weil sie ihn endlich spüren konnte. Seine Lippen waren warm. Und weich. Und zärtlich.

Sie öffnete ihren Mund, ließ ihn mit seiner Zunge eindringen. In ihren Gedanken war er dort schon längst zu Hause. Sanft umfasste Anton ihren Nacken und zog sie noch dichter an sich heran, während er sie küsste und sie das verloren gegangene Gefühl von Schwerelosigkeit erfuhr, das ihr genommen worden war.

»Wenn du es zulässt, Gisela, dann werde ich an deiner Seite bleiben«, sagte er leise, als er von ihr abgelassen hatte und sie betrachtete. Ein wenig ernst, als wäre es ihm wichtig, dass er seine Worte mit seinem Blick stützte. »Ich könnte dir so viel mehr bieten als das hier«, fuhr er fort und machte eine ausschweifende Handbewegung. »Du würdest endlich das Meer sehen. Mit mir in die Alpen in die Schweiz fahren und richtige Wanderungen unternehmen. Du sehnst dich doch danach?«

»Nach einer herausfordernden Bergwanderung?« Sie lachte, weil sie schon von dem Spaziergang durch die Weinberge müde Füße hatte. Aber sie wollte gern verreisen, um mehr zu sehen als die Stadt, die sie auch nach Kriegsende noch festhielt.

»Lass uns tanzen. Jeden Abend! Unter einem sternenklaren Abendhimmel. Oder im Sturm, wenn dir das lieber ist! Lass mich der Mann sein, der für dich da ist. Und auch Peter ein Vater sein kann.«

Er fasste nach ihren Händen, als wolle er sie für immer festhalten.

Sie sah ihn nachdenklich an. Ja, sie wünschte es sich. Wünschte sich, dass er es war, auf den sie gewartet hatte. Weil das Leben manchmal seltsame Wendungen nahm. Weil sie noch an die Liebe glauben wollte ... Und weil sie einfach nicht länger allein sein wollte.

»Ich werde mich von Eva scheiden lassen. Das ist seit

Monaten mein Wunsch. Dann sind wir beide frei und können tun und lassen, was wir wollen.« Die Aufregung stand Anton ins Gesicht geschrieben, sie war wie ein abfahrender Zug, auf den sie nur noch aufspringen musste.
»Aber es ist ungewiss, ob Heinrich ... Anton, er könnte zurückkommen.« Sie richtete sich auf, wand sich aus seinem Griff und sah ihn eindringlich an. »Ich weiß nicht, wo er ist oder ob er jemals heimkehrt. Aber ich kann ihn nicht für tot erklären lassen. Das bringe ich einfach nicht übers Herz.«
Anton nickte. »Ich verstehe das ... und ich gebe dir Zeit, Gisela. Alle Zeit, die du brauchst. Aber manchmal muss man loslassen, auch wenn es schmerzlich ist. Denn erst dann kann etwas Kraftvolles entstehen, das dir vorkommt, als hätte dir jemand ein neues Leben geschenkt. Und das hast du verdient. Du hast ein Leben verdient, das du lebst und das nicht an dir vorbeizieht.«
Mit einem Seufzen lehnte sie sich an Antons Brust und blickte hinunter ins Ahrtal.

Ein Donnergrollen vertrieb die Ruhe. Gisela schreckte hoch. War sie etwa eingeschlafen?
»Bin ich eingenickt?« Sie rieb sich die Lider und blickte hoch zu Anton, der seine Arme um sie geschlungen hatte. Kein Wunder, sie hatte in den letzten Tagen aus Sorge um Peter zu wenig geschlafen.
»Ja, bist du, und es war wunderbar, dir dabei zuzusehen.« Anton fuhr mit seinen Fingern über ihre Stirn, die in der schwülen Luft feucht geworden war.
Es folgte ein weiterer Donnerschlag, der eine Vogelschar vertrieb, die sich in den Rebstöcken niedergelassen hatte. Die düstere Wolkenfront rückte immer näher. Anton löste die Umarmung. »Zufall oder Schicksal? Kaum kommen

wir uns näher, zieht ein Sturm oder ein Gewitter auf und zerstört die Idylle«, sagte er, während er begann, das Geschirr zu stapeln.

Kleine Tropfen fielen auf sie herab, und Gisela stand eilig auf, um das noch übrige Essen in den Korb legen. Dabei hatte sie Mühe, ihr Kleid nach unten zu streichen, das der Wind immer wieder aufbauschte.

Als sie die Decke zusammenlegten, fegte eine starke Windböe, begleitet von einem weiteren Grollen, über sie hinweg.

»Komm!« Anton klemmte sich die Decke unter den Arm, nahm mit der einen Hand den Korb, und mit der anderen zog er Gisela mit sich.

Große Tropfen platschten vom Himmel und rollten über das Gras, ehe sie in der Erde versickerten.

Sie liefen, so schnell sie konnten, zum Wagen. Anton verstaute alles im Kofferraum, während Gisela einstieg. Er folgte ihr. Schwere Regentropfen prasselten auf das Autodach und rannen wie Schmiere an den Fenstern hinunter.

»Mit dem Sturm hat es angefangen«, sagte sie, als sie durch die Fensterscheibe sah, hinter der sie die Landschaft nur noch vermuten konnte. *Der Sturm.* Ihre Gefühle für Anton hatte sie an dem Abend erkannt, als sie getanzt hatten. »Und mit dem Gewitter endet alles?«, dachte sie laut. Sie würden heimfahren. Und die Stunden ... diese Stunden des Glücks würden enden.

»Was, wenn es nicht endet? Wenn alles erst jetzt beginnt?« Anton sah sie von der Seite an. Ihre Blicke trafen sich. Um sie herum grollte es, in ihren Körpern bebte es. Es war, als bräche die Leidenschaft, die keiner von beiden noch länger unterdrücken wollte, aus ihnen heraus. Anton griff nach Giselas Hand und zog sie auf seinen Schoß.

Sie wehrte sich nicht, ging leicht wie eine Feder in der Bewegung mit. Ein Stöhnen kam über ihre Lippen, als er ihren Po umfasste und sie dicht an sich zog.

Seine Finger glitten an ihrem Rücken entlang unter den Stoff des Kleides. Er beugte sich nach vorn und küsste sie an ihrem Schlüsselbein, das frei lag. Abgelenkt vom Kuss nahm sie vage wahr, wie seine Finger das Kleid am Saum höher schoben.

Vorhin auf der Picknickdecke, als er sie sanft geküsst hatte, hatte sie sich gewünscht, dass er weitergehen würde, dass er seine Ehre ein Stück weit vergessen würde. Sie verzehrte sich nach ihm. Sie begehrte ihn. So sehr, wie sie noch nie einen anderen Mann gewollt hatte. Heinrich war der Letzte gewesen, der sie intim berührt hatte. Jahre waren seitdem vergangen, in der ihre Sehnsucht gewachsen war. Und nun war sie ausgebrochen, und es fühlte sich an, als könnte nur *er* sie stillen. Mit den Kreisen, die er auf ihrer Haut zeichnete, und dem Kuss, der nicht enden wollte, versank sie in einer Schwerelosigkeit, die den restlichen Widerstand in ihr wegwischte.

Sie öffnete die Augen und sah ihn an. Auf eine Weise, wie sie ihn noch nie zuvor angesehen hatte. Begierde flackerte in ihrem Blick. Ein eindeutiges Verlangen nach mehr.

Das war die Bestätigung, auf die er gewartet hatte. Anton senkte den Kopf und küsste ihren Hals. Knabberte an ihrem Ohrläppchen, was ein Kribbeln durch ihren Körper jagte. Seine Hände fuhren in ihr Haar. Nun war er weder zärtlich noch vorsichtig, als erkenne er auch die wilde Sehnsucht in ihr. Gisela stöhnte auf und wünschte sich, er würde nie aufhören. Anton legte eine Spur von Küssen über ihr Schlüsselbein hinweg, die an ihrem Brustansatz endete. Ungeduldig fuhr ihre Hand unter sein Hemd, an seinem

Bauch entlang, hin zu seinen Lenden. Fiebrig öffnete sie seinen Hosenstall. Mit einem knurrenden Laut stoppte er sie. Hielt seine Hand auf ihre, damit sie nicht weiter vordringen konnte und ihn den Rest seiner Beherrschung vergessen ließ. Fragend sah er ihr in die Augen, als ob er in ihrem Herzen lesen wolle. *Willst du das, Gisela? Willst du das wirklich? Die Zweisamkeit? Die Leidenschaft? ... Mehr, als du vielleicht jemals zulassen wolltest?*

Sie schloss die Augen und nickte. Nichts wollte sie mehr davon verdrängen oder aufschieben. Sie wollte das alles. Und nie wieder würde sie ihre Gefühle für ihn leugnen oder sich dagegen wehren.

Sie küssten sich und der Rhythmus des Kusses ging in einen Tanz über, den sie in all seinen Facetten wahrnahm. Sanft öffnete Anton die Knöpfe ihres Kleides an der Hinterseite, sodass es hinunterrutschte und ihre Brust zum Vorschein kam. Er ließ von ihrem Mund ab, beugte sich nach unten und fuhr küssend über ihre nackte Haut. Ihre Brustwarzen richteten sich auf. Weich und warm lagen seine Lippen auf ihrem Busen und hinterließen ein Kribbeln in ihrem Körper, das eine noch größere Sehnsucht in ihr weckte. Er stillte das Unausgesprochene, nur mit Lauten von ihr Angedeutete. Zärtlich glitten seine Fingerkuppen über ihren Oberschenkel und verursachten ein Funkensprühen, das als Prickeln in ihrem Unterbauch endete.

Kurz hielt sie den Atem an, überwältigt von dem, was soeben geschah. Und als er ihren Schlüpfer zur Seite schob und sie an der einen Stelle berührte, an der sie lange kein Mann mehr erregt hatte, stöhnte sie befreit auf.

* * *

Bei der Rückfahrt sah Gisela aus dem Fenster. Das Gewitter war vorübergezogen, der Asphalt an manchen Stellen schon wieder getrocknet. In der tief stehenden Sonne zog die herrliche Landschaft an ihnen vorbei. Antons Hand ruhte auf ihrem Oberschenkel. Das Kleid war ein Stück weit nach oben gerutscht. Aber das störte sie nicht, sie wollte sich in seiner Nähe nie mehr bedeckt geben. Alles schien grüner und blauer als bei der Herfahrt zu sein. Sie hatte das Fenster geöffnet, und ihr Haar wehte im Wind. Frei. So frei. Sie fühlte sich so frei. Ihre Haut glühte im goldenen Abendlicht. Selbst die Blumen am Wegrand schienen von einer intensiveren Farbe zu sein.

Vorsichtig warf sie einen Blick zur Seite und betrachtete Anton. Die Konturen seines Gesichts, das dunkle Haar, das er hinter die Ohren gestrichen hatte. Die Linien um seinen Mund. Ihr kam der Wunsch in den Sinn, ihn täglich anzusehen. Am Morgen, beim Aufwachen. Wenn die Lider noch träge von der Nacht waren und sie nur gegen das Licht blinzeln konnte. Am Abend, wenn sie schlafen gingen, als Allerletztes sein Lächeln zu sehen, ehe sie die Augen schloss. Sie wollte ihre Zehen ins Meer strecken. Sie wollte die Berge mit ihm erklimmen. Alles erleben, von dem er erzählt hatte. Sie wollte das Schöne im Leben *Alltag* werden lassen. Mit ihm an ihrer Seite. Die Leichtigkeit einfangen, die er sie hatte kosten lassen. Mit jeder Faser ihres Körpers.

Doch durfte sie sich frei und lebendig fühlen, während ihr Ehemann noch irgendwo da draußen war? Vielleicht sogar in Gefangenschaft war und litt? Und eines Tages womöglich nach Hause kam? Großer Gott! Was hatte sie nur getan! Was würde Peter von ihr halten, würde er davon erfahren? Er würde sie verurteilen. Heinrich für tot erklären zu lassen? Hatte sie denn überhaupt das Recht dazu? Durfte *sie* diejenige sein, die mit seinem Leben abschloss? Vielleicht war es nur ein Moment mit Anton, der ihr geschenkt worden war. Der wie eine Flucht aus ihrem Alltag war, damit sie weitermachen konnte. Ein flüchtiger Augenblick ... die Andeutung einer unmöglichen Zukunft.

KAPITEL DREIUNDZWANZIG

Die runden Tische aus dunklem Nussholz standen in exakten Abständen nebeneinander. Der Holzboden knarrte, wenn man darüberlief, und die Wände waren mit einem Blumenmuster tapeziert, das dem Raum eine frische Note verlieh. Stühle mit moosgrünen Polsterungen standen um die Tische herum.
Auf einem davon saß Hanni.
Ein Bein hatte sie elegant über das andere geschlagen. Wie ein mondänes Fräulein saß sie da, das regelmäßig ins Kaffeehaus ging. Mit ihrem cremefarbenen Hut, dem Sommerkleid mit den kirschroten Blütenblättern, die über den Stoff tanzten, als hätte ein Windhauch sie aus der Knospe gelöst, war sie ein wahrer Hingucker. Dazu die Spitzenhandschuhe mit den Mohnblumen. Selbst der Lippenstift harmonierte mit den Rottönen ihrer Kleidung und dem Hauch Rouge, das sie auf ihre Wangen aufgetragen hatte. Die Blicke der Frauen, die sie streiften, waren neugierig, die der Männer verlegen, vor allem von jenen, die in Begleitung da waren. Ob sie Hanni anblickten, weil sie allein dasaß? Der Gedanke kam ihr in den Sinn, doch es war ihr in diesem Augenblick egal. Noch nie hatte sie eine Verabredung gehabt. Es war das erste Mal, dass ein Mann sie auf

einen Kaffee oder ein Essen einladen wollte. Nervös griff sie nach dem Päckchen mit den Lederhandschuhen, um sich zu vergewissern, dass sie noch da waren. Dann faltete sie ihre Hände und rieb sie aneinander. Hoffentlich gefielen Dean die Handschuhe. Sie hatte sich die Nähmaschine von der Ladeninhaberin in der Riehler Straße ausleihen dürfen und sich große Mühe gegeben. Aber hatte sie damit auch Deans Geschmack getroffen?

Eine tickende Uhr, die hinter dem Tresen an der Wand hing, verkündete, dass es fünf Minuten nach sechs Uhr war. Eine kleine Verspätung. Nicht weiter schlimm, sie kam ja selbst immer zu spät. Nur heute nicht. Da hatte sie sich extra beeilt und war pünktlich im Café erschienen. Wie ein Eilkurier hatte sie, mit den Handschuhen im Korb auf dem Gepäckträger, in die Pedale getreten, als würde in wenigen Minuten ein eiskalter Schneesturm über Köln ziehen und ihnen den Winter bringen.

Sie faltete die Hände wie zum Gebet, dann löste sie die Finger wieder voneinander. Sollte sie vielleicht doch schon etwas bestellen? Wie machte man das, wenn man mit einem Herrn in einem Kaffeehaus verabredet war? Nein, besser warten, das gehörte sich so! Ihr Blick glitt erneut zur Uhr. Dreizehn Minuten nach sechs. Dieser Tommy war wirklich ein unpünktlicher Mensch! Sie lächelte, denn damit hatten sie etwas gemein.

Vorsichtig kräuselte sie die Lippen und prüfte anhand der Geschmeidigkeit, ob noch genügend Farbe von ihrem Amerikaner darauf war.

»Möchten Sie vielleicht ein Glas Wasser, während Sie warten?«, fragte die Servierdame, die zum zweiten Mal an den Tisch gekommen war.

Sechzehn Minuten nach sechs.

Hanni sah auf das schwarze Kleid und die weiße Schürze mit dem Rüschenbesatz, das das Fräulein trug. Es lag zu eng an ihren Hüften an, sodass sich der Bauch unvorteilhaft abzeichnete. »Danke. Ich warte noch. Wahrscheinlich trinken wir dann ein Glas Wein.«
Die Servierdame nickte, zuckte mit den Schultern und verschwand wieder.

Vorsichtig strich Hanni über das Zeitungspapier – ein paar Seiten der heutigen Ausgabe der *Frankfurter Rundschau*, in die sie die Handschuhe eingewickelt hatte. Passend für Dean. Eine rote Schleife hatte sie um das Papier drapiert. Rot. Sie glaubte, zu wissen, dass er die Farbe mochte.

Ihr Blick glitt zur Tür, die soeben mit einem Quietschen aufging. Ein junges Paar betrat das Café. Gut gelaunt schritten sie zur Theke.

Enttäuscht richtete Hanni ihre Aufmerksamkeit auf die umliegenden Tische, die besetzt waren und an denen Leute saßen, die sich unterhielten. Niemand außer ihr war allein hier oder wartete. Sie hatte Mühe, ihre Finger unter Kontrolle zu bringen, die auf die Tischplatte eine unbekannte Melodie trommelten. Es war ein nervöses Klopfen, wie das ihres Herzens. *Deshalb* sahen die Gäste immer wieder zu ihr. Weil sie allein an einem Tisch saß und sich das für ein Fräulein nicht gehörte.

Erneut ertönte das Quietschen der Tür. Ein uniformierter Mann betrat den Raum. *Dean.* Sie hielt die Luft an. Als er aufsah und zur Seite trat, um einer älteren Frau den Vortritt zu lassen, fand sie wieder zu ihrem Atem zurück. Er war es nicht.

18.30 Uhr.

»Fräulein, wenn Sie nichts trinken, dann muss ich Sie

dazu auffordern, Ihren Platz zu verlassen. Die Tische sind nur für zahlende Gäste reserviert.« Die Servierdame war ein weiteres Mal gekommen.

Hanni nickte. »Eine Molke. Ein kleines Glas. Bitte«, erwiderte sie und sah dabei zur Tür, die geschlossen war. »Oder nein, ich habe es mir anders überlegt ... Geben Sie mir lieber ein Pinnchen. Statt der Molke.«

Die Servierdame hielt in ihrer Bewegung inne. »Zuckerrübenschnaps haben wir da.«

Hanni zuckte mit den Schultern. Sie wusste nicht, wie dieser schmeckte. Ihr Vater trank Schnaps, um seine Sorgen und die Vergangenheit zu vergessen, und das schien ihr gerade passend für ihre Lage zu sein.

Hatte sie sich in der Zeit geirrt? Sie zog Deans Brief aus ihrer Tasche, den sie in den letzten Tagen wie einen Schatz gehütete hatte. Ob er acht Uhr gemeint und sich verschrieben hatte?

18 Uhr stand da. Exakt geschrieben. Fehlerlos. Sie hätte gern diesen Fehler entdeckt. Dann wäre sie erleichtert aufgestanden und hätte eine Runde in der Altstadt gedreht, ehe sie ins Café zurückgekehrt wäre. Mit einer kleinen Verspätung, damit Dean derjenige war, der warten musste. Stattdessen schnürte ihr jede weitere Minute, die verging, das Kleid im Brustbereich enger zu.

»Schätzchen, wer Ihre Gesellschaft nicht ehrt, ist es nicht wert!«, sagte die Servierdame, die zurückgekommen war und ihr das Pinnchen auf den Tisch stellte.

Hanni zog einen Mundwinkel nach oben und kostete einen winzigen Schluck von dem Schnaps. Grässlich. Sie verzog das Gesicht. Das Brennen in ihrem Hals war schlimmer als das in ihrer Brust. Nun wusste sie, warum ihr Vater trank. Sie nahm ein farblich auf ihr Kleid abgestimmtes

Stofftaschentuch aus ihrer Handtasche. Dann zerknüllte sie es und steckte es zurück. Sie würde jetzt nicht weinen. Nicht wegen eines Tommys!

In einem Zug leerte sie das Schnapsglas. Es schüttelte sie am ganzen Körper, und ein scharfes Prickeln rollte über ihre Zunge. Doch es war nichts gegen das Brennen in ihren Augen.

18.40 Uhr.

Mit getrübtem Blick nahm sie das Geld aus ihrem Portemonnaie und legte es auf den Tisch. Sie wollte nach dem Päckchen greifen. Stattdessen sah sie es teilnahmslos an und stand auf.

»Wer meine Gesellschaft nicht ehrt, ist es tatsächlich nicht wert!«, sagte sie leise, straffte die Schultern und wandte sich schon zum Gehen, als ihr Blick noch einmal auf das Geschenk fiel. »Und auch nicht meine Handschuhe!« Sie griff danach und verließ das Kaffeehaus.

* * *

In ihrem Haus wandte sich Gisela zum Treppenaufgang, und Anton folgte ihr. Er wollte sie bis zur Wohnungstür begleiten, ehe er sich von ihr verabschiedete.

Bevor sie um die Ecke bogen und der gemeinsame Tag mit Anton enden würde, drehte sie sich um und sah ihn an. Seine Antwort darauf war ein fragender Blick. Rasch beugte sie sich vor und gab ihm einen Kuss. Ihre Lippen verharrten zärtlich auf seinen, und sie sog den Moment in sich auf, wie den Duft von Regen nach diesem heißen Spätsommertag. Als sie sich wieder umwandte und über die letzten Stufen schritt, erschrak sie.

Ein Mann in zerlumpter Kleidung saß vor ihrer Tür.

Er hatte den Kopf auf seine Knie gelegt und schlief. Leise Atemgeräusche drangen aus seinem Mund. Neben ihm lag eine Schnitzerei aus Holz. Eine Lokomotive?

Giselas Herz setzte aus. Sie schlug die Hand vor den Mund, sonst hätte sie vor Schreck laut aufgeschrien.

Anton kam an Giselas Seite. Legte seinen Arm um sie, doch sie wandte sich aus seinem Griff und machte zwei Schritte nach vorn. Sie starrte den schlafenden Mann an und suchte etwas Vertrautes an ihm.

Vorsichtig, als wäre er ein Vogel, den sie nicht verscheuchen wollte, trat sie näher. Er hatte braunes Haar, das unter seiner Kappe, die er ins Gesicht gezogen hatte, in Strähnen heraushing. Sein Vollbart bedeckte die gesamte Kinnpartie. Kräftige Hände hatte er. Schmutzig waren sie. Der Dreck klebte an seinen Fingern und an seiner löchrigen Hose.

Konnte es wahr sein? War er es?

»Heinrich?«, fragte sie und tat den letzten Schritt nach vorn, sodass sie direkt vor ihm stand. Weil der Mann sich nicht regte, griff sie an seine Schulter. Dünn war er geworden. Zerbrechlich fühlte sich der Schulterknochen unter ihren Fingern an. War er immer so dünn gewesen? Sie wusste gar nicht mehr, wie Heinrich sich angefühlt hatte. Sie hatte es vergessen.

Der Mann schrak aus dem Schlaf hoch und kam so plötzlich auf die Beine, dass Gisela mit einem Schrei zurückwich.

»Heinrich!«

Sie sah ihn an. Er nahm seine Kappe ab und strich sich die Haarsträhnen nach hinten, die ihm vor die Augen gefallen waren. Vor ihr stand ... das war nicht Heinrich! Es waren nicht seine Gesichtszüge. Auch war es nicht seine

Statur. Aber die Lokomotive, die sah nach Heinrichs Handwerk aus.

»Gisela?« Die Stimme war ihr fremd. Der Mann, der die Kappe fest gegen seinen Bauch presste, sah sie ernst an. Braune Augen. Nicht Heinrichs Augenfarbe.

»Gisela Eder?«, fragte er, und sie nickte. »Ich bin wegen deines Mannes hier. Er hat mir von euch erzählt. Von dir und Peter. Heinrich und ich, wir waren Kameraden im Gefangenenlager in Nikolajew. Bitte verzeih, verzeihen Sie ... Ich hab mich ja noch gar nicht vorgestellt. Mein Name ist Bernd. Bernd Kramer. Ich komme ursprünglich aus Düsseldorf ... Das hier ist für Peter. Von Heinrich.« Unbeholfen bückte sich der junge Mann und griff nach der Lokomotive, die auf dem Boden lag.

»Heinrich hat das für Peter gemacht. Er hat immer so viel von seinem Sohn erzählt. Er ... also Ihr Mann. Er ist ...« Er verstummte und sah zu Boden. Dann blickte er wieder auf und sah Gisela mitleidig an. »Er ist auf der Flucht umgekommen, hat es leider nicht geschafft. Erst war er noch dicht hinter mir, weil wir ... Wir haben auf einem Bauernhof eine Gans und Eier gestohlen, weil wir am Verhungern waren, und dann plötzlich waren da Schüsse zu hören und ...«

Bernd erzählte, aber Gisela vernahm seine Worte nicht mehr. Sie hörte auch seine Stimme nicht mehr. Sie sah nur noch, dass sich seine Lippen bewegten. Wie in Zeitlupe. Die Welt hörte auf, sich zu drehen. Alles war still um sie herum geworden. Die Farben verblassten. Schatten und Umrisse blieben. Dann starrte sie auf die Holzlokomotive, die der Mann ihr entgegenhielt.

Der Boden unter ihren Füßen wankte. Sie spürte, wie jemand sie an sich zog.

»Gisela.« Ihr Name war ein Echo.

Vor ihrem geistigen Auge sah sie, wie Heinrich vor ihr auf die Knie ging. Sie waren so jung gewesen. Auf sein inständiges Bitten hin hatte sie Ja gesagt. Sie hatte gar nicht so schnell heiraten wollen, sie hatte ihn ja kaum gekannt. Aber da war sie schon schwanger gewesen. Und wie hätte das ausgesehen? Eine ledige Mutter. Peters Geburt kam ihr in den Sinn. Ihr Geschrei. Sie war so erschöpft gewesen und hatte geglaubt, sterben zu müssen. Die Schmerzen, weil sich ihr Muttermund nicht geöffnet hatte. Fast zwei Tage lang hatte sie in den Wehen gelegen. Heinrich war dazugekommen und hatte ihre Hand gehalten. Dann endlich. Peters erster Schrei. Heinrich, der Giselas feuchte Stirn mit Küssen bedeckt hatte ... Tausend Küsse, als hätte er Blütenknospen auf ihren Kopf verteilt, während sie Peter in ihren Armen gewiegt hatte.

»Gisela.« Der Griff um ihren Rücken wurde fester. Ihr Name drängender, als würde er zu ihr durchdringen wollen. Und doch holte die Stimme sie nicht zurück. Sie lag weit weg, wie die Erinnerungen, die auf leisen Sohlen von ihr weggeglitten und mit den Worten von Heinrichs Kamerad zu ihr zurückgekehrt waren.

Plötzlich verschwammen sie wieder. Verdrängt von den Emotionen, die in ihr wirbelten.

Alles rückte in dumpfe Entfernung. Als hingen die Gefühle, die einst untrennbar mit dem Andenken verwoben gewesen waren, an einem dünnen Faden. Sie sah Heinrich, wie er sich von Peter und ihr verabschiedete. Wie er zu ihr kam und ihr etwas zuflüsterte. Ganz leise, doch die Botschaft war laut: »Wenn der Krieg vorbei ist und ich nicht zurückkomme, Gillchen, dann zähl nicht die Tage. Warte nicht auf mich. Werde glücklich!« Mit den Worten, die in ihrem Kopf nachhallten, hatte er sich umgedreht und war davongegangen. Immer weiter weg, bis seine Silhouette in der Dunkelheit verschwand ...

»Heinrich ist tot, Frau Eder«, sagte Bernd Kramer, und es war, als wiederhole er sich.

Tot.

Der erste Krieg hatte Gisela die Kindheit genommen, der zweite ihre Ehe und ihren Mann, und nun kämpften unzählige Gefühle in ihrem Herzen miteinander.

»Gisela.« Da war sie wieder, die Stimme, die vorhin zu ihr hatte durchdringen wollen. Die sie zurückholen wollte. Die sie hatte halten wollen, als sie mit den Erinnerungen ins Bodenlose gestürzt war.

Sie war zu einer *anderen* Frau geworden. Die Jahre hatten sie verändert und mehr noch die letzten Wochen, in denen sich ihre Gefühle gewandelt hatten. Es war, als ob in ihrem Herzen nun mehr Platz wäre.

Anton schloss Gisela in eine Umarmung, als könne er sie damit trösten. Sie legte ihren Kopf an seine Brust und atmete seinen Geruch ein. Er roch erdig, nach einem Spaziergang im Wald, nach frischem Gras, nach einem Sonnenaufgang über dem Gebirgssee, an dessen Erinnerung sie so gern festhielt ... Es fühlte sich an, als hätte sie nach all den Jahren der Haltlosigkeit wieder ihr Zuhause gefunden.

Antons Herzschlag pochte gegen ihre Schläfen. *Beständig.* Er küsste sie aufs Haar. *Zärtlich.* Sie begann zu weinen. *Schmerzvoll.* Ihr ganzer Körper bebte – dennoch fühlte es sich wie eine Erlösung an. Die Gewissheit tat gut. Nun musste sie nicht mehr hoffen, bangen oder warten ... Sie war frei.

Als sie aufblickte und in Antons Augen sah, erkannte sie,

dass sie loslassen konnte, die Erlaubnis hatte, mit ihrer Vergangenheit abzuschließen, und sich gestatten durfte, wieder von ganzem Herzen zu vertrauen.

Ihr Herz *hatte* Platz geschaffen. Platz für Zuversicht ... und eine Liebe, die ihr einst unmöglich erschienen war.

ENDE

DANK

Es gibt viele, denen ich für ihre Unterstützung während des Schreibprozesses dankbar bin. Einige davon möchte ich an dieser Stelle hervorheben:
Ein herzlicher Dank geht an meine Verlagslektorin, Dr. Stefanie Heinen, die die Idee zu den Telefonistinnen hatte und in mich das Vertrauen gesetzt und mir den Spielraum gegeben hat, die Figuren und die Handlung eigenständig zu entwickeln. Ein weiterer Dank geht an meine Agentin mit Herz, Susanne Zeyse, die mich nicht nur in der Entwicklungsphase der Geschichte unterstützt hat, sondern mir auch für Rückfragen, die während eines Schreibprozesses aufkommen, zur Seite steht.

Meine Lektorin, Frau Dr. Brandt-Schwarze, möchte ich erwähnen, die mit ihrem Blick fürs Detail, an passenden Stellen, das Manuskript noch einmal optimiert und mit ihren Vorschlägen bereichert oder gekürzt hat.

Auch dem gesamten Team von Bastei Lübbe möchte ich meinen Dank aussprechen. Von der Covergestaltung über das Marketing bis zum Erscheinen in der Buchhandlung weiß ich die Reihe in besten Händen.

Und weil ein Buch nicht nur durch professionelle, sondern vor allem durch die liebevolle Unterstützung aus dem persönlichen Umfeld entstehen kann, gilt ein ganz besonderer Dank meinem Mann Bernhard, ohne den dieser Roman wahrscheinlich nie rechtzeitig fertig geworden wäre. Danke, dass du unsere Tochter Lara bespaßt, mit ihr Ausflüge machst und ihr ein so toller Vater bist, während ich in die Welt der Telefonistinnen abtauche. Meiner Tochter danke ich – auch wenn sie das noch nicht lesen kann – für ihre Blicke, ihre Liebe und ihr fröhliches Wesen, das mich immer wieder auf den Boden zurückholt und mich erkennen lässt, dass das Leben die schönsten Geschichten schreibt.

Meinem Bruder Manuel danke ich für seinen technischen Support, das Fotomaterial für diverse Werbezwecke und dass er sich bei meinen Erfolgen mitfreut. Danke auch an meine Omi Sofie, die von der Nachkriegszeit lebhaft berichtet hat.

Dieses Buch ist meiner Mutter Elisabeth und meinem Vater Manfred gewidmet, weil sie großartige Eltern sind und ihre Unterstützung sowie Fürsorge auch im Erwachsenenalter noch immer anhalten.

Mein letzter Dank gilt Ihnen, liebe Leser*innen und liebe Blogger*innen, dass Sie zu diesem Buch gegriffen und Ihre Stunden mit Gisela, Hanni, Charlie, Julia und Erna verbracht haben. Ich hoffe, Sie hatten Freude mit ihnen und sind auch im nächsten Teil dabei, wenn die Telefonistinnen versuchen werden, wieder eine Verbindung zu Ihnen herzustellen.

Herzlichst
Ihre Nadine Schojer